青石湾

林日新 ◎ 著

中国致公出版社
China Zhigong Press

图书在版编目（CIP）数据

青石湾／林日新著 . —北京：中国致公出版社，
2018
ISBN 978 - 7 - 5145 - 1082 - 9

Ⅰ.①青… Ⅱ.①林… Ⅲ.①长篇小说 - 中国 - 当代
Ⅳ.①I247.5

中国版本图书馆 CIP 数据核字（2018）第 158142 号

青石湾

林日新　著

责任编辑：孙兴冉
责任印制：岳　珍

出版发行：　中国致公出版社
　　　　　　China Zhigong Press

地　　　址：北京市海淀区翠微路 2 号院科贸楼
邮　　　编：100036
电　　　话：010 - 85869872（发行部）
经　　　销：全国新华书店
印　　　刷：北京市金星印务有限公司
开　　　本：710 毫米×1000 毫米　　　1/16
印　　　张：16.75
字　　　数：249 千字
版　　　次：2018 年 9 月第 1 版　　　2018 年 9 月第 1 次印刷

定　　　价：49.80 元

谨以此书献给所有为中国农村教育事业
呕心沥血、默默奉献的乡村教师们！

目录
CONTENTS

青石湾

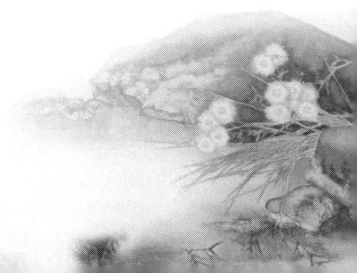

目
录

青石湾

第一章　青石湾风情

1. 夕阳小镇

夕阳西下，原野沐浴在一片金色的圣光中，天边那牛乳般的云朵如高炉中的铁水一般通亮。远山披上了晚霞的盛装，江边那棵歪脖子古枫树上的神鸦静寂了。牧童晚归的短笛声却随着那清凉的山风飘然入耳，小镇人家屋顶上的炊烟伴随着悠扬的笛声袅娜升腾……

这是雪峰山东麓的一个小山镇，大名"花园市"，它是人们搭车翻越雪峰山去湘西的第一站，青石湾的人把雪峰山里称为"界里"。

那是二十世纪八十年代初，交通不发达，客车也不多，从花园到界里一天只有早晚两趟车，耽搁了，就白走一遭了。

已是黄昏时分，车还没来，这可急坏了等车的人们，大家翘首望着车来的方向发呆。

一会儿，天空中那彤红的晚霞变成了绛红色、橙红色、褐红色，尔后就慢慢变浅、变淡、变灰、变黑，以至消失了……

"坏了！今晚的车只怕不来了。"

"有可能。"稳重的人也有点儿不耐烦地附和。

于是，大家七嘴八舌地议论开了："白来一趟，今晚恐怕走不出花园市了。"

青石湾

"早知如此，何不晚一天动身。"

"……"

山镇的黄昏来得早，去得也快。晚霞刚刚消逝，山谷中的岚风就夹着浓浓的凉意驱赶着那些似云非云、似雾非雾的暮霭向山脚游荡下来，一刹那就把整个花园镇裹得严严实实，宛如一个偌大的蚕茧，而且这个蚕茧愈来愈小，最后连河边那棵歪脖子古枫树也看不清了。

等车的人呆呆地看着那逼人而来且令人窒息的暮霭焦灼不堪，两眼直望东北方——客车是从毓兰镇那边开来的。

"蚕茧"越来越小，渐渐与黑沉沉的夜色融为一体。人们的双眼渐渐失去作用，只得靠听觉来判断是否有姗姗来迟的客车。

"嘀嗒，嘀嗒……"时间一分一秒地过去，从手表里发出的那微弱的不紧不慢的声音，却像大钉锤一般重重地敲击着每个候车人的心。人们的心似乎悬浮在暮霭上，时上时下，时沉时浮，没个准儿。

"轰隆隆——"远处传来了喜人的声音。

起立！向左看！心灰意冷的等车人像突然被注入了一支强心剂，顿时恢复了元气。大家不约而同地站起身来，把刚才贴屁股的编织袋夹在腋下，目光齐刷刷地射向东北方向。

一会儿，两束银白的车灯光出现在山脚下。

"唉，又是一辆卡车。"眼尖的人长长地叹了一口气。

希望破灭了，人们又一下子成了泄气的皮球。

坐下，各就各位，于是大家又骂一阵粗话，当一回"老子"。

这些人是干什么的？他们为什么这般急于搭车而不落住伙铺呢？告诉你：他们是做毛货生意的，他们就是青石湾一带的毛货郎。

青石湾，雪峰山脉东麓，蓼水上游的一个小江湾，离湘西著名的毛货商埠——金沙镇五华里。这里山高水寒，田少土瘦，沿岸十来个村子，几百户人家，大多靠男人们翻过雪峰山，走湘西做毛货生意攒钱度日。这已有近百年历史了，其间有多少悲欢离合，多少霜风雨雪，多少酸甜苦辣。一支凄凄婉婉的反映毛货郎生活的《盼郎歌》流传了一代又一代：

桑木扁担两头闪，送郎收货界里边。

别个收货八九天，我郎收货两三年。

晴天霹雳一声雷，郎在远乡不肯回。

远乡有个勾魂妹，家里有个盼郎归。

远乡妹子没良心，害我在家打单身。

床上眼泪洗得脸，地上眼泪撑得船。

郎啊郎啊我的郎，郎在何时回家乡？

2. 风土民情

　　金沙是一座古老美丽的小镇，坐落在三县交界的峡谷平坝里，历来为商旅歇宿、豪杰聚义、兵家必争的关隘之地。金沙镇古为沙洲，后因蓼水溢洪改道，泥沙冲击沉积，致使地势增高，后来又有人发现其河沙含金量较高，就纷纷走来掘沙淘金。采金日久，沙积如山，人们又爱沙如金，称之为金沙。两条小河穿镇而过，在镇中汇合，两河把古镇分成三块，中间有两座古老的石拱桥连贯东西南北。南端的一座叫太平桥，桥面用石板铺成，两旁有石栏石柱，每边皆有十二个柱头，柱头上雕有十二生肖，恰好每种都有一对，线条粗犷，构思奇特，形态笨拙，憨态可掬，令人发笑。东北端的叫安澜桥，桥面木板铺就，上面建有楼房，是座著名的桥楼。她雕梁画栋，红瓦琉璃，回廊曲栏，像一位饱经风霜的历史老人，是古镇著名的"十景"之一。著名的爱国将领程潜先生手书的"安澜桥"三个金匾大字更使她闻名遐迩。镇东北有一尊白色古塔——云峰塔，传说是唐代得道高僧所建。金沙曾有十大风景名胜，后因战乱频繁，大多消亡，唯此云峰塔坚固高峻，饱受风霜却巍然挺立。塔旁有一祠堂，名为迴澜寺，青砖乌瓦，古色古香，历年来香烟缭绕，人来人往，兴盛之极。不知何时，镇上来了一位文人骚客，在祠堂大门口写下这副对联：

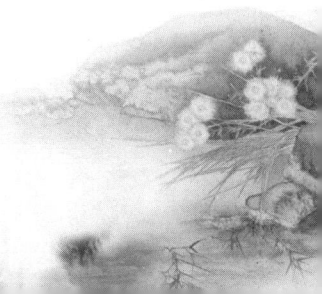

青石湾

出门西笑清清活水庆安澜，

坐室南屏落落长虹同古镇。

更为这个古朴的乡镇增添了文雅之气。

镇上的两条河都是从雪峰山中流出来的。河面上长年漂浮着一长溜的木筏、竹排。放排的山里汉子一般要在镇上休停一宿，第二天早晨才下宝庆，走洞庭，闯长江，去汉口。

金沙是粤盐入湘的运销点，又是绥宁、武冈大米出境的埠头。昔日，有几条平坦的官道打这经过，现在那些官道大都修成了公路，交通更为方便了。

正因为金沙有着如此优越的地理条件，很久以前就成了闻名邻近各省的市镇，享有"小南京"的美誉，曾有这样一段俚语：

一只篮子一杆秤，挣钱就去金沙镇；

买不到的能买到，卖不掉的可卖净；

金沙是个小南京，发财成家事事顺。

早在二十世纪三四十年代，这里便很繁荣了。镇上许多人都专事经商，而在商业各行当中，毛货①生意更为活跃。河南的兽皮老板在镇上设有定点，广东毛货老板也隔三岔五地过来一趟，上海的更是在镇上开有毛货的连锁店。因此，镇上形成一批专门贩卖毛货的二道贩子，周围农村也出现了一批专走湘西零收毛货的人。

然而，在二十世纪六七十年代，这个古镇却是一派萧条。古老的麻石路小街，冷冷落落，凄凄清清，只是斜斜歪歪地竖着两排古色古香颇具湘西山区特色的乡居乡舍，闭着古老的小木门，翘着凤凰尾般的瓦檐，伴着河畔的那一排排木芙蓉，迎着春露秋霜、夏雨冬雪。就是镇中那座上筑房舍、下跨蓼水，过去专门用来收山货的古桥——安澜桥，也因悲叹它不为

---

① 毛货泛指动物的皮毛货，有时也包括山里的特产。

世人所用和凄凉孤独的晚景，在一个风雪交加的夜晚，在一阵阵凛冽的寒风中苦苦挣扎了一番就呼呼地倒下了，随同身下的江流一同进洞庭、走长江、下汪洋了。后来虽然修起了多拱的水泥大桥，但镇上老人却十分怀念过去那美丽的古桥楼。也难怪，那时，金沙人是把安澜桥当作金沙的一大骄傲，一条亮丽的风景线，一幅活生生的金沙的"清明上河图"。

金沙镇方圆二十里的人们只要是上街，就会到安澜桥上走一走、看一看、坐一坐。男人们喜欢打半斤米酒，买两捧脆花生米，坐在桥上栏杆边，细嚼慢咽地打发时间；女人和小孩呢，则买一碗甜酒或汤圆在一旁陪着，一边听着桥上那个白胡须的说书人讲《三国》、说《水浒》……

那时，桥上可热闹了：达官贵人、田夫村老、市井小民、贩夫商贾、三教九流皆云集桥上。整日里，桥上人头簇集，熙熙攘攘，川流不息，买卖人更是吆喝得起劲。

你看：那卖哨子的雪峰山里的瑶家人鼓起腮帮，咿里哇啦地吹着陶瓷做的蛤蟆哨子，一群挂着鼻涕的小孩花五分钱就能买一个，成天价地满街吹着，神气极了。那几个拉琴的盲人则有眼有板地拉着《二泉映月》《孟姜女哭长城》或《十月怀胎》等一些流传很广的曲子，那旋律低沉凄婉、如泣如诉、哀愁欲绝，让心地善良的人们不由自主地从兜里掏出几个硬币，投入他们身前的破碗里。当然这繁荣的景象在二十世纪六七十年代曾萧条了一段时期，让金沙镇的人哀叹不已。

三十年河东，三十年河西。这些年来，金沙镇在改革的劲风中又时来运转，出现了令人意想不到的振兴。不用说，早年那些仅卖馄饨、馒头的小铺现在已成了烹炒煎炸的大餐馆，一宿两餐的小客栈也成了富丽堂皇的小宾馆，专卖烟酒的代销店则成了百货齐全的商业大楼，毛货生意这一行则更是繁荣起来。镇上收毛货、转卖毛货的人数更是历史上罕见的，几乎遍及所有的人家，所有有空闲的人。

镇上的老人在二十世纪五十年代时大多从事过毛货生意，现在重操旧业，旧情新意交融起来，比年轻人"更是一番滋味在心头"。这时，从前的河南兽皮老板、广东毛货老板、上海的老板也都陆续来了，老街上昔日的毛货据点里，兽皮、毛货堆积如山。

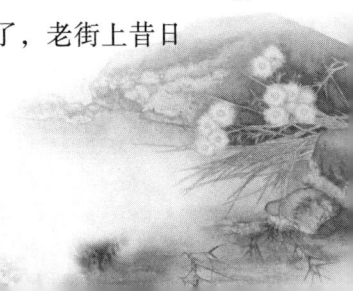

青石湾

镇上的毛货店多了，周围乡下零收毛货的人也就应运而增。每年农闲时，乡下人就成群结队地翻越雪峰山，闯湘西，下广西，走贵州。青石湾的毛货郎仅仅是这一支大部队中一个小小的分支而已。

3. 落榜回乡

那一年的七月，石哲成以三分之差又一次高考落榜。

"竹篮打水一场空，千把块钱白丢了。"青石湾的乡亲们看到近年来这村里唯一的县中毕业的"太学生"灰溜溜地回乡，无不为之惋惜。

"我早说他不行的，你却准许他复读。现在好了，好端端的一个伢子成了个文不能文、武不能武的'四眼猫'，往后，看哪个姑娘肯嫁给他啰！"大半生未走出过青石湾的母亲悲兮兮地埋怨父亲。在她看来，去年父亲同意儿子复读简直是一桩十恶不赦的罪过。

看到母亲起早贪黑喂猪所攒的千把块钱如云烟散尽，那种痛惜的心情，做儿子的是能够理解的，可此刻却无心顾及，也不配去安慰她。要知道，此时的他心里充满了内疚、懊恼、失望、痛苦乃至绝望，甚至不想再留在这在别人眼中仍然是美好的世界里了。自觉"无颜见江东父老"，因此，从城里看高考成绩回家，石哲成就把自己紧紧锁在那间属于他的阴暗的小书房里，任凭"外面的世界多精彩"，也不管它天晴下雨，日出日落，他笔挺地躺在床上，三天不吃不喝。

此刻石哲成是万般思绪齐涌心头，脑子里时而是一团剪不断、理还乱的乱麻，时而是一片波涛汹涌的大海，时而是一片荒无人烟的沙漠……

三天，整整三天，除了天真的妹妹在门外喊几声，慈祥的母亲劝儿几句，其余时间是风平浪静——"小城无故事"。

三天后的早晨，妹妹又叩响了那扇矮矮的木门："哥哥，起来吃饭吧，要不母亲都急出病了。"

一会儿，母亲来了："成伢子，你起来吃点吧，要不，你会饿坏身子的。没考上大学有什么丑的，我们也不怪你。要是世上读书的人都能考上大学当上干部，那么农民还有哪个来当呢？起来吧，我求你了，千万别饿坏身子，我们石家可只有你这根独苗呀，你要是有个三长两短，叫我们两个老人以后靠谁呢？"

母亲凄凉的哭腔似乎扣动了哲成那根麻木已久的心弦，可带给他的却是更大的痛苦。这时，他仍然是一动不动地挺在床上。

哲成无理的沉默终于惹怒了刚烈的父亲，只听得门外一阵"咚咚咚"的脚步声由远及近，旋即一阵惊天动地的撞门声。接着，他那大嗓门雷鸣般地响起来："蠢宝，兔崽子，给我开门！"也许害怕父亲推倒那扇并不结实的木门，知道自己再也不能一味地沉默了。父亲也许听到了起床的声音就停止了粗暴的动作，不过那大嗓门却仍是"涛声依旧"，气势汹汹："没出息的兔崽子，一点儿也没老子的气味！读了十多年书，大学考不上倒学会了'挺尸'，有种的，你就起来，跟你老子干一仗，我就不相信这复习的一千多块钱真的喂狗了。"

真的有点莫名其妙，哲成突然发现平素似乎凶狠、冷酷的父亲，他的几句看似粗俗的话语里竟然透出浓浓的人情味。他那几句硬邦邦的话居然使哲成感动得痛哭流涕。三天来淤积起来的痛苦、悲哀、绝望，顿时化作悔恨的泪水倾泻而下："是呀，我不是没出息的人，我可是世代刚烈的石氏家族中一个血性男儿，我不会让那沾满父母血汗的钱真的喂了狗，我要活下去，更要活出个人样来，不能再给石家丢脸！"

4. 烈日柔情

烈日当空，山坡上一柄宽大的开山锄，用来挖开干裂的豆茬地，赤裸着上身的石哲成挥汗如雨，狠狠地挥动着锄头：一下，一下，又一下……

石哲成似乎在与炽热的天气怄气，要用如雨的汗水洗去自己心头的痛苦，要用艰辛的劳作证实自己的志气，还要用自己的诚心诚意感动父母，以便让自己再上高考的独木桥上拼搏一番。

这时，远处山路上传来一首古老的歌谣：

青石湾

　　天上起云云贴云，河里见鱼鳞见鳞；

　　山中树叶叶贴叶，哥哥妹妹心贴心。

　　在擦汗的时间，石哲成发现不远处的小溪码头上呆呆地坐着一个身穿粉红色短袖衬衣的姑娘，身旁放着提桶、衣服和女人的色彩鲜艳的塑料凉鞋。她叫兰玉婷，邻村的，乡学区党支书的女儿，石哲成小学时的同班同学。人长得像她的名字一样美：脸如桃花，身材袅娜，亭亭玉立。为此，她曾被同学们选为"校花"。近几天，她似乎对石哲成的事特别关注。你瞧，她此刻老朝这边打望。石哲成知道她在怜悯自己，然而，作为一个堂堂血性男儿却被一个弱小女子怜悯，简直是天下头一桩难忍受的耻辱。

　　此刻，石哲成是多么不愿见到她，巴不得她快点离开。可她就是那么令人心烦地故意久久待在那里。为了表明心里的怨气，石哲成就更为拼命地抡起锄头……

　　这时，苍老的山歌声由远而近：

　　远远见妹飘过来，不高不矮好身材。

　　走路好比蝴蝶舞，坐下好比莲花开。

　　"成伢子——"山歌声一停下，山坡下传来一个老人的喊声。

　　石哲成撑起锄头，扭头循声望去，发现了山坡上的六爷爷。这是村上最孤寂，似乎又是最快乐的老人，他一年四季总是挑着个货郎担在外飘荡，难得在家待几天。即使在家也总是捧着一架小小的芦笙坐在家门口呜哇啦地吹，村里很少有人知道他吹的是什么，当然也很少有人去关注这么一位孤寡老人。石哲成小时候跟他很亲近，并在他房里住宿一年多，后来进县中读书后，见面少了，才生疏了。

　　肯定又是兰玉婷多事！石哲成生气地望了一眼兰玉婷，继续疯狂地挥舞锄头。这时，六爷爷已经来到了身边，大喊道："成伢子，你停下！"

　　六爷爷上前夺下锄头，瞥了一眼沾满鲜血的锄把，生气地瞪着石哲成，板着脸说：“你这犟小子，你以为这是玩笔杆子？走！”

石哲成赌气想夺回锄头。六爷爷却将它扔至一旁，不由分说地拉着他朝坡下走去。

这时，只见玉婷快速收好衣物，提着小桶一溜烟似的跑了。看着她的身影消失在小溪尽头，石哲成的心似乎开阔了许多。

六爷爷拉石哲成走下坡，将他按坐在码头上，拉过他血糊糊的双手，心疼地看了看，并小心地用溪水洗净他手上的泥血，又从货郎担中拿出云南白药给他敷上，最后语重心长地说：“成伢子，我知道你这样折磨自己，是因为没考取大学，认为自己没出息了，对不住父母。别这样，俗话说得好：‘马瘦毛长又转鬃，好汉落难转英雄，铜烂了斤两在，哪个时时在难中？’别灰心，你现在正是‘太阳才出山，笋子在曝芽’，刚开始做工，要把劲使匀些，往后的日子还长着呢！人生成功的机会多得是，你一定会有出息的，以后别再这样折磨自己了。”

此刻，石哲成的喉咙哽咽了，感激的泪水奔涌而出：“六爷爷，我想一开始就把农村最艰辛的活干够，以后就什么苦也不怕了……”

六爷爷掏出烟袋，慢慢地吧嗒着烟说：“那也不能霸蛮呀！”

“这不是霸蛮，这是磨炼。”说着他就又向坡上爬去。

六爷爷见其如此，感叹地说：“真是个犟小子，够种儿，和我们石家的爷们儿小时候一个样！”说完，挑着他的货郎担，又唱着山歌，悠然地走了……

蓝袄汗衫花布鞋，妹妹好比牡丹开；
两眼明似青铜镜，抬头照亮九条街。

在以后的日子里，凡家里的重活：挑粪、杀虫、打禾……石哲成都争着去做，不肯让父母插手。父母每次都是无可奈何地看着他抢着去干笨重的农活。

经过一个多月血与火的洗礼，石哲成手上的茧皮像那穿了五代人的老棉袄，补丁摞补丁，一层又一层。背上、手上的皮肤来了个彻底的“改朝

换代"，成了黑黝黝的古铜色，无一处残留原先那白嫩嫩的皮肤了，连那副二百度的近视眼镜也不用戴了。这些，全得益于炎热太阳的灸烤和青山绿水的润泽。

父亲见儿子的面目焕然一新，身体比早先硬棒多了，竟然露出那被劣质烟叶熏得黑黄的牙齿得意地笑了："好样的，你小子，有种！"

不过，这些都不是石哲成最关心的，此刻的他恨不得到外面闯荡一番，挣大把钞票回来，以便重整旗鼓，重返校园，在高考的独木桥上再拼搏一番。

5. 乡间婚事

这天，刚吃罢早饭，母亲便拿出一件洁白的的确良衬衣和一条笔挺的海蓝色的涤纶裤给石哲成穿，并笑眯眯地说："成伢子，今天换上这套衣服。"

石哲成有点莫名其妙地说："家里又不做喜事，换新衣服干吗？"

母亲满面春光地说："王大婶给你在后山的白水湾说了个姑娘，约好今天去相亲。"

"相亲？"石哲成更是迷惑了，很烦恼地说，"不去，你又不预先告诉我一声，让我一点心理准备都没有。"

"现在不是告诉了你吗？"母亲心里只觉得好笑，心想：别个伢子去相亲都觉得是巴不得的好事，你这个伢子倒好像是要逼你去做强盗似的，还磨磨蹭蹭，啰啰唆唆，真是个大脚伢子（意思是成熟晚、懂事迟）。

石哲成心里直怨母亲多事，自己现在还想读书，根本就不想这么早就谈论婚事。何况在乡间定一门亲事要花不少钱，家里早已被自己读书耗空了，怎么负担得起呢？于是，石哲成只得采取缓兵之计："妈，我才二十岁，还是过几年再说吧！"

"这怎么行，王大婶说女方那边都准备好了，单等我们去呢。"母亲着急地说。

"你就说我们家穷，暂时找不起媳妇。"石哲成皱着眉头找借口。

"这，这也不用你着急，那姑娘一听说你是县中毕业的高中生，也就不嫌弃咱家穷了，愿意来着呢。"母亲一说到这儿就眉开眼笑了。

"那——"石哲成一时语塞了，停了一会儿，问，"她是什么文化？"

"文化？"母亲不解地看着石哲成，迟疑地说，"小学，可能是小学毕业吧。你还……"

"那么，你就说我不愿意。我至少要找一个初中毕业的。"石哲成为自己的急中生智而暗自高兴。这下母亲却犯愁了，嘀咕道："文化，初中文化，在农村又有么子用呢？我看像我们这样穷得响丁当的家，只要人家不嫌弃就万福了，你怎么还挑三拣四的，嫌别人没文化，山里的女孩子有几个是读了初中的呢？"

石哲成见母亲面露难色，心里直为自己的"足智多谋"而高兴，于是就趁热打铁，催促母亲："妈，您不要再讲什么，尽管去回信吧，去吧！"

"好，好，我帮你去回信，看你以后能找个哪样的啰。"母亲见一下说不赢儿子，就悻悻地走了。

"哪样的？要找一个像我的高中同学——'白雪公主'龚雪梅那样的。"看到母亲的背影，哲成自言自语地说，尔后就笑眯眯走向自己的房间，边走边哼起一首不知从哪部外国电影学到的歌曲："咳啦啦啦啦，咳啦啦啦啦，天上出彩霞，地上开红花……"

这时，他又从箱子里拿出去年的高中毕业照仔细端详起来：那个娇小俊俏的"白雪公主"龚雪梅像一只小鸟似的依偎在自己胸前，好温馨、好甜蜜的画面啊……

唉——只怪自己那时太傻了，不敢向她打听家庭住址，真是一个彻头彻尾的"山巴佬"——比"乡巴佬"还蠢呢。这是"白雪公主"龚雪梅为石哲成取的专用名字。不知她如今在哪里哟，该不会也如自己一样被父母亲逼着相亲吧。

第一章 青石湾风情

6. 鹊桥相亲

石哲成是个勤奋好学的山里伢子，他从小就爱听"白话"，爱听别人"摆龙门阵"，爱看"故事书"。青石湾穷乡僻壤的，很难找到他想要的书，但他仍然千方百计地寻找，只要他认为有用的书，都会借来看。当然他是有借有还，很讲信用的，因此很得一些长辈的喜欢，大家不仅愿意把书借给他，有时甚至还慷慨地送他几本。这样他竟然成了一个拥有十多本文学书的"大富翁"。这些书的来历他至今还记得清清楚楚：那本厚厚的《红旗谱》是云子哥送的；那本小小薄薄的《唐宋诗词一百首》是六爷爷收毛货时收到并送给自己的；那本缺头断尾的《红岩》，是他小学四年级时，语文老师的儿子拿去卖废纸时被他用两毛钱买下的；那本《复活》是他从华君的废品堆里发现的意外收获；那本米黄色的《沈从文小说选》则是那年考上县中时班主任林老师特地买来赠送给他的……

因为爱看书，爱写文章，他的作文在初中和高中时经常被老师当作范文来念。他有一个宏愿——成为沈从文那样的乡土作家，专门描写雪峰山中的人，描写青石湾的事，让青石湾跟《边城》一样有名。

他本想向父亲再次提出去复读，可自己已经复习一年了，家里的经济状况……哎！实在不好再开口。母亲整天唠叨着帮自己张罗婚事，让石哲成处于一种无聊、无奈、无助的境地。他每天都沉醉在柳永、李清照、李煜的伤感词里。柳永的那首《雨霖铃》道出了自己的心情，想不到一千多年前的古人是如此神算，不得不叹服古人的那支神笔了。

雨霖铃

柳永

寒蝉凄切。对长亭晚，骤雨初歇。都门帐饮无绪，留恋处、兰舟催发。执手相看泪眼，竟无语凝噎。念去去、千里烟波，暮霭沉沉楚天阔。

　　多情自古伤离别。更那堪、冷落清秋节。今宵酒醒何处，杨柳岸、晓风残月。此去经年，应是良辰、好景虚设。便纵有、千种风情，更与何人说。

看了这首凄惨的词之后，他又顺手翻到了李清照的《声声慢》：

声声慢
李清照

　　寻寻觅觅，冷冷清清，凄凄惨惨戚戚。乍暖还寒时候，最难将息。三杯两盏淡酒，怎敌他、晚来风急。雁过也，正伤心，却是旧时相识。

　　满地黄花堆积。憔悴损、如今有谁堪摘。守着窗儿，独自怎生得黑。梧桐更兼细雨，到黄昏、点点滴滴。这次第，怎一个愁字了得。

　　看后，心情就更加"凄凄惨惨戚戚"了。随后信手一翻就是李煜的《虞美人》：

虞美人
李煜

　　春花秋月何时了，往事知多少？小楼昨夜又东风，故国不堪回首月明中。

　　雕栏玉砌应犹在，只是朱颜改。问君能有几多愁？恰似一江春水向东流。

这三首词皆让石哲成迷醉，它们也是哲成心中的最爱，因为词中那种

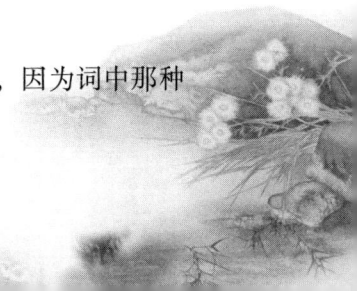

第一章　青石湾风情

伤感，那种无奈无助更是切合了他心中的真实情感，给予了他莫大的精神寄托。对于哲成这种忧郁型的男孩无疑是一种倾泻、一种排遣、一种释放。

就这样，他整整一天把自己关在房中，念词、抄词、背词。无人过问，也无人打扰。要是以往，至少母亲会来嘘寒问暖的，这几天不知母亲又在忙些什么。

傍晚时分，一家四口围着桌子吃晚饭，母亲用一种似乎大功告成的语气对哲成说："成伢子，这回妈给找的，包你满意。"

石哲成正沉迷在他的宋词世界里，一时还回不过神来，说："什么？包我满意？"

快嘴的妹妹天真地答道："还不是说嫂子呢。"

"嫂子？"哲成埋怨道，"妈，你又在瞎忙什么呢？"

"瞎忙，你倒说得好。这回我请王大婶说的是一个高中生呢，比你说的初中生还要有文化呢，名叫山月兰，是青山村的，今年十九岁，刚从金沙镇的蓼湄中学毕业，这回你总该没话可说了吧？"

唉——真是"可怜天下父母心"啊！

母亲，你难道真的不理解你儿子吗？你的儿子现在哪有心思谈亲事呢。他是想复读，想再上那高考独木桥拼搏一场呀。母亲呀，可你却硬是要把儿子往婚姻这座围城里推，那怎么成呢？看来这次自己是再也没理由拒绝母亲了，只好在相亲那天见机行事了。

相亲那天，天气绝好，阳光灿烂，也许是出于新奇，或许是山月兰的名字有一种文静素洁高雅的美，石哲成心中莫名其妙地兴奋起来，一扫落选后的沉闷。相亲是在离家五里地的"相亲亭"进行。"相亲亭"就是离安澜桥不远的一个古色古香的亭子，地理位置优越，相亲的男女成则上街买些衣物或首饰等作为定情物，不成则挥手一别，权当上了一趟街。因此，临近乡村的人们常把此地作为相亲地点，它也因此获得这么个美名。父亲坐在亭里默默地抽着"喇叭筒"老旱烟，石哲成则站在亭边远眺金沙如画风景：云峰塔如拔地宝剑，巍然屹立；蓼湄中学红墙绿瓦，书声琅琅；迴澜古寺翘角飞檐，钟声如磬；蓼水河岸，芙蓉葱郁，莺语声声；蓼水河面，白帆悠悠，渔歌阵阵……正当看得入神时，他父亲就叫他坐下来，说："姑娘来了。"哲成抬头一看，果然见媒人带着一个身材窈窕、俊秀伶俐的姑娘从前方款款而来，那身姿极像他心目中最美的女同学龚雪梅。姑娘走近了，只见她身穿一件米黄色衬衫，一条浅绿色长裤，她那端庄的鹅蛋脸上，柳眉、大眼，微呈弧形的刚劲的鼻梁露出男性般的风采，这是一个与龚雪梅完全不同类型的姑娘，然而，她那发育得很好的隆起的胸脯和曲线优美的身姿洋溢着一种女性特有的魅力。一见她，石哲成心中就涌起一股热流，那个静如止水的心湖一下泛起层层涟漪……啊，是她？哲成不由得想起前年在舅舅家的那一段奇遇……

前年冬天学校放寒假，因为期末考试成绩不够理想，石哲成被性子暴烈如火且又对儿子恨铁不成钢的父亲狠狠骂了一顿。石哲成一时性起，就跟父亲顶撞了几句，父亲失手打了他一巴掌。石哲成实在受不了，整日恹恹不乐。母亲怕他闷坏身子，就让他去远在雪峰山深处的舅舅家散散心。石哲成想反正在家里也做不成事，不如出去走走。事也凑巧，他去的当天天气很好，是个响晴。第二天却纷纷扬扬下起大雪来，一连几天都不停。大雪封山，回不得家，就只好待在那里。

舅舅家里人口少，并且没有与他年龄相仿的伙伴可以玩，石哲成感到日子很难熬，只愿老天早点停雪。

一日，两日，三日……

盼呀盼的，一直盼到第五天早晨，雪总算停了下来，石哲成那颗悬着的心才终于落地了。

这时，他想去看看山上的雪景。于是，他穿上深筒套靴，走出村子，来到一座高山脚下。

平日，这是一座荒寂的山。山上既无苍松、翠柏、茂林、修竹，也无叮咚作响的山泉，溅珠吐玉的飞瀑，就连小草也像癞痢头上的头发，东一束西一撮的，少得可怜。山上有的只是石头，大大小小，奇形怪状，横七竖八地躺着。

而今瑞雪一盖，景象倒令人称奇：遍野白莹莹的雪随着山势高低起伏

第一章　青石湾风情

青石湾

着，极像天宫中仙女挥舞的素绢，也似大海汹涌的白浪，隐隐约约似那澎湃的旋律，静中有动，动中有静，素静幽雅。他极想去山巅领略"会当凌绝顶，一览众山小"的意境。

他在山脚下徘徊，寻寻觅觅，终未找到一条上山的道路。正失望之际，山脚的小径上来了一个围着红围巾的姑娘，长得挺俏，眉眼里闪动着智慧的光芒。哲成抱怨大雪遮住了路，败了他爬山的兴头。不想她却咯咯笑了，笑声在山谷里撞出回音。

"你这人也真是——世上哪有咯多的现成的路，你若真的要上去，路自然会有的。"

哲成急忙问她："在哪里呀？"

她扬手一指山巅："看准那儿就是了。"

他更加疑惑起来。

"路在无路中嘛！懂了吗？"她又咯咯地笑起来，然后轻盈地迈开了脚步，头上的红围巾像一束跳动的火焰，一直跳进那幽深的山谷……

姑娘的话使他猛然醒悟，石哲成不再犹豫，迈开了他登山神圣的第一步。山上的雪可真厚，足有两尺多深，踩上去吱吱作响。路太不好走了，爬不了几步就会跌一跤，有时甚至还会像滑雪橇一样一下就溜到了山脚……

真似青蛙跳井，跳三尺滑两尺，不知做了多少重复功，摔了多少"狗啃泥"。但他仍不灰心，跌倒了，爬起来，继续登，再跌倒，再爬起来，再登，就这样屡爬屡跌，屡跌屡爬，跌跌爬爬，爬爬跌跌……

终于，哲成手脚并用爬到了山顶。这时，他已变成一个"雪人"。头昏，腰酸，腿软，气喘吁吁，大汗淋漓，套靴里灌满了雪。他没来得及极目远眺，蓦然回首，眼前一亮：

无数的"……"；

无数的"——"；

无数的"！"；

无数的"之"字形；

无数的"S"形；

以及各种奇形怪状的符号……

它们在阳光的照耀下，形成一条蜿蜒曲折而又金光璀璨的奇异的雪路。

谢谢你——可爱的姑娘！谢谢你富有哲理、耐人寻味的赠言！

石哲成感叹这世界真大，想不到世界又是如此小。那天在雪峰山上的萍水一遇，本来各奔东西，想不到今日又得一见。看来，我与她还真是有缘——我不能失去这次机会。哲成痴痴地想道，痴痴地看着那曾给他指点迷津的可人儿。

这时父亲扯了一下哲成的衣襟。他猛地一惊，本能地站起来，微笑着迎上去……

谁知那姑娘只朝他瞥了一眼，脸上就掠过一丝不满，彬彬有礼地朝父亲点了下头，然后对媒人小声地说："对不起，我到街上有点事，失陪了。"说完就撇下他们三人飘然而去……

石哲成好失望，看来这姑娘全然忘记了在雪峰山中的那次奇遇，或者她根本就不是那个聪颖俏丽的姑娘，这只是自己的错觉而已。

罢，罢，罢——

"天涯何处无芳草"，你山月兰看不中我石哲成，我还巴不得呢。我的激动，我的惊喜，不过是把你当成了我的"恩师"——指点迷津的恩师，我仅仅是知恩图报而已。其实你哪里比得上我心中的"白雪公主"龚雪梅，你只是身材与她有点相像而已，其实你与她是完全不同的姑娘，她才是一个真正可爱的姑娘呢，温柔贤淑，通情达理！

7. 围城苦恋

相亲失败了，父亲很烦闷，回家的路上，他铁青着脸，一言不发地走着，石哲成却如释重负，父子俩默默地走回家。母亲一听相亲失败，非常气愤，大骂那山月兰不识好歹，看不起自己儿子，把石家当猴耍。她当即

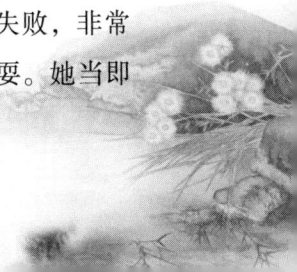

走到媒婆王大婶家问原因。王大婶告诉她：女方说石哲成脸太白、太嫩，什么"奶油气"太重，给人的印象是"温柔有余，刚劲不足"，缺少什么"男人气"，还说成伢子"像一个永远长不大的洋娃娃，没有安全感"，那个山月兰说要找个像日本电影明星，叫什么高——高大仓一般的男人。

石哲成明白，当今那些高中女生大都崇拜"高仓健"式的高大、威武、刚毅的酷男人，自己这种白面书生被她们称为"奶油小生"，是不太受她们欢迎的，因此这次相亲夭折也在石哲成意料之中。

石哲成虽然也对自己被人贬得如此"体无完肤"心有不甘，但一想母亲受此打击，总该缓缓她做"奶奶"的步伐，反而暗自感激山月兰，谢天谢地，谢谢她的"成全"了。

谁知母亲是一个非常有主见的人，遇事更是有一种愈挫愈勇、百折不挠的精神。她唯恐自己的儿子找不到对象，反而加快了"相亲"的步伐。不到五天，一个外貌出众、家教极好且符合儿子要求的姑娘就成了她的"准儿媳妇"。这个人不是别人，而是近段时间对石哲成特别关心，却又是他始终敬而远之的老同学——兰玉婷。

这么一个家庭条件极好、相貌俊美又有文化的娇贵女子，竟肯嫁给自己这个寒酸至极的落榜生，石哲成真有点意想不到。但他心中没有半点兴奋感，有的只是糊涂、疑惑和不解。思绪恰如南唐后主李煜所写的"剪不断，理还乱""别是一般滋味在心头"。

"糟了，糟了！我的宏伟计划叫这个兰玉婷彻底打乱了！"石哲成只得缩回到属于自己的小天地里，静静地将这件令人头痛的烦恼事慢慢梳理起来。

早在四十多年前，那一年父亲十八岁，他在新婚之夜揭开红盖头时，发现自己娶的门当户对的新娘原来是个又胖又矮、满脸横肉且俗不可耐的"老姑娘"，愤怒的他带着自家那个俏丽的小丫鬟远走他乡。从此，他浪迹江湖十多年，饱受人世间的世态炎凉和风雨沧桑。直到中华人民共和国成立初期，那小丫鬟因经不起风霜奔波，不幸早产而客死他乡，他才身心疲惫、憔悴不堪地回到令他伤心的老家。其时，他那殷实的家早已不复存在。爷爷早已作古，奶奶已是老态龙钟，对他的逃婚之事当然也再不追究，一家人也就团团圆圆在一起。好在老家人并未因此小看父亲，因为他有文化，就让他当记工员。两年后，他娶了邻村的年轻寡妇——石哲成的母亲杨氏，过了十几年舒心日子。谁知前几年奶奶病故，令他们的日子又拮据起来。

俗话说"养女攀高门"，哪个父母愿自己女儿嫁穷小子呢？怪不得玉婷妈曾对别人说："一朵鲜花偏要插在牛粪上，何苦呢？"可兰玉婷却斩钉截铁地说："非石哲成不嫁！"见女儿是"王八吃秤砣铁了心"，玉婷妈才不得不把宝贝女儿的心思说给村里媒婆王大婶。

王大婶乍一听，竟说："兰嫂子，你家玉婷莫不是吃了迷魂药蒙了心窍！石家那小子虽有点文化，可那点文化没'跳出龙门'，又有什么用？你看看他家穷得响丁当，连一座像样的房子也没有，跟你家真是一个在天上一个在地下，唉——您看哪里相配呢？别急别急，过一阵子，我到镇上给您找个工作人员做女婿。要吃有吃，要穿有穿，住的是漂亮的洋房子，那多好呀。"

玉婷妈唉声叹气地说："要是这样，那敢情好，可我家玉婷这鬼妹子却是从小娇惯了的，她要做的事从来就没有人拦得住她，我哪有办法哟，您就帮她去说说啰，我也是没奈何呀。"

王大婶重重地叹了口气："可惜我没有玉婷这么漂亮的闺女，要不我一定帮她找个城里的婆家。唉，现在的闺女真是摸不透，比我们年轻时出格多了！"事后，王大婶迟迟不肯上石家说媒，因为她怕事成后，玉婷吃不下苦会怨恨她一辈子。

哲成母亲杨氏是一个老实巴交的农村妇女，她一生喝的苦水够多了：七岁父母双亡，被好心的堂伯父收留，一九四九年她十五岁，就由堂伯父做主将她嫁给一个姓田的老实农民。此后，过了几年好日子。谁知丈夫命薄，在一次高炉爆炸中丧生，撇下她和一岁的儿子田小楚。二十世纪六十年代初又逢上收成不好，她一个妇道人家实在熬不过才改嫁给石哲成的父亲。后来生下了哲成和三个女儿就恶病缠身，而随嫁的儿子又被她田家的公公领回去了。再后来田家公公去世了，她去领儿子，可田家人硬是不

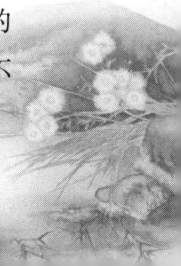

第一章　青石湾风情

青石湾

准，说是田家公公留下遗言："非读书人家不去！"后来儿子田小楚被他表叔做主抱养给省城一个从未生养过孩子的表姨。她本想请公社领导给自己做主领回儿子，可当时丈夫家里实在太穷，难以负担，她心里也怕耽误小楚的学习，也就作罢了。然而她无时不在为大儿子田小楚担心，想来他已是三十来岁，不知现在过得怎样了？长多高了，成家了吗？她真想去找大儿子，可田家早已没有直属亲人，小楚的那个表叔也在去年过世了，再也没有人知道表姨的地址，她也就只得干着急了。在生下小女儿后，她丈夫又患上痨病，一连七八年做不得重工，家里的经济一直紧巴巴的，从来就没让人轻松过，让孩子大人都受了不少苦。好在儿子成伢子从小就听话、懂事，帮家里做了好多事：捞叶、看牛、拾狗粪挣工分，让自己省了不少心。这几年，她度过了更年期，身体有所好转，不幸的是石家的婆婆去世了，本来贫困的家境变得更为艰难了。但她心中有苦从不对人诉说，并且恪守着"人穷志不短"这条千古遗训，平常从不向别人借钱，相互往来的都是一些困难户，连平时串门谈家常，也只到与她家境相当的人家去。当然富裕者也不会到自己家里来的。

几天前，玉婷妈突然光临，真的令母亲有点受宠若惊了。待到玉婷妈转弯抹角地说出玉婷的心事后，她简直不敢相信自己的耳朵。早先担心自己儿子找不到对象，看到现在有这么一户算得上是青石湾最富裕的人家主动与自己攀亲，确实是做梦也想不到的，更何况，玉婷还是方圆十里闻名的"一枝花"。心里直呼：老天，这是笑话，笑话，天大的笑话。玉婷妈该不是在戏弄自己，戏弄我们贫寒的石家吧？奇怪，奇怪，天大的怪事，然而这又是真的，恰如玉婷妈正实实在在坐在自己的对面一样。

母亲在一阵迟疑之后，就把自家的苦境和盘托出，让对方掂量掂量，以免日后兰家看不起自己的儿子，看不起石家人。

玉婷妈听完后，诚恳地说："老嫂子，别说了，再苦再累我家玉婷都不在乎。俗话说，嫁女嫁儿郎不是嫁田庄，即使有万贯家财，儿郎不争气，也是空的。"

母亲见玉婷妈说得干脆、真诚，也很在理，便说："只要你家玉婷妹子不嫌弃我们，他俩的亲事就这样定了吧！"

临了，母亲还拿出家中唯一的祖传信物：一枚绿莹莹的"祖母绿"交给玉婷妈。

"这是哲成他奶奶留给我的传家宝，说是要传给他孙媳妇的，您老就将它交给玉婷吧！"

玉婷妈一看如此珍贵的信物，一下迟疑起来："这……老嫂子，你还是同成伢子他们父子商量了再说吧。"

"不用，不用啦！玉婷妹子这么好，他父子俩肯定会举双手赞成的。"

果然，父亲从界里收货回来，母亲把这事告诉他，情况比母亲预料得还好。他们老两口顿觉前途是无限的光明，生活是无比美妙，于是，他俩就满怀希望地一起筹划辉煌的将来。

夜深了，躺在妹妹住房隔壁的父母还在兴奋不已地谈论着……

母亲说："今年家里多养了一头母猪，你多跑几趟生意，给成伢子做一身草绿色的将军服，现在外面正时兴这种装束呢，明年烧三万砖，盖一座新房然后就把玉婷接进屋……"

说着说着，她似乎已看到头顶红盖头的新娘，似乎已听到胖墩墩的孙子甜甜地喊奶奶……最后，她竟高兴得笑出声来了。

父亲认为她想得太美了，就打断她的笑声："别高兴得太早了，成伢子的亲事八字还没一撇呢，现在还未和他本人商量，不知道他自己乐意否？"

"没问题的，我敢打包票。"母亲非常自信地下了结论。

8. 母子谈判

妹妹提供的信息，让石哲成顿觉世界末日来临。

本来，论相貌，论门庭，论出身，兰玉婷确实不错，配一个出身贫寒的石哲成绰绰有余，要是换作青石湾的其他后生，只怕会拍手大呼："天上掉下个林妹妹，真美，美极了！"但石哲成恰好相反，始终高兴不起来。

虽然他与玉婷小学同班六年，那时石哲成是学习委员，兰玉婷是文娱

青石湾

委员。每年举行庆"六一""十一""元旦"的活动时，班主任让兰玉婷负责组织节目，她选跳舞的第一个男生就是石哲成。那时，班上男生都以被选上为荣，可石哲成每次都是一口拒绝。兰玉婷就到老师那里打小报告，老师也因哲成成绩好而有些偏袒他，只是让人把他叫来，轻描淡写地说了句："哲成，你怎么这样胆小，跳舞都不敢呀？"石哲成胆怯地点点头，老师就让他走了。这样，连批评都不表示一下就不了了之，气得兰玉婷泪眼婆娑，暗自怪老师不公平，可第二次选人又是旧事重演。即使是这样，兰玉婷仍然不恨哲成。可石哲成却从未正眼看过她，因为他觉得她爱慕虚荣，好打扮，喜欢出风头。虽然有一个教书的爸爸，学习条件很好，可她的学习成绩却差得可怜，在班上一直都是倒数五名之内，真是丢了兰校长的脸。哲成曾对人说："兰玉婷是一个好看不好吃的'株树李'。"后来，兰玉婷靠推荐读了普通初中，石哲成则因为家庭原因，上了"五七中学"。

石哲成一直觉得自己与兰玉婷不是一条道上的人，是永远也走不到一块儿的。可现在，母亲却硬要把这样的两个人凑在一起，且一点商量的余地也没有。石哲成真为自己有这么一个朴实、善良、真诚却又愚昧可笑的母亲感到悲哀！母亲就死认那么一点简单而朴素的道理：伢子是她养的，伢子的亲事当然由她来定，至于伢子本人嘛，则可以暂时丢开不说。婚姻婚姻，只要男女两个相配就行。历朝历代，哪对夫妻不是为生儿育女、延续香火而被人凑到一起的呢！

石哲成心里只有暗暗祷告的份儿："母亲，你千万不要在近几天向我提起亲事啊！"

然而，事与愿违，哲成不愿看到的事很快就来了。翌日早餐时，母亲趁吃饭的机会，与父亲一唱一和地大谈玉婷如何漂亮、能干、本分、贤惠、家教好、知书达理等，一切姑娘所具备的优点都被他们煞费苦心地罗列到兰玉婷的头上，仿佛她是全球选美大赛冠军的最佳人选了。

石哲成进退维谷，不便插言，只得装聋作哑，默默地吃饭。他知道，如果他一插言就会把事情弄僵，那么自己几天来精心策划的好事就要落空了。

妹妹朝哥哥扮了个鬼脸，端着碗到外面去了。

一会儿，母亲见她的唠叨没产生丝毫"效应"，只好直截了当地说："成伢子，玉婷她妈前天到咱家说，她想与咱们结门亲，你看行吗？"

看来再不开口不行了，哲成只得找借口应付："妈，过几年再说吧。"

"这怎么行？这是难得的好机会，娘已经答应了。"母亲看着哲成。

"你就说我们家里穷，暂时娶不起媳妇。"

"人家离我们家只有几步远，还不知道我们的家底。也许是你们的缘分吧，玉婷却是愿意得很呢！"母亲眉开眼笑地说。

"娘，我才二十岁，我不想这么早就订婚。"

"二十还算早？你看前院后村的，哪一个不是十八九岁定亲的？你大妹与二妹都嫁人了，你做哥哥的还不肯找对象，只怕别人会笑话你呢。还有，你华军哥仅比你大一个年头，现在都有两个娃了。你华荣弟，今年才十八岁，也找对象了。"

"娘，我打算先学门手艺或到界里收毛货攒笔钱，过两三年再定亲，不是更好吗？"

"再过两三年，你二十多了，玉婷都成老闺女了，她可等不得了。"

"等不得，她就另找吧。世上又不是只有我一个男的。"石哲成非常厌烦地说。

"她可是一心只想着你啦。"

"那是她一厢情愿，我可不愿意与她那么个好看不好吃的'株树李'定亲。"

"成伢子，别由着自己的性子来。玉婷她妈说，只要你俩订婚，玉婷她爸就给你搞个民办教师的指标……依我看，凭她爸爸的一句话，你想要当一个民办教师那还不是手到擒来的事吗？"

"我才不想为找一个靠山而结婚呢，这是对我人格的一种污辱。"石哲成很生气地说。

母亲见自己说服不了石哲成，就一个劲地直朝父亲使眼色，想让他帮腔。然而，父亲此时却出乎意料地沉默，也许他联想到自己头遭婚姻的不幸，令他背井离乡十多年……

石哲成狼吞虎咽地扒拉了两碗饭，放下碗，进自己的小屋去了。餐桌边只留下一对面面相觑的老人。

9. 离群孤雁

尔后的几天里，母亲总是爱絮叨兰玉婷的事，石哲成就来个"徐庶进曹营——一言不发"。但他明白长此下去也不是办法，因此，只得另做打算。于是，他暗中向石华军借了两百元钱。其时，年仅二十一岁的石华军已继承他祖父"毛货王"——汉四爷的衣钵，在金沙镇墟场上开了一个杂货店，年收入上万元，成了青石湾的首富。

一天早晨，母亲把村中几位德高望重的老人请来吃饭，这可是母亲使出的"撒手锏"。石哲成一看这般阵势，知道"最后通牒"的时候到了，与其"顽固不化""负隅顽抗"，让他们"擒拿归案"，不如"三十六计，走为上计"。

石哲成趁他们喝酒正酣的端儿，三下五除二地扒了两碗饭，夹起早已扎好的几个纤维编织袋，很有礼貌地对几个老人点点头，说了声："你们慢慢喝，我到外面有点事，失陪了。"边说边脚板擦猪油，一溜烟跑出了家门。

在离家数里的一个山坳上，父亲才气喘吁吁地追上石哲成，此时，作为父亲的他还有什么可说的呢？本来他对出身富贵人家的兰玉婷没什么坏印象，但是，曾出身大户人家的他对富裕人家的子女早就抱有成见，富裕人家的女儿难伺候，派头大，金玉其外、败絮其中的居多。他内心深处并不完全赞成儿子的婚事，只是看到做母亲的热心，不好意思打消她的兴头罢了。于是，父子俩就一道往界里——雪峰山脉腹地绥宁苗乡一带收毛货去了。

做毛货生意，从历史上看大体可以分为三个阶段：二十世纪五十年代以前，收毛货生意主要是为了生计；二十世纪六七十年代是为了补贴家用，收些零星毛货，挣个十块八块，买些油盐之类的；二十世纪八十年代改革开放了，农民在农闲时出门收毛货，已是打工形式的一种了，是为了增加收入。

做毛货生意是金沙镇的传统，也是青石湾乡下人的祖传技艺。爷这个相，崽也是这个命。不管年老年少，大家都有一本生意经。特别是年老的，三十年前曾闯荡江湖，今天又重操旧业，还带崽携孙出来，爬山过界的劲头非年轻人能比。如果你要他们一个冬天不收毛货，他们就会怨你不通情理。是啊，习惯了，放不下了。倘若一个冬天不出门，他们总觉得脚板痒痒的，手酥酥的，心里似有一股闷气出不来，浑身不舒坦。

三十年前，一担盐、一根针线担或一担陶瓷器，屁股一拍，双手一挥就别了亲人，离了故里，悠哉游哉地进了界里，上了贵州，下了广西，回来时，一担鸡鸭毛、几张兽皮或一担值钱的山里特产，到金沙镇一卖，出入一算，赚了，就称两斤肉回家慰劳慰劳家人；亏了，就在家里多待几天，选择一个黄道吉日再出门。那时做生意的人一般家里无田无地，就靠这根担子维持生计。

现在出来就更为了省事。两个编织袋往腋下一挟，到花园搭车，一出溜就翻过了雪峰山，到了绥宁长铺。想在界里收毛货的就下车，想舍近求远的就多坐几站到苗乡深处才下车。下了车就走东家串西家，嘴里唱着："有鸭毛、鹅毛吗——，有鸡肫子皮吗——""鸭毛，鹅毛换针线吗——"如此走几天，看腰包里还有多少钱，留足路费，要是钱花得差不多了，就近搭车走长铺，在那里宿一夜，第二天就搭早车回花园，再走一二十里山路就到了家里。停一两天，到金沙镇销了货，在家同老婆、孩子亲热几天，又拿出一两百块钱出来……如此周而复始，循环往复。

当然，话又得说回来，收毛货并不是件轻而易举的事儿，它也极不安全，倘若弄得不好，就会走入歧途，迷路，甚至走入绝境。你想，这大山里人少，而且岔道又多，往往你朝大路走，满以为会逢上几个村子，多收点货。谁知走了十里山路还见不到一个人影，找不到一个村子。有时连过夜的地方也找不着，只得在暗夜里瞎闯。然而越走心越乱，也就越走不出大山。此时，要是碰上不怀好意的人，丢钱者有之，被劫者有之，更有甚者还把性命也丢在山里，成了雪峰山中无数的孤鬼冤魂之一……

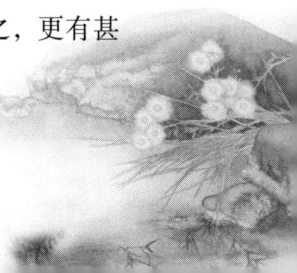

石华军他爷爷是二十世纪三四十年代名震江湖的一代"货郎王",最终也落得个横尸异乡的悲惨结局,这是足令所有的毛货郎寒心胆怯的。即使现在是国泰民安的时代,这样的事也时有发生。因此,收毛货的人总是结伴而行。如果一群人中有谁没归队,同伙的人就会在绥宁长铺等他几天,等到齐了再走。否则,家人就会担惊受怕。特别是那些刚出门的小青年,做父母的就更为担心了。因此,小青年出门一般是随父、随叔的,或者是父母三叮咛四嘱托给年长的,而且也是他们认为稳重、信得过的人。

大约过了四个钟头,父子俩来到雪峰山脉东麓的一个小镇——花园镇,加入了青石湾毛货郎队伍中,成了那浩浩荡荡的等车大军中的一员。

因为人多车少,从下午两点到傍晚时分,一连过了四辆客车却没有一辆肯停车载客的。毛货郎们好不心焦,不觉天色就暗了下来。浓黑的夜幕已沉沉地笼罩在小镇上空,十步之外已不见人影。

"轰隆隆——"

上过几次当的人不像先前那么轻信了。这时,他们仍然坐着不动。

"爸,起来。"石哲成却连忙叫起他父亲。

"急么子,鬼知道它是客车还是货车!"父亲仍然一动不动。

"我听出来了,这是客车声——轰隆隆的。比起来,客车声柔和,卡车声雄浑。"哲成文刍刍地分析道。

"轰隆隆——"真的,这声音是柔和的。现在虽然还看不清车身,有些人听了石哲成的话也开始起身了。

"是客车!我看清了,快,快点!"等了大半天,此时,石哲成再也抑制不住内心的喜悦,无所顾忌地大喊起来。

大家受到他的感染,都站起来。

"真的,是客车!"一个年轻人的声音。

"不错,成伢子的眼力好!"一个老人的声音。

客车减速了,人们拥向车门……

可是当车头超过人群后,客车就"轰——"地加速了,后面只留一个长长的"尾巴"。

"故伎重演！"一个年轻的声音。

"追，快追！它过不了多远就会停的。"石哲成边追边喊。

"追！追呀！"大家也一窝蜂似的跑过来。

果然，车大约在三百米外停下了，车上下来了三四人，石哲成跑在最前面，捷足先登，赶忙攀住车门一步跨了上去……

"咔吱"，车门关了，后面的人只能"望车兴叹"。石哲成来不及庆幸上车就被眼前的一幕惊呆了，他急忙大喊："停车！后面还有人呢！"

心肠铁硬的司机任凭石哲成怎么嚷叫，却充耳不闻，置之不理。最后，他只得双手攀稳车门，无可奈何地望着甩在车后头的人群和灯光闪烁的花园镇，大喊道："坏了，只上了我一个人。"

客车上了"S"形的盘山公路，在"S"形的拐弯处，石哲成忽然听到父亲那焦急的喊声："成伢子——今晚在长铺住下，明天一早到车站大门口等我——"

"好的——"

"轰——"客车加大了马力，石哲成不由得向后倾了一下，他明白汽车又要爬坡了。

"到哪里了？"他心里暗暗问自己。抬起手腕，借着车灯看表：八点半。

上车已半个钟头了，车可能已过了杨柳溪，开始上红岩镇那个坡了吧。这是石哲成第一次走界里，不知路线。不过前几天，他特地向村里那些专门跑湘西的人打听过，知道从花园到长铺要翻越四个山界。石华军还特别嘱咐他，做毛货生意的新手一般只能搭车到长铺，最远也不要超过乐安，因为那里有一个叫鹅公山的地方，是以"放蛊"出名的。

据说"放蛊"是湘西苗疆地区的一种令人生畏的巫术，那"蛊"是种特别的慢性毒药。放蛊者在百草疯长、万物丛生的初夏，特意将大公鸡杀死，吊在人迹罕至、毒虫云集的深山老林的阴沟里，让毒蛇、蜈蚣、蚂蚁、毒蜂等山林里的毒虫任意践踏污染，数月后捡回家焙燥、研末，再掺上几味有剧毒的中草药，便成了"蛊"药。放"蛊"者往往借给客人筛茶

青石湾

或舀饭的机会，出其不意地放进那么一点点，人若吃了，一年半载就莫名其妙地患怪病，或痛楚难忍或神志昏乱或气胀于胸，非得服原主人的"解药"才能救也，否则就会一命呜呼。

一般来说，"蛊"药只是苗人针对仇人的武器，当然也不排除那些见财起意、谋财害命之事。特别值得一提的是，它又是湘西女人维系在男人身上的一根特殊的绳索，说它是月下老人的"红线"也罢，阎王勾魂的"夺命索"也罢。

山外或外乡有些男人见山里女人相貌俊，水色好，身材俏，就见色起邪心，假意来山里落户当上门女婿。开始时，那些男人信誓旦旦，卿卿我我，等到想家了或玩腻了，便不负责任地想一走了之。这时，那些聪颖、细心的女人早已洞察男人之心，便不动声色地先发制人，对他"放蛊"。男人伺机开溜，远走高飞。然而正当他庆幸自己能安然逃脱之时，"蛊"药适时见效——胸闷、头晕、发烧、食而无味、魂不守舍……负心的男人才知自己离不开那女人了，无可奈何，只得厚着脸皮跑回去祈求女人的宽恕。女人也不多说，又不动声色地给他筛上一杯茶，说："喝下去，没事了。"从此，只要你不再逃跑，也就真的无事了。

青石湾人说，"货郎王"汉四爷客死他乡，也是因为中了蛊，只是石家自己人不说，别人也就不好乱猜。因此，这也成了青石湾为数不多的几大难解之谜中的一个。

华军哥说过，走过这一带就到了侗乡，那里的人一般只会讲侗语，听不懂客话（汉语），也别去，不懂侗语的货郎是收不到货的。

想到这里，哲成不由得问身旁一个身材彪悍的山里汉子："大哥，车到哪里了？"

"不知道！"大汉粗着嗓子没好气地答道。

"吃猪头肉的！"碰了一鼻子灰的哲成在心里狠狠地骂了一句，此后，再也不开口了。管它到哪儿，只要不超过长铺，再说，到时反正有服务员叫站的。

"翟翟——"不一会儿，服务员吹响哨子，叫站了："到盐井的下车了！"

石哲成心里顿时亢奋起来了：看来我的判断是很准的，而准确的判断又是出门走山路的人所必须具备的。因此，他自信这次出来肯定会满载而归。那么也好让村里人见识见识，石哲成虽然外表是一个斯文懦弱的白面书生，其实也是一个顶天立地的男子汉。

车停了，几个人下了车，车上不像先前那么拥挤了。万幸！还占着一个座位。刚才心里蒙上的一丝阴霾霎时烟消云散了，心里犹如红日冲破乌云，一下豁然开朗了。

"好了，现在我总算可以舒舒服服地坐它一两个钟头了。"他心里非常庆幸地说。

"轰——"客车又在夜海里遨游起来。

面向窗外，看到星空下那黑色巨人般的山峦快速地迎来退去，石哲成心中涌起如释重负般的轻松。秋风在车后呼呼地奔跑着，似乎在与客车竞赛。但它却像一个力不从心的长跑运动员，永远也追不上前面的选手。车身在夜海里有节奏地浮游，像奶奶摆动的摇篮，一上一下，一左一右，疲惫了一天的哲成感觉到无比舒适和安全……恍恍惚惚，一阵凉丝丝的山风吹来，他顿时觉得身轻如燕，一下从摇篮中扶摇直上云天，耳旁只听得山风呼呼地吟唱，后来竟落到一座风景如画的峰巅，放眼一望，只见群峰壁立，瀑布溅玉，崖边古木参天，岩上奇花映日，潺潺流水穿小桥，山林深处绕白云……

正当他流连忘返、尽情欣赏之时，他的身子又一次飘然而起，耳畔又是一阵呼呼声响，尔后就看到另一座巍峨雄伟的山巅。眺望远方群峰起舞，逶迤连绵，千里山河，一片辉煌。细瞧近处：竹篁青翠茂密，黄莺、画眉、阳雀婉转鸣啼；鸟瞰山下：山清水秀，更有悠悠渡船，古道村姑……

"醒醒，小伙子醒醒。车到终点站了。快下车！"服务员有力的动作把石哲成从梦的天堂摇回现实。他懵懵懂懂地抬起头，用手揉了揉惺忪的双眼，见大家已下车，便机械地移动着那双早已麻木的双腿，摇摇晃晃、糊里糊涂地走下车。

啊，到处是黑咕隆咚的，石哲成不由得惊讶地问："这是哪里呀？"

第一章 青石湾风情

青石湾

　　"羊马桥。"

　　"羊马桥？这是哪个爪哇国的名字？怎么今晚不去长铺了？"

　　"长铺？早过了！"服务员像突然发现美国人不知道华盛顿、中国人不知道毛泽东一样，大笑道，"这里离长铺九十多里了呢！已超过绥宁县界，到通道县了。"

　　"啊？坏了！"石哲成的心一紧，脑海顿时一片茫然。

第二章　独闯侗乡

1. 进退维谷

"搭车回长铺。"第二天早晨，石哲成在羊马桥的小客栈一觉醒来，到小饭店买了几个馒头后，毅然做出这样的决定。

羊马桥是一个小得可怜的山村小站。站里只有一座刚修的小木屋，与十多间山区特有的吊脚楼民舍相依为邻。小站背靠一座高山，山上尽是楠竹，修长挺拔，郁郁葱葱，满眼绿色。

石哲成拿着馒头边走边啃，可是当他站在售票处时，又迟疑起来：不知父亲他们到长铺了吗？要是回长铺没逢上他们呢？莫不是又要搭车回花园吗？这样来来去去又有么子用呢？难道我是为了坐这趟车来旅游的吗？现在这般两手空空地回去，不正好给人留下话柄，笑我成伢子无能，笑我这只不想吃天鹅肉的癞蛤蟆蠢吗？……也许，明天母亲就又会夸玉婷漂亮、贤惠与她的家境了。

"成伢子订婚吧。玉婷她妈说，只要你俩订婚，玉婷她爸就给你搞个民办教师的指标……"母亲的唠叨声仿佛又在耳边响起。

我，石哲成一个堂堂的血性男儿岂能依赖他人生活？我就不信，难道除了跟玉婷订婚当民办教师，就别无选择了吗？

"走，下侗乡！"

青石湾

石哲成从羊马桥出来，天色还早。曙色像一片湛蓝的湖水展现在原野的尽头，轻丝般的晨雾缓缓地从山脚升到山腰，然后又散落在山谷，挂在对面石崖上那棵斜生的古松上。

往何处去？对于这个乍出远门的人来说，这真是一个天大的难题。

石哲成硬着头皮朝前走，走向一条比较宽敞平坦的山道。此刻，天色混沌，方向难辨，前路渺茫，他心烦意乱，进退两难。

坐一会儿，等太阳出来了，辨清方向再朝家乡那边——东方走吧！

大山沟里的天气真奇怪，太阳也是姗姗来迟的。现在都快九点了，可还是看不到太阳的一丝影儿，甚至还分不清天空究竟哪方更亮一些。

远处，那古松上的轻纱更厚了，真急人！

雾！雾！雾！这倒霉的雾！石哲成在心里不停地诅咒。

"大江东去，浪淘尽……"

啊，真的！怎么不早些想到苏东坡这千古绝唱呢？顿时，石哲成像在茫茫雪原里听到一声春雷般开心，在漫漫长夜中发现一束灯光般惊喜！

在这种惊喜的鼓舞下，石哲成开始了他奇异的侗乡之行……

2. 艰难吃喝

沿河而走。

路，这是一条多么奇特的路啊！有时盘旋于云端，有时缠绕着山谷，有时又隐没在茫茫的原始森林中，弯弯曲曲，坎坎坷坷，溪回路转，路随水曲。

翻过一座座巍峨的高山，穿过一道道绿色的屏障，爬过一个个陡峭的长界，继续沿河朝侗寨走，转过一座小山，只见这里是一片高耸入云的山，缭绕着薄纱般的雾，郁郁葱葱的林海，银杏苍翠，青杉笔直，苍松遒劲，枫木挺拔，还有满山满谷高高低低的油茶树和果实累累的桐油树……清风吹拂，飘来悠扬的侗笛声，枝摇叶动……在环山傍水的侗乡石板路上走着，忽然，透过远方寨子边那黛绿的竹林，在远处鳞次栉比的民房中，一座昂然挺立的鼓楼跃入眼帘，它那粉白的檐角和顶上粉白的瓦脊，在湛蓝的天幕上标志出来的轮廓线，使整个造型显得十分挺拔、壮美和潇洒。

随着步伐的行进，石哲成觉得那鼓楼渐渐亲切地靠近自己，那隐约可见的五个檐角和四个檐面显现出来的立体图形，俨然像一株枝繁叶茂的巨杉，尤其是下截喇叭口似的张开，似乎像"巨杉"的枝干在极力伸展，树梢在苗长，从鼓楼檐层间隙露出的天空，又恰似"巨杉"在迎风起舞，奋力扫荡着天地间的尘烟。

石哲成虽然曾在电影里面见过侗寨、鼓楼，也曾在《湖南日报》上看过一些关于侗乡苗寨的散文，但真正地身临其境时，顿时一阵惊叹：江山如此多娇，风景这边独好啊！侗寨如此迷人，鼓楼巧夺天工。

石哲成也知道：吊脚楼、鼓楼、风雨桥、凉亭、石板路是侗乡五大名景，而这鼓楼在侗乡人心中更是占据着神圣的地位。鼓楼是寨子吉祥、村民团结的象征，楼顶尖端装有宝顶，每层翘脊都塑有各种飞禽走兽做装饰，封檐板上绘有民间彩绘。

有侗寨就有鼓楼，鼓楼是侗乡特有的标志，象征侗民的胆，象征侗民的魂。走进鼓楼，你就会发现，这种气势恢宏、巍巍壮观的建筑，竟然全是用木料建成的，主柱是四根巨大的松木，颇有顶天立地之势，十三根副柱分列在四方，这十七根柱子，分别代表着"一年""四季""十二个月"，寓意着"日久天长"。此外还有一些约定俗成的规矩：楼层为奇数，楼边为偶数；一个寨子有几个族姓，就修几座鼓楼；鼓楼的大小、层次的高低、装饰的华丽与否，不仅受寨民人力、物力、财力的限制，而且更为这个寨子、这个族姓的社会地位所制约，高大秀丽的鼓楼，是侗家名门望族权威的象征。

鼓楼的装饰，是侗族文化的重要表现，它以侗族人民的图腾——龙与仙鹤为中心，或精雕细刻，或重彩描绘，光彩夺目，栩栩如生。同时还绘有耕作、捕猎、斗牛、踩歌堂等侗家人的日常生活，还有《西游记》《杨家将》《三国演义》等故事。鼓楼正门挂有对联，制作精巧，作对考究，内容一般描绘鼓楼，赞颂侗乡的美，如有一联是这样的：

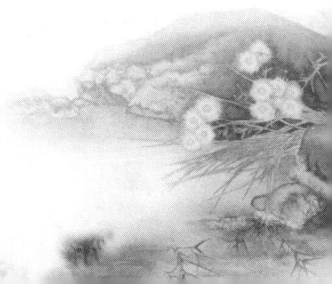

第二章 独闯侗乡

玉鼓遏行云独此高楼增锦绣

青山绕绿水唯思侗寨驻春风

正方形的楼底，四面各有一条宽大的长板凳，中间是一个石砌的四方形火塘，夏天燃艾叶驱蚊，冬日烧柴禾烤火。

鼓楼，以鼓出名，早年每遇外敌侵扰，侗族村寨以鼓声报警，鼓声响起，寨中男丁需即刻至鼓楼坪场集合，并投入抵御外敌的军事行动中，邻寨也会以武力支援。这种情形在如今国泰民安的盛世时期早已不见了。现在鼓楼已成了侗寨的文化与活动中心，侗家有一种称为"月也"的习俗，即村寨间集体相互做客，在鼓楼上响起"九九"（即九起九落）鼓声时，侗胞便聚集在鼓楼内外，或唱大歌（一种民歌），或吹芦笙，或"哆也"（一种集体歌舞），迎宾送客。平日，鼓楼是老人的世界。他们夏天乘凉，冬天烤火，擅长琵琶弹唱的老人，一个古老的传说往往可以唱上几天几夜。鼓楼内外，总是鸦雀无声地聚集着听琵琶歌的人们。若到了节日，老人便悄然离开他们的领地，把鼓楼让给年轻人。届时，寨子里的青年男女，便从附近村寨请来歌伴对歌，鼓楼里对歌，分男女左右，隔着火炕坐在两条长凳上，相望歌唱。

侗家人热心公益事业，鼓楼由群众捐资修建，侗家人视鼓楼为民族骄傲，有的村寨还建有鼓楼群。

一座偌大的侗寨出现在眼前：一条清亮的小河从寨中流过，古色古香的吊脚楼鳞次栉比地依山而踞。河面横卧着一条长龙——风雨桥，沟通两岸山民的往来。

风雨桥是亭楼式的，在与桥身等长的长廊顶上，竖起三座亭阁，桥中间一座，两岸各一座。阁身庄重、巍峨、雄伟，装饰极为华丽。走上风雨桥，只见长廊两侧，有风姿各具的浮雕和异彩纷呈的壁画。其内容也是五花八门，有栩栩如生的虫鱼花草，也有取材于古代神话传说和历史故事的。其画面线条分明，色彩鲜艳，形态逼真，栩栩如生，使整个桥身更显得结构精巧，造型美观，典雅庄重，真是美轮美奂，令人叹为观止。

啊，多美的侗寨风光哟！

石哲成惊奇地看着，往日的印象一幕幕现于脑海……

啊！湘西，边城，茶峒！多么奇丽，多么古朴，多么令人心醉而又神秘！难怪一代乡土作家沈从文老先生的小说、散文写得那么清新、典雅，那么神奇、绚烂，迷住了那么多读者：中国的、外国的；男的、女的；年老的、年少的，原来他是从这么美丽的山乡走出来的！

不知何时飘来一团白雾，河对岸的景物一下子朦胧起来。石哲成习惯地用右手去摸手帕，蓦然间，他触电般地一惊，心绪一下从那缥缈的童话世界回到现实。原来他摸手帕时，腋下用来收毛货的编织袋掉在地上……

"我是来干什么的呀？"

于是，沈从文的边城远了，茶峒远了，湘西远了，就连近在眼前的美丽侗寨也似乎遥远起来。是的，此刻石哲成似乎才明白自己已不再是一个天真烂漫、沉浸于幻想的中学生了，而是一个毛货郎——虽然只是为了重返校园而当毛货郎的。

毛货郎，怎么收货呢？

他想起了石华军介绍的经验：收毛货不要怕丑，要敢喊敢问，不管什么寨子都要敢钻，在语言不通时就拿出样品给人看。想到这里，他的脸立刻火辣辣地发烧了。天啦，自己怎么喊得出来？在众多的陌生人面前大喊大叫，不是像一个大吵大闹的疯子吗？可是不喊，又有谁知道自己是一个收毛货的呢？于是他想起自己口袋里早已准备的三种样品：鸭毛、鹅毛、鸡肫皮。然而一搜，袋里空空如也。糟了，因为出门太匆忙，样品都忘记拿了。

不得已，他只得硬着头皮朝寨子走去。

来到寨前的小石桥上他突发奇想：干脆让我在这无人的地方演习一下，进了寨子也许会习惯些。

他朝路的两头望了望，见确实没人，就装作要小便的样子匆忙走到石桥下的小沟里，站住，口张一下，但没有勇气喊出来，又张了一下，声音还是像个害羞的小姑娘一样不肯从喉咙里跑出来。

多艰难哟！短短的几十秒钟，他汗珠已沁满额头，焦灼、烦闷充塞胸腔，令人窒息难忍。

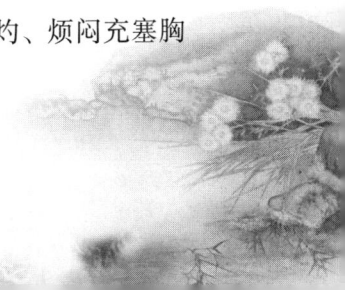

青石湾

沟里悄无声息，只有几只小蜜蜂在一枝木芙蓉花上繁忙地采蜜。微风吹来，粉红的花儿对着蜜蜂稍稍点了几下头，但他却感到整个世界在屏声敛气地等待他的第一声吆喝。

哎呀，多难人！这简直如同在大庭广众下学狗叫一样受辱难堪。他用手帕擦了一下额头上的汗珠，决心下一声非喊出不可！他开始双手攥紧拳头，紧闭双眼，狠狠地咽了口唾液，张开嘴大叫一声："有鸭毛吗——"

这一声比鸭公那沙哑的叫声大不了多少，可他却认为它是一声足以响彻人寰、震撼宇宙的呐喊。

喊声刚落，他忽然听到沟上响起了脚步声，于是像做了一件见不得人的事一样，小偷似的赶紧从沟里爬上来，根本不敢看来人是男是女。

此刻，他才真后悔自己为什么早晨不搭车回长铺。若有父亲做靠山，自己肯定不会这么为难的。"在家千日好，出门时时难"，此时他似乎才算彻底体会到其中的内涵。

3. 神秘侗乡

刚进寨子，迎面走来一个头罩花格头巾，身穿滚边宽短袖黑花布衣，袖口镶着寸把宽的乳白色布边，下边围着一条吊有五彩丝线黑裙的姑娘。姑娘肩上挑着两个筐子，筐里各放有一个大木盆，盆里装有一大团七彩糯米饭。给人送饭吗？不像，如果是，怎么没有碗筷和菜呢？

她一见石哲成，"哦"了一声，且笑了笑，算是打招呼，又像是惊讶，大概是这里汉人来得少吧！于是，他也强装向她微微一笑，点点头，算是不失礼貌，却不敢问她什么。

多奇特！石哲成一直好奇地看着她的背影，看她的服饰，看她挑着的东西，直到她走了很远很远，还不时回首……

这边的寨子不知不觉就要走完了。可石哲成却只顾看寨中的男男女女，老老少少，只顾看他们奇特的服饰：男人的大包头，女人的花头巾……

走着走着，他忽然发现一座吊脚楼上贴有一张布告，落款是"通道侗族自治县"。哦，这就证实了自己现在所处的正是华军哥他们所说的不敢收货的神秘侗乡。

出了寨子，他似乎才想起此行的"使命"，糟了！都走完半边寨子了，自己怎么也不喊一句呢？喊，一定要喊，大声地喊！

"有鸭毛、鹅毛吗——"终于，他壮着胆子对着一座吊脚楼喊出了神圣的第一声。

楼上响起了匆匆的脚步声，一会儿，一个缠黑包头的男人从窗口伸出头来，双眼朝他射出两束闪电般的亮光。他的脸霎时像被火灼了一般，连忙低下头，默默地等了一分钟，却再也听不到什么动静了，也许没货，走！

"有鸭毛、鹅毛吗——"

他对另一座吊脚楼喊出了第二声，楼上响起一阵迟缓的脚步声，尔后出来一个头缠花巾的女人，看了一眼，他的脸不禁又是一阵热辣辣的，赶紧低下头，等待反应，谁知过了几分钟，同样没动静。可能也没有，走！

"有鸭毛鹅毛兽皮吗——"

他对着村口的吊脚楼喊出了第十五声，一个妇女和几个小娃儿从窗口伸出头来，妇人向他呜里哇啦了几句，他顿时觉得有希望了，连忙又是发问又是打手势，然后眼睁睁地等待动静。谁知那妇人摇摇头，又将头缩进窗里去了，余下的又是一片沉寂。

突然，两条大黑狗从门内蹿出来，张牙舞爪地向他扑来，不住地狂吠，吓得他浑身直打哆嗦，只得用编织袋边挡边退……

这边的寨子走完了，石哲成垂头丧气地回到刚才演习的小石桥上，已经疲惫不堪。现在他才彻底后悔：自己今早为什么不回长铺呢？此刻他恨不得插上双翅，飞回羊马桥，搭车回长铺找父亲。然而转念一想，赶今天的车已来不及了。搭明早的车到长铺，那还能找到父亲吗？如果找不到，与其在人家走臭了的地方转悠，不如在这里闯一番，或许以后的运气会好些。

打定主意，他就回身走上风雨桥朝对岸走去，然而，在对岸寨中遇到

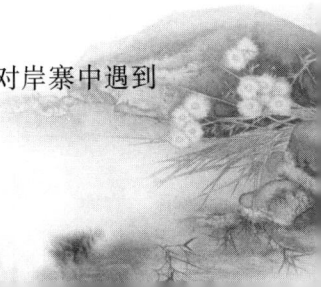

第二章　独闯侗乡

的情景与这边并没有什么两样，他喊了一两个钟头也一无所获。

奇怪！奇怪的侗乡！奇怪的侗乡人！

没办法，只得寻原路返回羊马桥。

4. 山重水复

离开古朴、典雅的风雨桥，逆河而上，不多时就来到上午翻过的那个长界。来时因为是下坡，一条长坡转眼就走完了；现在是上坡，情形就大不一样了。加之他还是清晨在羊马桥仅吃了几个包子，肚子早就唱起了"空城计"，饥饿、疲劳、迷茫、失望一齐涌上心头，搞得人灰心丧气，懊悔不已。

路两旁皆是壁立的山峰，高耸入云，脚下是苍黑的岩石。有好些地方的石头罩在行人的头顶，似乎随时都会崩下来；那些凹进去的地方则如有黑洞，岩缝里到处长着枝丫弯曲的荆棘灌木，酷似怪兽身上的细毛，令人胆战心惊，毛骨悚然。

不知不觉天色便暗下来了，山谷中的岚风带来浓重的凉意，驱赶着白色的雾气，向山下游荡。而山峰的阴影冷森森地朝他扑来，路旁的野花在这沉沉的暮霭中，闪着幽幽的蓝光。

陡峭的山道上没有一个人影，偶尔一两声"呱呱"的老鸦叫，打破了山谷的寂静，更添了几分阴森恐怖。突然，石哲成听到路边灌木丛里一阵窸窸窣窣的声音，他的心不由得一阵发麻：该不会是毒蛇或野兽吧？他赶紧加快步子，然而双腿却不争气地软垮下来，他又急又怕，全身直冒冷汗，直到听不见窸窸窣窣的声音了，他才敢轻缓一下紧张的神经。

此刻，石哲成感到肚子饿瘪了，饿得隐隐作痛，头晕得厉害，眼前似蒙了一层烟雾，路边的景物与来时完全不同了，恐慌陡然而生。为了晚上不露宿山里，他只得振作精神，硬着头皮挣扎在坎坷的山石路上。挺了一会儿，肚子再也忍受不住了，咕咕地直抗议；脖子似乎再也支持不住沉重的头颅；双腿则更是软如麻秆，每走一步都有打折了的危险，步子小了再小，最后简直是在一寸一寸地丈量路程了。

碰到一处凉亭，他就一屁股坐下，不想动了。"歇一会儿！"哲成自言自语地说。

天彻底黑下来了。天空中没有月亮，只有几颗稀疏的寒星点缀着，恐惧汹涌袭来。他不敢停留太久，只得强打精神，扶着双腿再次上路……

面前有两条山路，不知走哪条是正确的。他抬头看北斗星，可是由它的位置仍不敢断定哪条是自己该走的。心想，今晚肯定会困在大山里，要露宿山林了——但愿不要发生什么意外啊！

突然，他发现左前方有一条璀璨的光带像银河一样横列着，他顿时兴奋起来："那肯定是羊马桥的灯光！"于是，便顾不上许多，立即起身，趋光而行……

到达之后，他才知道，原来这条光带并不是羊马桥，而是一个锰矿区——田溪，矿区附近有个寨子，百十户人家，几乎家家都开饭店、客栈。人们的衣着皆为清一色的侗家服装，显得憨厚、古朴。说话叽里咕噜，像是在说外语，他一点也听不懂。这时他才明白上午侗家人不理睬自己的原因，难怪华军说，不懂侗语的人到侗家是收不到货的。

5. 多情侗女

随意走进一家客栈，要了一份饭和一盘水豆腐，这水豆腐白嫩水灵，令人馋涎欲滴，胃口大开——饥饿真是世上最好的调味剂，想不到平日食量不大的成伢子，没三分钟就狼吞了一大钵米饭，为了把肚子塞饱，他还让服务员打了一菜碗热汤，几口就喝下去……

夜深了，石哲成躺在简陋的木板床上辗转反侧，回想起一天的经历，思绪像一团乱麻，越理越糟，想起明日的活计，眼前如同一片茫茫雾海。就这样，直至鸡叫头遍，才迷迷糊糊地睡着了，这一觉好沉，到第二天上午十点才起床。

其时，小客栈的顾客已经寥寥无几。石哲成站在菜谱牌前茫然地看

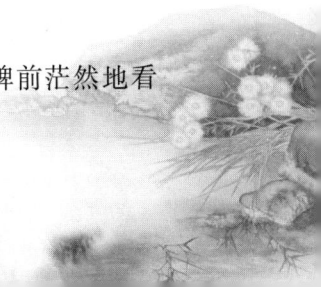

着，突然发现有鸭肉这道菜，惊喜得不亚于当年哥伦布发现了新大陆。于是，他用自己并不标准的普通话问新接班的一位姑娘："有鸭肉吗？"

姑娘用标准的普通话回答："有的，三元一盘。"

想不到在这侗乡竟有人能说如此字正腔圆的普通话，甜脆的声音极像他心目中的白雪公主——他仅仅同窗一年的女同学龚雪梅，心中顿生好感。于是，他仔细打量着眼前这位姑娘：她眉眼和善，水灵俊俏的瓜子脸白里透红，两颊有一对深深的酒窝，身量高挑，虽然身着侗装，可形态与气质却像电影《边城》里的苗家姑娘翠翠……

哲成说："请给我来一盘鸭肉。"

"好的。"

一会儿，鸭肉端上来了，他指着鸭肉问："你们店里，每天杀多少只鸭？"

"不多，大概五六只。"

"有鸭毛吗？"

"有点，也不多，隔几天便有人来收。"

吃罢饭，石哲成请她拿鸭毛出来，一称五斤，湿的。他数了三元钱给她。她接过钱，并没说二话就到柜台里看她的书去了。

他随意瞥了一眼，发现她看的竟是自己阔别多时的《中学语文复习指导》，霎时惊讶不已地问："你也是一位高中生？"

"不，我只读了初中。"

"打算参加高中升学考试？"

"不了，毕业后家里没钱供我读高中，我打算明年参加自考。"

"有志气！"在异乡遇上了志同道合者，石哲成情绪顿时高涨起来。

"唉！没办法，我们山里人重男轻女，父母不太让女孩上学，要是在你们外面就好了！"姑娘叹口气说。一丝愁容掠过姑娘那芙蓉花似的粉红脸庞。

"外边也差不多，没钱想读书也难如愿……"

"这么说，你就是出来搞'勤工俭学'的啰？"

"嗯。"

"出来几次了？"

"才第一次，因为没经验，昨天一整天也没收到一根鸭毛。"

"你不会说侗语怎能收到货呢？好吧，待会儿我带你去收。"

"那你的店呢？"

"没关系的，等会有人接班的。"

"这就太麻烦你了！"

"'同是天涯沦落人，相逢何必曾相识'。别客气，咱们也是同病相怜吧！否则，你一无所获，还以为我们侗家人不好客呢！"说着，就向石哲成投以调皮的一笑。哲成顿时像被一股强烈的电流所击，心里一下豁然开朗：惊喜、感激、温暖以及一切美好而又只可意会、难以言传的复杂感情顿涌心头，脸不由得热起来。姑娘似乎觉察到什么，也"腾"地一下绯红了双颊，俊脸蛋更似一朵灿烂的芙蓉花。

一会儿，姑娘便领着他挨家挨户地收货。每到一家，姑娘便用侗语唱歌似的朝吊脚楼上叽里咕噜地喊几句，于是，东家的拉耶（姑娘）、西屋的卜佬么（老人）便连答"嘎的古！""嘎的古！"（好！好！）很快就提着盛鸭毛的篮子，抢着装兽皮的袋子出来了，有的还把女儿结婚时剪下的长辫子也拿出来。几百人的侗家小镇，他俩只花了半个上午就收完了。

午后，他俩刚回到店里，一称，啊呀，足足二十斤，收获不少呢！哲成要付点"劳务费"给她，她哪里肯要，说："区区小事，怎能要钱？只要你说一声侗家人不错，我便心满意足了。"

晚上，哲成把鸭毛摊在客栈的地板上，想不到第二天早晨一看，原来薄薄的一摊，一夜工夫变成蓬蓬松松的一大堆了。他费了九牛二虎之力才用两个纤维袋装下。

两袋鸭毛在手，石哲成心里踏实了许多，他对前来客房探望的侗女说："明天我想去羊马桥，一路收货一路走回家去。"

侗女说："一袋货二十多斤，只怕你的车费都没攒够，就回去？再收几天，反正这几天我可以休息，有时间帮你。"

石哲成有点过意不去："我俩素昧平生，你这样尽心尽力地帮我，我实在不好意思。"

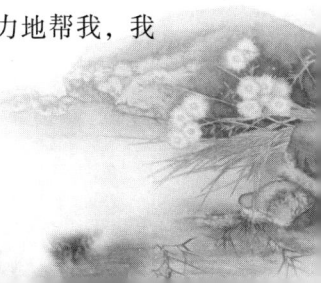

青石湾

侗女一撩秀发，爽朗笑道："有缘千里来相会，我俩算是有缘的人，我一见到你就认定了你是一个憨厚老实的汉家小伙子，我敬重的就是你这种人，更何况我对你好是有另外的原因的。"

"另外的原因？"石哲成心里一惊，脸一下子红到了脖子根儿。

侗女见其如此，心里不禁一热，心想：好一个纯情的汉家小伙，好一个腼腆的读书人。

一会儿，她才缓缓地说："其实，我也不是一个纯血统的侗家人，我爷爷是一个汉家人。"

"什么？"石哲成吃惊地睁大眼睛，说，"真的？你爷爷也是汉家人？"

"嗯，对呀。"侗女肯定地说。

突然，客楼下传来一句："拉耶，来客啦！"

侗女朝下应了一声："嘎的古！"尔后又回头对石哲成说："明天是侗历六月六日，我们侗家人的'芦笙节'，要举行'赛侗歌'，选'歌王''歌后'呢，到时，我带你去。"不等石哲成回答，她就走下楼去了。

第二天，姑娘换上一身全新的侗家装束：头上包着花格头巾，身穿镶有彩边的锦衣，套上一条七彩的筒裙，手戴银圈，脚穿绣花尖头鞋，手提着一个精致的小竹篮，篮子上系着一条绣花手帕，显得比昨天更加妩媚动人。她担心石哲成的汉家打扮太引人注目，因此也给他带来了一身侗家小伙的衣服让他换。于是，一个头裹簇新头帕，身穿带有一行英雄骨节扣的亮丽藏青色对襟衫，腰带紧束，腿绑绑腿，风流倜傥而又精神十足的侗家拉曼就出现在侗女的面前。侗女不由得夸道："好帅的拉曼。"顿时，把哲成夸成了一个"红脸关公"。

上午十时左右，他俩来到一个叫古杉坪的侗寨。

山坡，溪边，树荫，侗寨前的草坪上：数不清的头帕飞舞着；数不清的褶裙飘动着；数不清的花伞旋转着；数不清的山歌回荡着……

这个平时仅有六七百人的比较安静的村寨，此时早已人声鼎沸，很远就听到高昂的山歌声：

又是一个六月六，

侗乡处处飘锦绣。

欢迎你到侗乡来，

欢乐歌声唱起来。

走进"山歌"场地，只见穿着节日盛装的侗家人一片欢腾，他们吹起悠扬的芦笙，敲起欢乐的锣鼓，挥舞着艳丽的花环，欢迎一拨拨从四里八乡远道赶来的客人。满怀新鲜的游客饶有兴致地观看着古色古香的侗寨鼓楼、风雨桥以及一栋栋富有侗家特色苍劲卓绝的吊脚楼，一条清澈见底的小溪穿寨而过……侗乡美丽的风景让他们欣喜沉醉，频频按动相机快门，让眼前的美景永远定格在他们的胶卷里。他们看到侗家打扮的石哲成和侗女，以为他俩是一对情投意合的侗家恋人，纷纷邀请他俩在鼓楼旁和风雨桥上留下美丽的合影。石哲成时时面露羞色，侗女则快乐得如一只阳雀，"咯咯"地乐个不停。

演出依次进行，引来了观众们的阵阵叫好声。诠释侗家姑娘小伙在劳动中互相帮忙、编织美好爱情愿望的"薅薏舞"，表现侗家夫妻恩爱、夫唱妻和的"挤油尖"，表达侗家人五谷丰登、风调雨顺的欣喜的"芦笙舞"，还有表现侗家特有生活乐趣的"摇摇舞""草叶去线""摸新娘"，都纷纷登场。

每一支舞都是一幅富有侗家生活气息的画卷，每一首歌都唱出了侗家人对生活的热爱。这场面让哲成大开眼界，他不由得感慨道："你们侗家真是山水美，歌舞美，人更美呦，如果这次不是误打误撞来到你们侗家，我至今还不知道我们中国有着一个如此风采独特，如此美丽动人，如此多才多艺的侗族，我真的有点后悔没有生在侗家了。"

侗女微笑着，含情脉脉地看着他，许久，她才说："要是你在这多待几天，我会带你去看鼓楼坐妹对歌的情景，那才是原汁原味的侗家风情，今天这些节目毕竟是经过艺术加工了的，是有点汉化的。"

第二天，侗女又陪哲成收了两袋鸭毛。

看着四袋鸭毛，哲成说："明天，我真的该回去了。"

侗女有点不舍地说："行吧，明天我送你一程。"

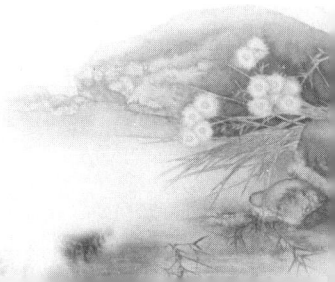

青石湾

在回羊马桥的路上，侗女向哲成讲起了自己的家史。原来，她不是地道的侗家女，奶奶是个苗女，住在雪峰山腹地的巫水河边，十八岁长成了一个水灵灵的乖黛帕（姑娘），已到了赶"边边场"的年龄了。赶"边边场"是苗家青年男女相识对歌的好机会。那一次，她身着彩衣，佩戴着闪闪发光的银器，真是仪态万方，风姿绰约。她一出现，小伙子们立即被吸引过来，他们大声地互相用暗语交谈，实则是在隐约其词地试探她。男青年甲说："我数人一行赶上人，不知抢先还是后跟，我犹豫再三不能决，你回复一句搞分明。"

她斜睨了青年一眼，见其獐目鼠脸、尖嘴猴腮的，就转过头去，继续前行。

待一会儿，又有男青年乙说："人先在前我在后，要想抢头礼不周；同人一道去一程，好话商量肯不肯？"

她又回头朝青年扫视一眼，但见一彪形大汉，高大结实得似一座坚实的铁塔，肩膀有门扇那么宽，胳膊有小椽条儿那么粗，四方脸盘儿又红又黑，两只眼睛又圆又大，浓眉毛，高腭骨，高鼻梁，宽下巴，看样子二十开外年龄，是一个成家立业的好汉子，可是他与姑娘心中的"白马王子"相差十万八千里。于是，姑娘继续往前遨游，与伙伴嬉笑，四处斜顾暗盼。

一会儿，对面走来一个男青年直截了当地问姑娘："大姐你脚走五湖，步行三江，我不知涉了多少道溪溪水水，不知爬了多少座山山岗岗，唯有今天，前脚踏着你脚印，前身挨着你身后影。有道是：同船苦渡，前五百年所修；而今男脚女足，同踩一条道路，男头女首，同顶一个太阳，也是有缘千里来相会，为何见面不相识。大姐啊，请同走一程行不行？"

她抬头一望，见是一个肥头肥脑的矮胖子，说起话来油嘴滑舌，就没好气地说："大路朝天，各走一边，有什么问的？"

那矮胖子接着说："独木不成林，风吹草木惊，朋友越多越好，一个比不上一群，同大姐一路走，搭个伴吧。"

姑娘不再搭理他，就与伙伴们从麻石小街走出来，穿过美丽的风雨桥，闪进密匝匝的枞树林，最后来到热闹非凡的青年们谈情对歌的伊甸园——小河滩。

美丽可人、光彩夺目的姑娘一出现在小河滩，林边立即响起一片"呵嗬"声，好几个后生就站起来，纷纷用热辣的情歌挑逗：

> 聪明乖姐惹人恋，好花一朵隔河鲜；
> 有心变成蜜蜂子，身上无翅难拢边。

好在她是有备而来，虽在众多男子的围攻下，仍然是心不慌、脸不热，答歌委婉得体：

> 有雨无晴（情）莫吹风，沙土筑墙莫费工；
> 有口无心（你）莫来哄，老糠无米（莫）害人春！

"玛汝（好哇）！"婉转的歌喉，引得小伙子更加使劲起哄，有的便迫不及待地自我介绍，有的则借口"讨东西"来试探。但她却不轻易敞开心扉，而是细细盘问对方的姓氏、寨落、手艺、志趣等情况，且这些问答全用对歌表达，妙语连珠，寓庄于谐。

经过好几次赶"边边场"的对歌，她选中了一个眉清目秀、身材修长、文质彬彬的帅小伙，他的歌唱得好，每首歌都唱进了乖黛帕的心窝窝里去了。十九岁那年，她就被男方家用八台大轿抬走了。男方家当时在巫水河边的一个小镇开了一个客栈，生意很红火，家境很好。因此，婚礼办得热闹红火。

苗人的婚礼是很讲究的。新娘出门哭爹娘，进新郎家要跨火驱灾；时辰不到不能进屋，进门要走八玄门；进屋后，时辰不到不可以走出屋檐水；若两家近，不可以回家去。婚酒摆两天三夜，由新郎家族轮换招待。其间还要对歌。婚礼结束，若新娘身体不适，得先回娘家，后由爹爹送回；若留下来，则去井里挑回一担水以示留意。另外，去迎娶新娘时，得请个子女双全、年内没有丧事的妇女去服侍，以期婚后子女双全。

发亲那天，新郎家早早地把大花轿摆在离新娘的家门口半里地的大路

青石湾

口。开门时辰一到，"隆——隆——隆——隆——"四声铁炮响过后，长挂长挂的鞭炮也"哗啦哗啦"炸响了，震得山摇地动。随着"开门大发"的喝彩和伴娘的哭嫁声，堂兄背着她从家门口出来——新娘上轿了。花轿前是"咿哩哇啦"的唢呐手和"咚咚锵锵"的锣鼓班子。后面是送亲人群和花花绿绿的各种嫁妆，大家都簇拥着刻有龙凤图案的大花轿。轰轰烈烈，整个苗山沸腾了……

奶奶五十年后回忆起这场面，这情景，满脸还洋溢着幸福、快乐与自豪。可惜，好景不长，她嫁到婆家的最初三年中，公公、婆婆就相继过世，家境从此衰败。五年后，恩爱的丈夫又不幸患上当时的绝症——痨病。一个原本风度翩翩、神采奕奕、健壮俊雅的帅小伙，被病魔折磨成了一个恹皮刮瘦、腰弯似弓的"病痨子"，不到三十就死了。于是奶奶就被视为"克夫"的女人，在苗家是没人敢娶的。后来，一个长得非常英武的汉家货郎来到她家想做上门郎。她见其人高大俊朗，心中乐意，又怕上当受骗，因为太漂亮、太优秀的男人没几个是靠得住的。但最终经不住那英武的中年汉子的花言巧语，死缠烂打，她就半推半就满足了那汉子的心愿。此后，他俩继续在镇上开着那个客栈，男主外，女主内，夫唱妻和，日子过得蛮滋润。

弹指一挥，两个多月过去了。她身上有了反应——怀孕了。当她乐滋滋地把这个喜讯告诉那个汉子，那个平时挺有主见、有能力的汉子竟一脸惊慌。她见事不对头，为了孩子，为了这个家，更为了留住心爱的男人，就施展了当地女人惯用的绝招——放蛊。

那薄情的汉子不知内情，趁她一次外出走亲戚之际，竟不辞而别。她在家苦等了一个月，谁知那男人仍不回家。她身着汉装到雪峰山那边的金沙镇找过，谁知那汉子留下的是个假地址，找了半个多月也没找着，想必他已被蛊毒死了。她好不伤心，好不后悔，只得回到家中苦等，当然更希望奇迹的发生。这时，自己的肚子一天比一天凸显，没办法，她只得从苗寨逃至侗乡找了个男人，草草成家。六个月后，生了侗女她爸。多年来，奶奶做梦都在盼望那英武的汉家男子能回到自己身边，求她给解药，求她原谅，一直到去年去世。临终时，奶奶把一块心形玉块留给侗女，并告诉她："这是你那汉家爷爷送的，以后要是遇着汉家来的货郎，你拿着它也许还可以帮你爸爸找到他的汉家亲人呢。"侗女说着就从衣裙里拿出玉块递给石哲成。

石哲成接过这枚红绯绯的心形玉块，紧紧地握在手里，心潮起伏，浮想联翩。他手中握着的似乎不仅是块玉块，而是侗家奶奶那颗痴情滚烫的心，眼前似乎出现了那个多情的苗家女子，在巫水河边痴情地等待远方浪子归来的身影。尔后，他也把自己脖子上佩戴多年的绿色玉环，郑重地送给了侗家女。

侗家女羞涩地接住了，眼睛闪着晶莹、幸福的泪花："自己身上流动着汉家的血液，也许就因为这个缘故，我对汉家人，特别是汉家的货郎有着特别的感情，总幻想有一天奶奶的心愿得以了却，我心中的谜团得以解开……"这个凄婉的故事，使两人都沉浸在悲戚之中。许久，侗家女才开口说话："要是你在这里多待几天，我会带你去看鼓楼坐妹对歌呢。"

石哲成问她："几天前我进侗寨时，看见一个侗家女肩挑两个筐子，筐里各放有一个大木盆，盆里抓着一大团七彩的糯米饭，那是什么风俗？"侗女说："你看到的可能是我们侗家三角粑，这是侗家人出远门或上山干活时，当作午饭的一种粑粑。它是用一片芭蕉叶包的，用糯米与高粱拌匀浸泡，磨成浆再过滤至半干，捏成鸭蛋大小，放在采来洗净的芭蕉叶上，包成三角形，蒸熟后就变成美味的三角粑了。有的侗家用红薯或南瓜代替高粱米，用桐叶代替芭蕉叶，这样制成的粑不成三角形，侗家称之为'桐叶粑'，味道清香甜软。"

接着她用欢快的口气向石哲成介绍了许多新奇有趣的侗家风情：春节的"给雄鸡献果""砍竹管""吹芦笙"；二月的"斗牛节""摔跤节"；三月三的"玩花山""大雾梁歌会"；四月八的"祭牛神节""姑娘节"。特别是"玩花山"，她说得几多迷人：每年三月三、六月六、九月九，那几天赶场，侗家青年男女穿着新织的家织布，吹着悦耳的木叶歌，摇着棕叶蒲扇，成群结队地来到场上。姑娘小伙们就用山歌一唱一和、一问一答唱出了自己的情和爱，也唱出了一曲美丽的童话。

湘西侗族的婚俗活动包括赶坳、玩山、出嫁和结婚几个大的阶段。情

第二章　独闯侗乡

青石湾

歌主要在赶坳和玩山时演唱，故统称为"玩山歌"。按玩山的程序和场合，"玩山歌"细分为："上坳歌""初会歌""问姓歌""盘答歌""借袋歌（试探歌）""分别歌""约日子歌""初恋歌""嘱咐歌""送行歌""相思歌""信物歌""求婚歌"等。恋爱过程中，遇到一些波折，都会给恋人双方带来忧伤和痛苦，这时就会唱"请媒歌""相会歌""分离歌""情变歌""相思歌""失恋歌"等感情异常变化的歌曲来表达男女双方的思想感情。

在玩花山上唱"玩山歌"。男女初次见面唱初相会，内容是男女双方以唱歌介绍自己的情况，表示对对方的爱慕之情，每段歌必以"初相会"三字开头，如："初相会：新打剪刀难开口，有心问妹几多情。""初相会"后，男女如期赴约玩山，就唱"新的伴"，此后，玩山男女可单独前往，唱"久的伴"，"久的伴"三字为开头的玩同歌，唱的时间最长，往往长达数年，相约数十次。山野间缠绵的歌声成为连接恋人感情的纽带，也成为相互之间深入了解的手段。当爱情之果成熟时，双方相约唱"誓愿歌"，这里，一方常对日后的生活做最坏的设想，另一方则表明愿同甘共苦的心迹……

奇妙的异族风情深深地吸引了年轻的石哲成，也让这对年轻人的心靠近了。

石哲成感叹道："侗家真奇妙，侗家的歌真多。"

侗女说："我们这里有两句俗语：'饭养身，歌养心。'你们汉家有读不完的书，我们侗家有唱不完的歌。"

石哲成说："这话说得对极了，你能教我唱侗歌吗？"

侗女高兴道："你想学？"

石哲成："嗯！"

侗女想了一句说："那我就教你一首最简单的吧！"

石哲成："好的。"

侗女就唱齐了《今天好》：

门奈奈（今天好），

门奈奈，

门奈门奈尽宽其（今天我们真高兴）……

石哲成跟着唱，因为歌词简短，不过一两回，他就唱得像模像样了。侗女很高兴，接着她又亮起嗓子，为石哲成唱起了侗家山歌，其中一首"木叶歌"好甜：

咿罗喂——

高山木叶青又青，情郎哥哥可会吹？

你若吹得木叶响，只动木叶不动媒。

石哲成虽然听不懂歌词，但他仍然被侗女的真情和清亮的歌声打动，更为侗歌那优美的旋律所陶醉，石哲成也忍不住亮起嗓子为侗女演唱了一支流行歌曲《九妹》：

你好像春天的一幅画

画中是遍山的红桃花

蓝蓝的天和那青青篱笆

花瓣飘落你身下

画中呀是不是你的家

朵朵白云染红霞

哥哥心中的九妹，你知道吗？

是我心中那一幅画。

九妹九妹，漂亮的妹妹，

九妹九妹，透红的花蕾，

九妹九妹，心中的九妹。

……

歌声中，心儿越唱越近，情儿越唱越绵，路儿越唱越长。

第二章 独闯侗乡

青石湾

　　登上地梁坳时，坳上有座六角凉亭，他俩坐在六角凉亭里的凉水井边歇一会儿气。这种山坳凉亭和鼓楼、风雨桥一样，也是侗家山区的特有建筑，它不在寨子里，也不在村边，总修在行人来往的高山大坳上，供走累的旅人歇脚乘凉。亭前或亭后往往有泉水井，让人喝水消热解渴。

　　石哲成擦擦汗，去拿那水上漂着的半边木瓢舀水喝时，却被侗女一掌拍泼了："不要命啦！走得上气不接下气，急着喝凉水，会生病的。"

　　歇过一阵，气喘匀了，哲成又伸手要瓢，还是被侗女拦住了，只见她从篮子里摸出一个蒜头来，说："给你，就大蒜喝凉水，能防百病，能解百毒。"

　　原来她是这等好心，照顾人又是如此细心，石哲成心中涌起一股暖流，浓浓的温情夹裹着融融的感激之情，喷涌而出。

　　"好的。"石哲成坐下，心想："千里相送，终有一别。"心中涌起丝丝不舍，眼睛酸酸的。青春萌动的他最终忍不住抓住侗女的双手，双眼直视侗女说："你真好，你叫什么名字？"

　　侗女笑成一朵芙蓉花，抽回手，伸长脖子在石哲成脸上轻轻一吻，调皮地说："你唱的歌叫'九妹'，以后你就叫我九妹吧！"

　　"九妹，九妹！"好一个九妹，好一个纯情善良的侗家女！走了很远，石哲成还忍不住频频回首。只见侗家女像一只美丽的金凤凰伫立在满目的绿色之中，频频招手。青山绿水的上空久久回响着她那清脆多情的用汉语唱的《离别歌》：

说到分别脚难抬，

扯根葛藤沿路栽，

葛藤牵去又牵转，

等到花开又转来。

等到花开又转来，

……

　　此刻，石哲成顿觉自己的心碎成两半，似乎有一半仍留在那满目绿色之中，伴随那美丽多情的侗家女九妹，缠绵在她那动听的歌声里。

6. 异乡亲人

原来因为昨天走错了方向，这里离羊马桥已有三十多里了，得翻昨天那个山界。石哲成今天是"人逢喜事精神爽"，又因有"九妹"的指点，心中有底，挑着一担轻轻的毛货，一口气翻了那个山界，顺利地走到羊马桥。

夜晚，石哲成躺在旅店里，计算着收入：一斤干鸭毛能卖三元，四五十斤可卖百多元；今天路上，又意外地收到一张狗獾皮，可卖近百元；除去车旅费，除去本钱，能赚五六十元；五天，每天挣一张"工农兵"，值得！石哲成心满意足地进入了甜甜的梦乡。

早晨，他挑着鸭毛朝车站售票处走，突然发现刚进站的客车上下来一个他熟悉的干瘦、苍老的背影。

"六爷爷！六爷爷！"石哲成惊喜地丢下担子，朝六爷爷奔去。

六爷爷茫然地抬起头，用昏黄的老眼艰难地在人群里寻找……

六爷爷是一个老光棍，六十多岁，是村上唯一长年专门做毛货生意的，责任田让别人种着，他是村里唯一一个不肯吃"五保"的五保户。他无儿无女，是"一个人吃饱，全家人不饿"的鳏夫。他住在一座矮小但很精致的木屋里，整天又唱又吹，快乐无比。村里有人称他是一个"快活佬佬"，也有人"骂"他是疯子——"六疯子"。可他却为石哲成的童年增添了许多快乐。

孩提时，因为没有爷爷，奶奶又多病，常年卧床不起，石哲成很孤独，很想有几个伙伴陪他玩，可同院的小孩少，他没有玩伴。时间长了，他变得很自卑，很内向，小小的年纪就有一种与他很不相称的忧郁。不管在学校，还是在家里，他总是默默无语地读书、做事，父母因为要挣工分养家，把他的沉默当作是懂事、听话，当然也就省心了。

此时，六爷爷却发现他的不正常，在工闲时，总喊成伢子去他那座木屋里玩，后来还特地让成伢子住进自己的小屋里。六爷爷给他一些糖果

吃，给他讲《三国演义》《水浒传》，话《西游记》《聊斋志异》，说《岳飞》和《薛仁贵》，让他读《唐诗三百首》，有时还教他吹笛子，吹芦笙——一种水烟斗似的乐器，不知他从哪儿弄来的，声音"呜哩哇啦"的。成伢子费了吃奶的劲儿也吹不好它，就央求六爷爷吹。六爷爷看到成伢子很快乐，他自己也就很快乐，于是便吹得很卖力。听着这粗犷近乎原始的声音，成伢子着迷了，也缠着要学，六爷爷无奈，只得说："其实我也吹得不够正宗，我只跟着你汉四爷爷学了一段时间，还没学精，你汉四爷吹的那才是正宗的呢。那时，我陪他去'玩花山'时，硬是迷倒了几多侗家拉耶（侗家姑娘），苗家的乖黛帕（苗家姑娘）。他还能吹其他各式各样的乐器呢。"

"哎呀！"成伢子惊讶得瞠目结舌，"华军爷爷这么行？可华军他爸爸却一样也没学会，难道他没随汉四爷爷学吗？"

"汉四爷爷没时间教他，他很小的时候，汉四爷爷就死了。"

"哎，要是汉四爷爷莫死，那该多好啊。"

"嗯，也是……"六爷爷说到这时，脸色一下子沉重起来了，不再说话，似乎陷入沉思……

许久许久，六爷爷的脸色才又由阴转晴，这时他说："成伢子，来，我教你吹木叶吧，吹木叶容易学，等你长大就吹着木叶去找媳妇吧。"

"找媳妇？真的？我学，我学！"成伢子天真地说。

后来，成伢子考上了县中，六爷爷因常年在外，爷孙俩交往才少了。不过在六爷爷眼里，成伢子一定是石家最有出息的孩子；而在成伢子心里，六爷爷一直是一个最慈祥、最可敬的老人。

六爷爷一见石哲成，满脸惊愕："你，你这犟小子！哪天出来的？"

"出门五天了。"

"你怎么也出来了？"

"想攒钱呗！"

"想攒钱？"六爷爷半是心疼半是责备地说，"唉，收毛货这种事哪是你这嫩伢子干的呢？"

"正因如此，才更需要出来锻炼嘛！"

"你只知道锻炼！这么老远的，也该结个伴嘛，一个细皮嫩肉的伢子，单枪匹马出来瞎闯，万一有个好歹，你爹妈将来怎么办？"六爷爷用干柴似的大手抚摸着哲成的头，重重地叹了一口气，"你可是你家的一棵独苗呀！"

"我是与我爸他们一起出来的，在花园市，他们没搭上车，才分伙的……"于是，他就把几天来的经历向六爷爷讲述了一番。

"现在打算怎么办？"

"回去。"

"回去？你就挑着这些不值钱的几袋货回去？"

"不！"哲成唯恐自己的收获他不知道，连忙拿起那金黄色的狗獾皮，向六爷爷炫耀道，"除了鸭毛，这里还有一张上等狗獾皮呢！"

"多少本钱收的？"

"不多，只五十五块。"

"哎呀，你上当了！"六爷爷不屑一顾地说，"'春毛松，夏毛穷，秋毛无用冬毛绒'，这是一张秋毛皮，有什么用！你这一趟只怕连本钱都保不住的，还说要攒钱呢！"

哲成一时被他说得羞愧难言。六爷爷看出了哲成的心思，沉思了一会儿说："这样吧，你既然在离家这么远的地方遇着我，也算是我们爷孙俩有缘分。待会儿，我帮你处理掉这些毛货，我带你去闯世界吧。不过，到时可别叫苦哇！"

"行！"石哲成早想跟六爷爷收毛货了，只因他常年在外，没机会求他，现在他能带自己，实在是难逢的机缘。就这样，石哲成意外中成了老货郎六爷爷的徒弟——一个名副其实的小毛货郎。

7. 无聊旅途

空寂的山岭上没有一个行人，也没有一只鸟雀或一只山兔，走半天也不见个村子，自然也听不到鸡鸣犬吠声，更没有男人、女人的说话声和娃

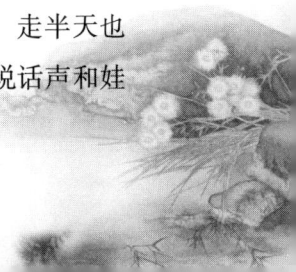

青石湾

儿们的笑闹声。

　　苦重而炎热的空气仿佛停滞了，燥热的身子等候着风，但是风不来，太阳光从蓝天上火爆地射下。石哲成跟着六爷爷踏着滚烫的砾石小路艰难地走着，走着……

　　一路上，他心情很不好。虽然现在有了依靠，不再担心迷路或找不到住宿地，可是，从羊马桥开始，一晃三天了还不见六爷爷收货，整天只在荒无人烟、崎岖陡峭的山路上走，脚疼腰酸，身子像散了架似的直想瞌睡，心里忍不住一阵阵地埋怨起来：唉，说什么"放长线钓大鱼"！"鱼"在何方？

　　一天，他俩经过一片长满乱草的荒岗子，六爷爷放下担子，石哲成以为六爷爷要"方便"，也就停下来。只见六爷爷一脸严肃，独自默默地走上山坡，在乱石中寻寻觅觅，最后在一个荒草堆前点燃一匹纸钱，插上两根蜡烛三根香，然后毕恭毕敬地站立，双手合一，喃喃细语，很虔诚地鞠三个躬，再跪下叩三个响头，还让哲成过去跪着叩三个响头。六爷爷打开一瓶酒倒下……最后他顺手摘一片树叶，放在嘴里，于是，一支凄凄惨惨、悲悲戚戚的《孟姜女哭长城》的曲子喷然而出，令人闻之无不为之落泪，为之心碎。

　　石哲成非常疑惑，想问，但见六爷爷一脸落寞，也不敢贸然发问——这就成了一个谜。

　　时值三伏，骄阳似火，烤得他们头昏目眩。爬了半天山路，哲成早已汗流浃背，气喘吁吁，六爷爷却全然不觉天气的恶劣，还蛮有兴趣地哼起了他那似乎永远也唱不完的歌谣，其中有一首《十月子飘》更是他每日必哼的保留曲目：

　　　　正月子飘是新年，
　　　　情妹劝郎乖乖哟——莫赌钱呦我的干哥！
　　　　十个赌钱九个输，
　　　　有情我的郎，乖乖我的妹，
　　　　哪个赌钱乖乖哟——有好处我的干哥……

8. 河水隐私

翻过一个既长且陡的山界，走过山路十八弯，他们面前倏地现出一条晶莹的光带，那是太阳投射在水面所纷呈出来的粼粼波光。

啊，一条河！石哲成高兴得把寂寞、疲劳一股脑儿抛到了九霄云外。

"洗澡喽！"石哲成想都没想，不顾得与六爷爷打个招呼，就把担子丢在乱石滩上，毫无顾忌地脱得精光，迫不及待地扑入水中，完全赤裸的身子浸在冰凉的河水中，暑热如惊鸟四散，全身无一处不被清凉的水浸泡着，抚摸着，清爽至极，舒服至极。简直不能形容有多惬意！全身好像立刻解脱了一切羁绊，自由、轻松、爽滑，那皮肤在凉水的刺激下，麻酥酥痒乎乎的……

一会儿，快活得忘乎所以的石哲成从水里冒出头朝岸上看，只见六爷爷正赤裸着上身，把头深深地浸在水里，瘦得皮包骨头的腰身，肋骨历历可数。尔后，见他直起腰，松开宽大肮脏的裤头，可怜巴巴地用毛巾往胯裆里擦拭。

可恶！石哲成看不得那装模作样的丑态。

"六爷爷，脱下裤子洗呀！"石哲成在水里游来游去，对着六爷爷高声大叫："你怎么舍不得把裤裆那股怪气洗掉呀？"

"不脱不脱，这么洗我还舒服些。"他结结巴巴、言不由衷地说。一边提裤子一边朝石哲成尽量远的地方退，好像怕把他拉下水淹死一般。

好奇心战胜了理智，此时，成伢子忘记了长幼之别、师徒之分，从水底游向他，悄悄地捏住六爷爷那竹节似的脚杆，冷不防一拖，六爷爷他便像木头一样倒在河里，接着便一阵羊痫风似的抓挠和扑腾，伊里哇啦地叫喊。

石哲成就像蛇剥皮一样剥下他那条肮脏无比、怪气熏天的裤子，可是，此时，石哲成惊讶得差点跌倒水中，这是怎样一副可怕的模样啊？只见他的大腿麻秆粗，还有那男人的标志萎缩得只剩一撮皱皱的黑皮，令人

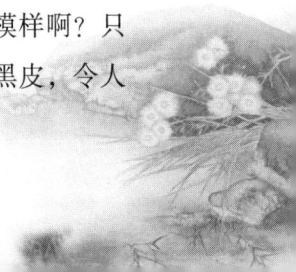

青石湾

厌恶、可笑而又可怜！

纯洁幼稚的石哲成惊呆了，不知所措，痴痴地站着，脸上火辣辣地灼烧着。

世故老成的六爷爷被石哲成的恶作剧搞得无地自容，黑黄的瘦脸变成紫红，嘴里讷讷地说："生就的，生就的……"

不知道人世间，竟然连那么一件属于男人骄傲的东西也不能平等吗？石哲成真后悔。如果一个人的过失可以赎回的话，他愿意用自己的十年阳寿，去赎回刚才因恶作剧给六爷爷的心灵造成的创伤和对他尊严造成的损害。千不该万不该揭露了一个长辈人生中最大的隐私，虽然自己是无意的。

9. 爷孙师徒

以后的几天时间里，石哲成的心陷入深深的懊悔之中，以至不敢与六爷爷说话，也不敢正视他，更不敢朝他那胀鼓鼓的裤裆里瞧。至此，石哲成才知道世上还有一种比孤独更难熬的东西——内疚。

六爷爷见其如此，就千方百计用笑话（但已不是谈男女私情的笑话）或是唱他那似乎永远也唱不完的古老的歌谣：

十双鞋子

正月里呀是新年，妹把鞋样剪，剪个鞋样送给我老庚。
二月里呀是春分，妹把哥哥问，问起哥哥哪月哪时生。
三月里呀是清明，妹把皮匠请，请个皮匠鞋才做得赢。
……

本来六爷爷是想分散石哲成的心思，振作他的精神，然而却无济于事。

四天后，开始收货了。石哲成的心才稍微开阔了，话才多了些。

在收货中，石哲成学到了很多课堂上无法学到的知识。六爷爷总是尽心尽力地告诉他怎样辨别狗獾和猪獾、花狸和狐狸、田鼠和黄鼠等兽皮，并告诉他各种兽皮在各个季节的质量、价格。六爷爷还传授他做生意的技巧、口诀和手法。似乎全然不管石哲成只是把收毛货作为复课的跳板，而是把他当作一个虔诚的小毛货郎——自己的徒弟。

石哲成从心底佩服他的博学多才，六爷爷不愧是一个在江湖上混了半个世纪的老毛货郎。所到之处，哪种风俗他都懂，哪种语言他都会说，确实是左右逢源。在做生意中，自己只能做一个不称职的挑夫，像哑巴，像聋人，像呆木头一样立在一旁做陪衬。但六爷爷时常对他说："这次有了你这个小白脸做帮手，我收货格外得心应手。"对此，哲成很难理解，不知他说的是真话还是为了安慰自己，抑或是人们那种以貌取人的心理效应吧。

收货时，不知六爷爷与苗家阿妈讲的是什么，也不知他与侗家阿公笑的又是哪桩。反正，只要是毛色好看、质量优良的兽皮，用不了他三言两语，就进了石哲成的货郎担。

总共收货不过二十来天，他俩就各自挑了满满一担质量好、毛色鲜的上等皮货了。

六爷爷说："这一趟，你运气好，我们至少要赚它个千儿八百的。"

千儿八百？好家伙！若这样，走不上两三趟，我就可以再次踏上那崎岖的小道，重回县中再攀登一年了！六爷爷却说："只要再走两三趟，就可以给你娶个漂漂亮亮的新娘了。"

"我要读书……"哲成在心里默念道。

停了片刻，哲成很坦诚地说："六爷爷，您老也许还不明白我的心思。我现在是想早日攒一笔钱，趁早回县中复课，明年再去参加高考。"

"成伢子，你还想去读书，不想当货郎？"

"不瞒您老，我早先是想当教师，想用知识改变我们青石湾，而现在，我是既想读书又想当货郎。我要读更多的书，要上大学，今后当高级货郎呢。"

第二章　独闯侗乡

青石湾

"高级货郎？从没听过这个名字。"六爷爷吃惊地瞪大眼睛。

"对！高级货郎！六爷爷您老不知，在外国那些先进国家之所以富得流油，是因为生产全是机械化、自动化。我虽是个文科生，但打算考上大学后，在学好自己本专业的同时，还要利用课余时间自学机械自动化。我要将这些不起眼的鸭毛、鹅毛，通过机器顷刻就制成暖烘烘、软绵绵、花色鲜艳、人见人爱的鸭毛绒、鹅毛被什么的。我们家乡武冈俗称'铜鹅之乡'，有道是'武冈铜鹅甲天下'，这里有的是资源，如能筹到资金，我就在金沙筹建一个羽绒加工厂，哪怕是我为厂里打工都行，也要让我们的羽绒品也像'武冈铜鹅'那样名满天下。"

"啧啧！有志气，有远见！后生可畏！只怕我看不到那一天了。"六爷爷感慨地说，"成伢子，我也不瞒你，起初，我还以为你不想读书，要做个像我这样浪迹天涯的毛货郎，所以我才坚决反对你来收货呢。如果你要办羽绒加工厂，不论多少，我也得支援支援。"

"这可不敢当了。六爷爷，再说那还是遥远的事。您老人家赚了钱，该盖一座洋房住住。"石哲成说。

六爷爷那紫黑色的脸上掠过一丝凄苦："我要小洋房做什么？又没个后人消。"

石哲成心头一沉赶忙开口："那给您老买一副顶好的千年屋（棺材）。"话说出口后却觉得欠妥。不料六爷爷却翘起那束稀稀疏疏的长须乐呵呵地说："还是你聪明。不过现在还早，我还能走它个三五年，等到走不动了再买也不迟，但是——"说着，他忽然打住话头，眼光在哲成脸上扫来扫去，然后迟疑不决地说，"哪天我老了，成伢子你能不能帮六爷爷在墓前立一座小碑？"

石哲成当即答道："行！我会写下树碑者石哲成，那么您的墓在每年清明节就不愁无人扫了。"

六爷爷听了竟兴奋得老泪纵横，激动地抓住石哲成的双臂，使劲地摇着："成伢子，你六爷爷有你这句话就放心了！——好，今晚我请客，我们爷孙俩喝两杯！"

想不到六爷爷这样看重自己的身后事，石哲成心中的疑惑更重了，为什么六爷爷有这种与众不同的心态呢？每当他静下心来时，想得最多的就是琢磨六爷爷的话语，想以此研究他浪迹江湖的一生。

初涉世事的少年心思当然逃不脱那饱经沧桑的六爷爷的眼睛，果然，一天夜里，躺在客房，他就对哲成讲起了他曲折坎坷的人生。

第三章　坎坷货郎路

1. 六子家史

五十年前，六爷爷（当时大家叫他小六子）的家境还算是小康水平，加之他父母勤劳节俭，打算周全，一年到头还有余钱。望子成龙的父母就把十岁的小六子送到本乡一位极为方正的私塾先生家读书。

小六子长相秀气，天资聪颖，勤奋用功，口齿伶俐且又安分守己，深得先生宠爱。他当时最大的愿望就是考上秀才，成为一个文化人，出人头地，能像先生那样开馆授业，造福社会，改变青石湾这种落后、蛮荒的面貌。

几年私塾生活过去后，小六子已长成一个英俊潇洒、才华横溢的小伙子，让大姑娘、小媳妇一见就脸红心跳的白面书生了。先生更是乐在心头、喜上眉梢，就把自己那个鲜花一般的十六岁独生女兰娇娥许配给了小六子。

小六子风华正茂，风流多情；兰娇娥小家碧玉，温柔贤淑。小夫妇琴瑟和鸣，夫唱妇随，生活快乐美满，那份恩爱更不用说了。这是六爷爷一生最幸福辉煌的一段岁月。

弹指一挥间，快乐和美远逝了。正打算外出求学的小六子却如小船突遇浪涛，雄鹰猛折翅膀。那一年，他正当壮年的父母双双直赴黄泉，私塾先生也命到大限。为了葬父送母，年轻的小六子忍痛卖掉了家里仅有的几亩田地，家道从此衰败。

为了维持生活，斯文兮兮的小六子只得放下书本，掷掉那美好无比的少年梦幻，拜专门跑江湖的汉四爷为师，开始了他那漫长孤独的货郎生涯。

也就在这苦闷、枯燥而又充满危险的货郎路上，小六子跟汉四爷学会了许多歌谣。其中以"十"字命名的就有《十双鞋子》《十月子飘》《十唱古人》《十月怀胎歌》《十字歌》《十月连妹去交情》《十二月长工歌》等十多首。他们就是借唱歌谣来打发许多孤寂无聊的时光的……

2. 坪阳狐仙

毛货郎是一个孤独、寂寞的行业，正因为这个行业的职业特点，青石湾的毛货郎们有的便禁不住外面花花世界的诱惑而误入歧途。人称"货郎王"的汉四爷正是这里面一个——因此人们都称他汉色爷。

小六子因为家有贤妻，且又夫妻恩爱，极端鄙夷汉四爷的所作所为，尽管汉四爷把玩女人的乐趣吹得天花乱坠，他也从不为之心动。汉四爷一提起女人，他就想起那日日夜夜在盼郎归的娇美妻子；汉四爷一吹嘘他玩女人的乐趣，他就回忆起自己夫妻恩爱、鸾凤和鸣的甜蜜。

于是，汉四爷便说他比猪八戒还蠢，比唐僧还呆！"当个毛货郎，今日不知明日的命。现在要不'今朝有酒今朝醉'，只怕以后死了也难闭上眼睛呢！"

时间眨眼就过去了两年，小六子早已一贫如洗的家，在夫妻俩的苦心经营下慢慢复苏了。小六子那想出门求学的心又死灰复燃了。

秋天的一个傍晚，汉四爷与他来到坪阳的一个小镇。是夜，汉四爷一如既往，把货郎担推给小六子，就去镇上的烟花楼快活去了。

夜阑人静，月华如水。小六子躺在舒服的被窝里，听到镇外小河哗哗的流水声，心就朦朦胧胧地飞到了家乡的青石湾，于是想到自己那娇美的妻子，心中涌起一股难以抑制的冲动……

半夜时分，小六子迷迷糊糊地躺着。突然响起了一长两短的敲门声，这是他与汉四爷约定的暗号，于是他惺惺懂懂地爬起来开门。谁知一开门，他却惊呆了！在银色的月光下，迎面而来的不是那个带着满身烟气的汉四爷，而是一个妩媚风骚、袅袅娜娜、款款而来的"狐仙"。

他疑心自己成了蒲松龄笔下的幸运书生。"狐仙"娇滴滴地说："六子哥，六子哥，六子哥！"并把那香软的水蛇似的身子贴住小六子精力充沛、矫健有力的赤裸身躯，细细的双臂把惘然不知所措的小六子紧紧抱住。

等到一觉醒来，晨曦已抹上窗帘了。他恋情依依地去揽昨夜那个香软温柔的精灵，却扑了个空。床上只有那个丑陋、肮脏、黝黑如牛，骚如野驴的汉四爷。他像头大黑熊似的摊摆在床的另一头，棉被已被蹬落到地板上。

小六子猛地坐起来，环顾房间，竭力想证实昨夜之事只是梦境，于是他朝正在死睡的汉四爷狠狠地蹬了一脚，汉四爷翻了一个身——醒了。他揉了揉眼屎巴巴的色眼，瞥了一眼赤身裸体的小六子，诡秘、狡诈地一笑："我的正人君子，搞醒我干什么？"说着往他身上看去。

小六子这才发觉自己打着光腚，脸"腾"地一下红到了脖子上，心里明白昨夜之事并非梦境。于是，脸上露出那少年人初涉艳事的腼腆，像偷东西被人当场抓获，令人无地自容。他心慌手乱地扯上一把被子，盖住自己的身体，傻傻地朝汉四爷傻笑。

"没出息，讨起了婆娘还怕丑！"说完就一脚把棉被又蹬到床下，尔后又翻身睡觉去了，这无疑给小六子一个化解尴尬的台阶。不谙风情且善良单纯的小六子，一点也不怀疑昨夜之事与汉四爷有关系，只疑心自己真的遇到狐仙了。

翌日，小六子催促汉四爷动身。汉四爷却说："我还要在这里待玩两天，要走你一个人先走。"小六子知道他是舍不得这里的女人，他也想探究昨夜艳遇的谜底，就只埋怨了一句"色鬼，汉四爷"也就依了他，留下来。汉四爷诡异地笑了一下，随他骂去。

午饭后，汉四爷把货郎担托付给店老板，带着小六子在镇上闲悠，游

第三章　坎坷货郎路

逛。小六子想着做生意的目的，认为这么打发时间不合算。汉四爷却说："钱财，钱财，有去有来，今日不去，明日不来。你以为人生几十年，不敢吃，不敢玩，就合算吗？告诉你，我这生吃的盐比你吃的饭还多，过的桥比你走的路还长。见过的，做过的，玩过的，该怎么的就怎么，不可强求，也不可强迫的。不能压抑自己，委屈自己。一个人该讲的规矩要讲，该灵活的地方也该灵活。太讲规矩就会活得太累，太猥琐，太无男子汉气了。俗话讲，人生在世，为的什么？你自己想想吧。"

傍晚时分，汉四爷带小六子来到镇上最为红火的艳春楼。楼上莺歌燕舞，美女如云。他们听了一会儿弹唱，没有兴趣，正打算走出去，却被刚登台的一个美丽娇艳的歌妓迷住了。只见她穿着一袭杏黄濮绸裌衫，束着一副绣花如意翠绿丝绦，斜领不掩，香肩微露，隐隐现出当胸一抹乳白肌肤。真是眉似初春柳叶，脸如三月桃花，柳腰袅娜，檀口轻盈，玉貌妖娆，芳容窈窕。

汉四爷看得色眼迷离。他告诉小六子，这是艳春楼的第一朵花——芳春娘，芳龄二十，色艺双全，身价高。年老的人点她一夜要五块大洋，年轻的点她只要三块大洋。

小六疑心她就是昨夜的狐仙。于是，一阵寒噤直透全身，接着便是一阵燥热的感觉。

太阳西下，朦胧的夜色终于降临在这个地处雪峰山腹地的小镇，苦苦等待了一天的小六子早早就收拾好，想早点揭开谜底。汉四爷则催他到艳春楼快活去。小六子不肯动身，汉四爷也不勉强便独自走了。

小六子躺在床上，静静地回忆昨夜那销魂的一幕，却总是印象模糊，朦胧胧的，似若隐若现的海市蜃楼，虚幻、缥缈，使他辗转反侧，难以入眠。同时，他又有一种幻想，一种企盼，一种渴望……

半夜时分，小六子脑子仍似一团糨糊，身子困得像一团棉花，松软地瘫在床上。

这时，"吱"的一声，门悄然开了，一个白色修长的身影披着银白的月华轻盈地闪了进来。她轻悄悄地挨近床边，用纤细柔软的玉指轻轻地抚摩着小六子那壮实赤裸的上身，小六子心里一机灵，脑子清醒了……

3. 王者风流

在乡间，在山野，无论村大村小，村村都有自己的名人。如同山有山精，海有海神。

汉四爷是青石湾的一大名人，是方圆二十里做毛货生意的"老江湖"。几十年中，汉四爷就是以其独特的方式成就了他的鼎鼎大名。

汉四爷，真名石维汉，家有兄弟六人，因排行第四，因此被称为汉四爷。家中人口多，且无田无地，全家就靠他父亲那个毛货担子维持生计。为此，他六岁就给地主（石哲成的爷爷）当看牛娃，十二岁便随父亲翻越高高的雪峰山脉，走湘西，闯贵州，下云南，四海为家。三十年来，风里来，雨里去，练就了一副剽悍的体魄，寒暑无病，春秋无恙。他虎背熊腰，身强力壮，粗犷威武，加之精明强干，满腹韬略，心灵嘴巧，无论怎么难做的生意，他都能做成，都能攒钱。特别是他那无比犀利的眼睛，最善察言观色。他能从对方的服饰上看出货主的民族，且深谙各种民族的风俗，善于入乡随俗，颇受货主欢迎；他还能从对方的说话内容和语气中捕捉货主的嗜好、个性，然后对症下药，采取或软磨硬激或欲擒故纵或明升暗降或褒奖奉承等多种别人想都想不出来的方法。他每次都得心应手，左右逢源，心随意愿地使货物源源不断地进了他的货郎担。当时，其他收毛货的人一般只收鸭毛、鹅毛、鸡内金，偶尔也收几张兽皮，几斤山里特产。而他却对鸭毛、鹅毛一类的普通货物不屑一顾，而是专门拣那些别人不敢收或很难收到的珍贵兽皮兽骨：狗獾皮、麂子皮、野牛皮、狐狸皮等。有时也收点鸭毛，这是放在货郎担上做掩饰的，怕土匪歹人见财起意。别人收货一个月不过能攒两三块大洋，他每次外出一两个月就能赚四五十块大洋。当然，他除了做正道生意，偶尔还做几桩黑道生意：贩鸦片、贩假银圆等。

另外，他有一桩更让他"英名远扬"的事——好色。他好色无度，对女人趋之若鹜。他玩女人的手段高明，任凭怎样刚烈的女子落入了他手

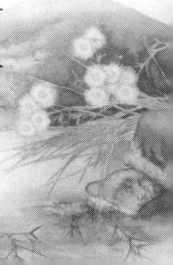

青石湾

中，也终会变得心旌摇荡，花心大开，而且对他温柔缠绵，死心塌地恋上他，想着他，黏上他，一辈子也不肯放手。是故人们称他为情场圣手"采花大盗"。

他说当毛货郎苦、累、下贱，如同乞丐一般，身边又没有女人，只能四处找女人。他说自己从当货郎后二十多年，一出门就找女人。常年间，他如同一匹精力充沛的种马奔波于他收货的村村寨寨。有几回，他的本钱挥霍光了，回来就告诉婆娘说自己被关了"羊"，害得他婆娘泪眼婆娑，为他在庙堂里烧了几回高香。其实，汉四爷曾学过一阵拳脚功夫，武当、少林的招式会那么几套，虽不能说是武艺高强，一两剪径山贼他还能对付得了，更不用说是一般人。只是他守口如瓶，从未向任何人透露过。虽然嫖娼耗去了差不多一半的收入，但因其收的货比别人攒的钱来得猛，他的家境愈过愈好，比起他那五个老实巴交的兄弟来，可以说是有天壤之别。如果他稍微收敛一些色心，他家的积蓄大有富甲一方之势，因此，人们还尊他为"货郎王"。

有人看他殷实的家底，就劝他别去顶风冒雨，风霜劳碌了，在金沙镇上修一座大厦，办一个毛货店，坐收渔利，享享清福算了。可他就是不肯，说自己是个劳碌命，走惯了，一停下来，全身就会不舒坦，会生怪病的。这只是他的表面应酬之辞，其实东奔西跑是为了他的特殊嗜好。你想，如果让他在家开店，天天有一个心如细针的女人——汉四娘守着他，他那颗野惯了的花花心该是多么难熬，多么困苦，多么可怜。更何况即使有那个机会，乡里乡亲的，"低头不见抬头见"，你怎么好公然与本乡本土本家的本分男人为敌，使他们时刻为自己的妻子、姐妹的贞操担忧，同时还让自己身败名裂？俗话说，"兔子不吃窝边草"，何况是人呢？为了自己的特殊嗜好，他曾带小六子身着侗装，背着芦笙混进侗家小伙中，去参加侗家的"玩山坐园"，唱"玩山歌"呢。

"玩山歌"是侗家特有的情歌，流行于北部侗族地区的新晃、芷江、会同、靖州以及贵州的玉屏、三穗、天柱等地。它不同于南部侗区（通道、黎平一带）后生在夜晚到姑娘家中唱歌谈情的"坐妹"习俗，而只能去山林旷野间唱情歌，且必须白天，唱歌即"玩山"，所唱的情歌被称为

"玩山歌"。

北部侗区的开发较南部侗区早，这里的侗胞，除少数边远大山仍操侗语外，大部分均以客话（汉语）为日常用语。因此，"玩山歌"也多以客话歌唱，只有在怀疑对方身份时才以侗语山歌检验。

那是一年的九月九日，正是赶坳的节日，侗家人还叫它"玩花山"。来参加赶坳的侗家青年身着盛装，戴上精致油亮的细篾斗篷，撑着别具一格的绒布阳伞；成群结伴的侗家姑娘身穿镶有彩边的锦衣，佩戴着银项圈和玉镯，身挎彩袋，手拿花帕，成双成对地在垂柳依依的河边、芳草萋萋的坪地，或在古树参天的山坡上对唱情歌，表达爱慕之情。他们用山歌盘古问今，互考才智，或以采花借带为名来谈情说爱。

这一天，汉四爷不知从哪里搞来两套崭新的侗家服装，把自己打扮得英俊潇洒、风流倜傥，把小六子则打扮得清俊儒雅、文质彬彬。他俩每人提着一把芦笙，混在侗家青年中，给姑娘们一种耳目一新、超凡脱俗的感觉，因此姑娘们对他俩特别关注。

这时，一个高挑的姑娘从眼前走过，汉四爷亮开嗓子，用侗语大声唱道：

> 耐务板，耐务板，又耐人才又耐洼。
> 又耐人才又耐养，怪龟那架虾龟牙！

他唱的是传统的侗歌，翻译成汉语是："好个伴，好个伴呵，又好人才又好花，又好人才又好样，怪不得那后生迷住了你！"

那姑娘用眼睛瞄了一眼高大魁梧的汉四爷，听他唱的是侗歌，顿生好感。她停住了脚步，矜持地唱道：

> 路边井水清幽幽，喝口井水起歌头。
> 井水解得心头火，山歌能解万年愁。

汉四爷见那姑娘搭了腔，一下来劲了，又唱道：

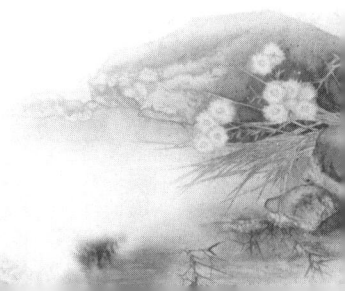

青石湾

翻坡越岭这边来，喜见溪边芙蓉开。

心想分朵细花戴，不知怎样伸手来。

一会儿，那姑娘"哎"的一声亮开了金嗓子：

妹在溪边洗青菜，手拔溪水摊分开。

扯根长发把桥架，哥不嫌弃过溪来。

汉四爷又唱道：

白云盘坡水盘岩，茅草盘路花盘台。

蜜蜂盘花鸟盘树，阿弟盘姐花园来。

那女唱道：

要想烧火就砍柴，要想吃梨园里栽。

要想戴花花园坐，要想唱歌坐拢来。

听了姑娘大方的歌，汉四爷更来劲了，小六子怕他这样下去，真的勾引上侗妹惹出事端，就连忙阻止他："四哥，适可而止，那姑娘要是缠上了你，你可别想脱身啊。"

"两情相悦，没事的，只要不怀上孩子。"

小六子听他这么一说，很是气愤："四哥，你真是太缺德了，虚情假意，玩弄姑娘的感情，你会遭报应的。"

汉四爷哈哈一笑："报应？傻瓜，男欢女爱，两相情愿的事，只有你这样的傻瓜才会认为是缺德。别说了，你怕缺德，你可以回去了。我要去借把凭（一种男女定情的方式），到时你可别吃不到葡萄说葡萄酸。"尔后，他丢下小六子，走近那侗女，又亮开嗓子，面带微笑，饱含深情地唱道：

> 凤凰出山龙出海，脚踏云雾走进歌场来。
> 抬眼望花千万朵，喉咙痒痒放开嗓子合不合。

　　一会儿，只见姑娘含情脉脉地用眼偷偷地瞟了高俊挺拔的汉四爷两眼，聪明的汉四爷心领神会，冲上去抢下姑娘正假装用来擦汗的花手帕。
　　汉四爷大声唱道：

> 千里虎来问土地，万里龙来问洞神。
> 尊问一声姐贵姓，免得连错自家人。

侗家姑娘则唱：

> 对哥讲，家住南岭金竹乡。
> 天上有口妹的姓，不晓哥住哪祠堂？

汉四爷假报个地址和姓氏，与那姓吴的侗女继续唱下去：

> 开报姓氏跟姐讲，一笔写下"四知堂"。
> 忙中有错请细听，百家姓上木易杨。

　　情歌如丝，你来我往，很快织成了爱情之网，随着歌声的起落，网也越来越密，歌声越唱越缠绵：

> 唱首山歌给妹听，
> 问妹真心是假心；
> 妹是真心讲真话，
> 水上浮萍好生根。

第三章　坎坷货郎路

青石湾

> 要想砍柴就上坡，
> 要想打鱼就下河；
> 要想连（粘）妹就开口，
> 莫再紧紧搓衣角。

汉四爷大喜，一切按他的梦想而行，他激动万分，激情万丈地唱道：

> 有缘有缘真有缘，
> 千里得会八角莲，
> 今夜有缘得会妹，
> 六月旱苗会甘泉。

> 不借簸箕不借筛，
> 不借袜子不借鞋，
> 只借阿姐乖花带，
> 长情长义长往来。

汉四爷得到花手帕，就唱起了道谢歌。分手时，他俩还唱起了分离歌，那歌感情真切，情意缠绵，十分感人。

> 对门黄土好栽姜，
> 哥妹相恋要久长，
> 要做江边长流水，
> 莫学桂花一时香。

> 送哥十里到桥头，
> 两人江边看水流，
> 捡个石头丢下水，

石头不浮情不丢。

尔后，他俩约定了下次玩山的日子。

玩山时间到了，汉四爷带上糖果、点心，来到一个凉亭，见面时，他俩互唱"请坐歌"，经过一番谦让后一一落座，于是他俩就边唱歌边倾诉爱慕之情。

> 想你想你真想你，
> 请个画匠来画你，
> 把你画在眼珠上，
> 看在哪里都有你。

> 天上起云云贴云，
> 河里鲤鱼鳞贴鳞，
> 山中树叶叶贴叶，
> 哥哥妹妹心贴心。

然后，他俩就牵手走进了茂密的森林，寻找他们快乐的"伊甸园"。

如是几番，姑娘被他的歌声弄得神魂颠倒，最后竟然被他搞大了肚子，从此，他便像从人间蒸发了似的，再也不和姑娘见面了。

汉四爷尝到了甜头，就更加肆无忌惮，后来他又几次单枪匹马去闯侗家的"花山"，故伎重演，又让几个如花似玉的侗家少女怀上了孩子。

这数桩艳事为他那风流的一生书写了一段"辉煌"的历史，也成了后来岁月中他多次向小六子炫耀的资本。

在远乡远土，他一路收货一路谈情说爱，无牵无挂，潇潇洒洒，风流快活。

三十多年的货郎生涯，三十多年的岁月风流。汉四爷真是一路潇洒一路歌。其间虽时有坎坷、挫折、危险，但总是能化险为夷，逢凶化吉。

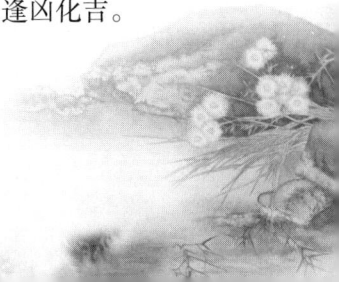

4. 孤胆英雄

俗话说，"天有不测风云，人有旦夕祸福"。

"货郎王"汉四爷有一次突遇险境，差点"马失前蹄"，贻笑江湖。

一九四四年，小六子因为妻子兰娇娥身体不舒服，就想在家多待些日子，汉四爷便自己单独闯江湖。

汉四爷仗着自己年富力强，生意经烂熟于心，野心便日日暴涨。这次他拿了整整两百块大洋，一个人挑着货郎担，悠哉游哉地出了门。

"马无夜草不肥，人无横财不富"，汉四爷是想大干一场，挣个对本。

出门后，他翻山越界，走村穿寨，不上半个月就驾轻就熟地收起了十多张毛色鲜艳、绒厚质好的兽皮，十多斤极为珍贵的穿山甲鳞片，四斤田七，二十斤茯苓，五斤野人参，还有四斤烟土。他担心被别人发现，就把它用牛皮纸包好卷在臭烘烘的兽皮中。一路上他暗暗盘算，这次如果货一脱手，光烟土这项就能挣它个一百来块光洋。哼，到那时："哪个阴乐阳嗬咳——"想着想着，他情不自禁地哼起了青石湾广为流传的歌谣《十子飘》：

　　正月子飘是新年，情妹劝郎莫赌钱，十个赌钱九个输，哪个赌钱有好处；

　　二月子飘闹花朝，太公钓鱼在河边，一钓钓起金丝鱼罗，摇头摆尾来上钩；

　　三月子飘三月三，双手挽郎进房间，别人看见不要紧，丈夫看见打死人；

　　……

接着，他又得意忘形地吹着木叶。木叶声悠扬清脆，划破了山林的寂静，在山谷中回荡着，传得很远很远……

他全然忘记自己是走在杳无人烟的崎岖山道上，是走在阴森可怕的林荫小径上，是走在土匪神出鬼没的山谷峡口……

"站住！毛货郎。"晴天一声霹雳，汉四爷的木叶声戛然而止。他站住，抬头望去，只见翁翁郁郁的山林里走出两个彪形大汉，每人手提一把大刀，脚蹬黑藤草鞋。不用说，他遇上了两个剪径的山贼。

汉四爷一见如此，十窍色胆顿时吓去了八窍，还有两窍直往后脊骨冒冷气。好在他是"洞庭湖的麻雀，久经风浪的"。心中纵有再大的恐慌，脸上也会装得若无其事，镇定自若。怪只怪自己老来天真，这次收货顺利就得意忘形，喜得不知天高地厚，竟然在这充满杀机的山谷中高唱俚词艳曲，结果招来山贼，引火烧身，真是"叫花子吃不得饱饭"，唉——要是小六子在，自己才不会这般张狂。

"你哑巴啦！"那两个山贼见他呆呆立在那里，就跨上来，一人一脚把他踢倒在地。

汉四爷顺势跪在地上，哭丧着脸，哀求着："好汉饶命，我一个毛货郎，做小本生意的，是一个苦命人，家里一无田二无地，上有八十岁的老母，下有两三岁的小儿，全家十多口人就靠我翻山越岭、顶风冒雨收毛货挣几个小钱糊口。大爷，你们就高抬贵手，放我一条生路吧。"

"少废话！给我把钱统统拿出来，要不，老子今天就要了你的命。"说完，一个山贼就想动手搜身。

"好汉不吃眼前亏"，他俩一人一把大刀，凶煞恶神似的。自己赤手空拳，根本不是人家对手。汉四爷赶紧把身上仅有的几块大洋拿出来，然后又把身上所有的口袋全部翻出来给他俩看，以示自己无钱了。

一个山贼见他很配合，很知趣，就贴着另一个的耳朵小声地说："看来是一个没多少油水的，放了算了。"

"货郎担，翻开看看！"另一个说，"快！"

汉四爷一听，心里猛地咯噔一下，赶紧说："好汉，担里只有十多张臭臭烘烘的兽皮，没什么值钱的。"

"你给我翻出来看看，快！"山贼喝道。

无奈，汉四爷只得揭开一只箩罩，一捧捧地把茯苓捧出来。那山贼嫌他行动太慢，一脚就把箩筐踢翻，药材撒满一地，又一脚将另一只箩筐也

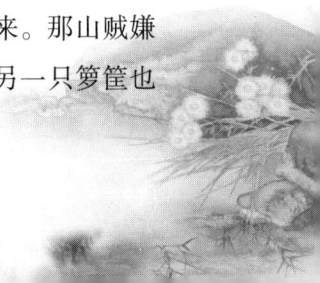

踢翻了，十几张兽皮翻滚出来，卷在兽皮中的牛皮纸包也滚将出来。汉四爷大惊失色，顺手抓起一张兽皮想遮住，可为时已晚。

一个山贼拿刀把纸包挑开，顿时一团黄牛屎似的黑褐色烟土原形毕露。

"啊——烟土，哈哈哈……"两个山贼惊喜得两眼发直，同时扑上去，撕抢起来……

说时迟，那时快，汉四爷操起扁担朝两个山贼头上砍去。一个山贼应声而倒，另一个山贼见势不妙，捡起大刀朝汉四爷砍来。好在汉四爷曾学过几套拳脚功夫，眼疾手快，来个"野马分鬃"，用扁担轻轻一挑，大刀便砍了个空。只见他扁担一挥，飞起右脚把那山贼踢下一个坎。山贼手中的刀也脱了手，只能往下一蹲，汉四爷脚下一个趔趄，差点摔倒。山贼左手虚晃一招，右手一拳照汉四爷心窝来了个"黑虎掏心"。汉四爷就地一个"黑驴打滚"，躲过一招，尔后又一个"鲤鱼打挺"站将起来，挥起扁担又是一个"泰山压顶"，正着山贼右手，山贼一声哎哟，险些被砍倒。

这时，早先那个被砍倒的山贼已经爬将起来，大喊一声："黑山豹，别打了，我们走。"说完就提起那牛皮纸包想溜。汉四爷一见不妙，撇下这个山贼朝那个山贼飞奔而去。谁知顾此失彼，两山贼相互照应，朝他挥挥刀，一下消失在深山老林中了。

"天杀的黑山豹，死土匪！"他朝山贼离去的方向大骂道，尔后才愤愤不平地拣起十多张兽皮和撒满地的药材，心中担心山贼喊来同伙，就快速地离开了这个是非之地。

不久，江湖上就盛传"货郎王大战黑山豹"的传奇故事。这让"汉四爷"更是威名远扬，令山贼闻风丧胆。要知道"黑山豹"可是雪峰山脉中最出名的土匪头目之一。不过也好，以后就鲜见山贼抢劫毛货郎之事了。当然，毛货郎也学乖了，为了贩卖烟土或贵重药材，一般会对箩筐加工，把箩筐织成两层，把烟土夹在中间，让人难以发现。这也是"吃一堑，长一智"的缘故吧。

5. 悲惨自残

一九四五年，也就是青石湾被日本人入侵的那一年，抗日战争著名的战役——湘西会战就在雪峰山脉地域展开，青石湾人在硝烟弥漫的战争中惶恐不安。小六子和汉四爷也在所难免，于是就停止外出，困居家乡。这一年，结婚五年的兰娇娥身怀六甲。小六子非常高兴，为了更好地照顾妻子，他就暂时停止做毛货生意。在他尽心尽力的服侍下，孕妇终于顺利地生下了一个胖乎乎的男孩。喜得小六子一蹦三丈，笑得合不拢嘴。

可是好景不长，孩子刚满月十天，母子俩身上同时生了毒疮。开始，以为是出天花，谁知郎中诊断却是梅毒感染。听到这话，小六子这才想到自己下身的不对劲，原来自己竟染上了梅毒，而且祸及妻儿。他一下如坠万丈冰窖，懊悔已来不及了。此后，他虽然千方百计请医问药，却也难以挽救娇妻爱子的生命。

十天后，刚满五十天的男婴成了他风流潇洒的牺牲品。

一个月后，曾经光彩照人、像桃花般美丽的妻子也带着一腔凄苦悲怨急赴黄泉，寻找他心爱的孩儿去了。万念俱灰的小六子伏在妻子刚刚退热的尸体上，歇斯底里地大喊一声："娇娥，是我害了你呀——"尔后就昏死过去。

汉四爷闻讯赶来，见此情景，霎时目瞪口呆，想不到自己的一场恶作剧竟害得小六子家破人亡，真懊悔不已！他赶紧掐住小六子的人中，把他救醒。

小六子一醒来，就像一头发疯的水牯，猛然站起，瞪着一双血红的眼睛，一拳推开汉四爷，闯进厨房，操起一把锋利的菜刀，拉下裤子，揪住那个早已红肿不堪的东西狠狠一刀……

后来，小六子虽然在汉四爷和乡亲们的抢救下，保得了一条生命，但这杆给人风流快乐的"鸟铳"却废了，成了现在这种难看的样子。不过这样也好，它再也不会兴风作浪、惹是生非了。后来，有许多人劝小六子续

房亲，延续烟火。可小六子知道自己是个废人，不想再祸害人家，就拒绝了。他孤独寂寞之余，便爬上高坡，来到妻子的坟墓旁，有时捧着芦笙，有时就随手摘片树叶含在嘴里，吹出悲凉凄惨的歌。那凄婉缠绵的曲子，忽而轻柔缓慢似柳丝拂水，忽而激昂强烈如瀑布倾泻，时急时缓，时快时慢，时粗时细的声响随着山风在空荡的山谷上空回响，似乎在回忆曾经美好的岁月，似乎在与地下的亲人诉说，又似乎在思念早逝的妻儿……直至现在变成了"六爷爷"，仍是孤家寡人一个，成了青石湾的怪老头。

6. 英雄美女

家破人亡之后，小六子心如死灰，再也没心思外出做生意。好在早年购置的十多亩田地还在，生活不愁。但他也无心侍弄，仍然租给别人种着，自己则整日泡在青石湾的赌馆里，玩牌吸鸦片，醉生梦死。这样无聊的日子一直延续了三年之久。汉四爷想不到自己一时"恶作剧"的引诱，毁了小六子的一家，心里非常内疚，就千方百计地想拯救小六子。他一次外出收货，特意带回一个有几分姿色的女人，送到小六子家，小六子留住了一宿，第二天就把女人打发走了。

后来，汉四爷又从外带回一个男孩子（可能是他在外面的私生子），说送给小六子做儿子。小六子很感激，就把小孩留下了，并送其进入私塾读书。无奈他长到十三岁就随人一去不复返，经多方打听寻找，知道男孩是被他的母亲接走了。汉四爷说要雇人把小孩抢回来，小六子说了声："算了，别人的孩子是只养不熟的狗，狗恋旧家，不要强求了，算了，随他去吧！"

经过几次波折，小六子似乎一下子明白了世上许多深奥的道理，对社会，对人生，对家庭，看淡了许多，心胸似乎开阔了。于是，当汉四爷再一次约他重操旧业时，他便欣然答应了。

一九四八年秋，中国共产党所领导的人民解放军开始浴血奋战，经过辽沈、淮海、平津三大战役，以锐不可当的巨大声势席卷整个北方大地，可在南方特别是祖国西南一大片土地，还处于黎明前最黑暗的时候，虽然人们已从各种小道消息听闻了北方的战事，可大多数人民的生活仍然是毫无波澜。

一九四九年夏，出现了历史上少有的炎热。汉四爷与小六子从贵州收货转到雪峰山深处的一个苗乡。

午后，他俩遇到巫水河，河上没桥，只有一路跳岩，河水较深，清幽幽的，煞是喜人。热得打着赤膊的汉四爷兴奋地说："六子，我们在河里洗个澡吧，三天未沾水，满身都臭了。"说完，他就褪下裤子站在沙滩上，对着河面撒了一长泡尿。小六子蹲在他的对面，正弯腰掬一把水洗脸，抬头一看汉四爷：高高大大的个子，粗粗壮壮的身躯；油黑发亮的短发，浓眉大眼，方正刚毅的脸庞，粗密的络腮胡须刮得精光；突出的喉结，凸现出男性的风采；两腋各有一簇黑毛，密集茁壮的黑毛从胸部开始，一条长龙似的，一直延伸到下腹部。特别是那平坦的小腹上，蒿茅茂密，黑压压的一大片，在极度张扬着雄性的粗犷、威猛与疯狂……这些令小六子羡慕不已，嫉妒得要命，他不禁为自己瘦骨嶙峋、残缺不全的身子暗自伤神。汉四爷跳进水里，像是一头海豹，全身皮肤光滑、结实，放射出古铜色的光芒，只见他双臂一挥，宽厚的背脊和头颅划开水面，姿势优美，雄姿英发，展示一个成熟男人的无穷魅力。

自从那年自残后，自己胯下留有丑陋的疤痕和永久不消的疝气，也给小六子心中留下了不可言喻的隐痛，令他不好意思也不敢露天洗澡。这时他只想在河边擦洗一番，解解凉就行了。汉四爷见他迟疑不决的样子，就从水中走上来，边走边说："这里荒谷野外，野狗都没看见一只。除了我，哪里还有人看见你呢？"说着，就一把抓住小六子。身材瘦弱的他哪是高大威猛的汉四爷的对手，不消三把两捋，汉四爷就像脱女人裤子似的把小六子剥得精光，接着双手随意一抛，就把小六子扔进了清幽的深水里。尔后，他俩便无所顾忌地在河中央戏起水来。他俩一会儿"狗爬"，一会儿"放排"，一会儿"扎猛子"，一会儿"踩水"，像两个山里的野孩子泅着、躺着、笑着、闹着……

忽然，河下游的河滩上出现一个红点。等到她走近时，小六子看见她

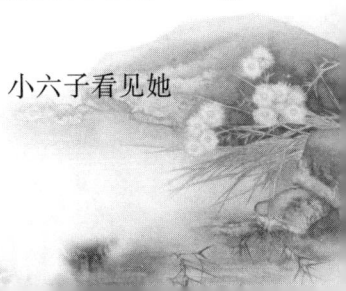

青石湾

是一个年轻俊俏的小媳妇，穿一件红衬衫，头戴苗家特有的彩缨头饰，眉眼和善水灵，面皮粉中透红，身材高挑，穿着一身紫绸裤褂，露在衣领外的脖颈儿葱白似的粉嫩。女人挽着一个精致的黄色小竹篮，撑着一把小巧的红色油纸伞，映得她的脸灿如桃花，美若天仙。她一时没有发现水中的两个男人，边走边想着什么心事。小六子发现她时，原本是站着擦身的，一看到岸边有人一下就吓得缩进水里去了，只留下一个光光的脑袋瓜在水面上。汉四爷也看见她，本来正在"踩水"，竟然大叫道："乖乖，一个好乖态（漂亮）的娘们。"说着就站起身来，一步一步往浅水滩走。

"四哥，你要死了，快快蹲下来！"小六子看到女子已走到跳岩中央了，一看急了，说："这是河面上呀。吓得人家掉进水里，怎么是好？"

"她若掉进水里，我正好将她抱起来呢。"

汉四爷正在兴头上，哪里肯听小六子的。仍然是那么涎着脸，做出猥琐难看的样子。小六子急了，跳起来，一把把他扳倒了。

小六子回头一看，那女人已经绯红着脸走完跳岩，到了河那边。这时，她站着，长长地舒了一口气，不知骂了句什么，便转身走了。

汉四爷让河水呛得直咳，直到那女人的背影消失在弯弯的山道上，他才对小六子说："吭吭……你扳我干吗，她也是爱看的呀，哪个有她这样的好机会……"说着用手拨弄一下下面的东西，"看了我身体的人就别想逃出我的掌心！"

"别吹牛了，衣服怕已干了，我们上岸吧！"小六子走上岸，抖抖身上的水，向摊在沙滩上的衣裤走近……

天黑时分，他俩一人挑着一个毛货担子，来到一个有两三百户人家的小镇上，正想找一个过夜的地方。忽然，一个面色蜡黄、瘦身驼背的中年男子把他俩拦住了："货郎大哥，歇我那里去吧，我那里有宽敞的大客房，有新缝的被窝，有香喷喷的麂子肉，刚出锅的苞谷烧，还有……"

直说得汉四爷口水都流出来了，他忙接过话茬："还有娇嗲嗲的嫩娘子啰。"

那瘦店主连说："有，有，有。"

汉四爷喜颠颠地跟在人家屁股后头走。

小六子抬着望去，当街有一个偌大的门楼，挂着一个昏黄的灯笼，挑着一面招客的酒幡，里面飘来阵阵麂子肉香来。

"桃红姑娘，客来了，筛茶——"瘦店主对着门内大喊。

"来啦!"随即一个银铃般的声音传出，一个红衣女子托着茶盘轻盈盈地、笑吟吟地飘然而至，定睛一看，却正是刚才河边遇着的红衣女子。小六子顿时瞠目结舌，汉四爷也大感意外。真是冤家路窄。

"哟，是你们呀，货郎大哥，我们有缘啦!"女人说着，嫣然一笑，追魂夺魄。

汉四爷一听就来了兴趣，兴奋地在小六子背上拍了拍："六子，今夜有名堂了，那婆娘肯定是开堂板（妓院）的，今夜豁出去了，一次给她五块大洋……"

这时，那桃红姑娘又进来了，后头还跟着那个瘦店主，一个端了一大钵麂子肉，一个捧着一坛子苞谷烧酒，脸上都笑盈盈的。

麂子肉可口，苞谷烧酒醇香。大块地吃，大碗地喝，宾主四人围桌而坐。小六子也许是因为很久没下过水，今天上午在河里泡久了，这时头有点发痛，不敢喝酒，只抿了一口便觉得舌苦喉辣脑壳发晕，胡乱地吃了几块肉，扒了几口饭便上楼睡去了。堂屋里店主跟汉四爷还在你来我往划拳喝酒，喝得正酣……

夜阑人静，四周一片寂静，连两三里外的巫水河哗哗的水声都听得到。小六子躺在新缝的被窝里辗转反侧睡不着，脑海总是浮现出桃红姑娘那桃花般鲜嫩的脸：这时她也许已在床铺上，被那满是短胡茬的脸压住，粗犷彪悍的汉四爷雄劲刚烈，热情似火；小桃红年轻鲜嫩，柔情似水，两人颠鸾倒凤，浪打魂幡……小桃红也许还在那里嘻嘻地笑呢……

半夜时分，喝得醉醺醺的汉四爷是被瘦店主扶着进房的，小六子侍候他上床，他竟糊里糊涂地把小六子当作那桃红姑娘，乱摸乱抓乱亲乱语："姑娘，你，你好乖态，想死我了……"

小六子由此猜想汉四爷这回还没得手，心里直为那美丽的桃红姑娘庆幸。可第二天算伙铺费时，汉四爷竟给了瘦店主五块大洋，这可是比一般店高出几十倍的伙费，这又让小六子一头雾水，疑惑不解。

第三章　坎坷货郎路

青石湾

　　六个月后，共产党领导的中国人民解放军正大张旗鼓地进军南下，小六子就与汉四爷商量不再外出收货了。可正当盛年的汉四爷就是不听，硬是一个人单独去了湘西。这次一去就是三个月，汉四娘很着急，就央求小六子去寻他。小六子找了十多天才找到，只是汉四爷回来时两手空空，一脸憔悴和颓唐。汉四娘仍然很感激。汉四爷这回一反常态，说以后再也不想出去了。小六子虽觉蹊跷，但想想这样也很好。毛货郎之旅更是危机四伏，等形势稳定下来再出去。

　　谁知，汉四爷在家待了十天，就把小六子找去，说胸口很闷，窒息，似有千斤重石压在上面，四肢软绵无力，竟似虚脱一般。不几天，他就越来越虚弱，瘦得几乎不成人形。他请小六子陪他到金沙镇去看郎中，金沙镇医术最高明的周郎中看了半天也说不出一个寅卯来。他就疑心自己被人放"蛊"了。小六子一听急了，忙问是哪个放的"蛊"。汉四爷没法，只得把他这次去界里的详细过程——告知。

7. 英雄末路

　　这一回，汉四爷单独外出为的就是桃红姑娘。

　　外出第五天，他心急火燎地来到巫水河岸"桃香客栈"。

　　傍晚，客栈已经点亮煤油灯，他走近轻轻敲门。

　　"谁呀？"桃红姑娘在里面软软地问。

　　"住店的。"他特意细着嗓子说。

　　"客栈关门了，不歇客。"

　　"老宾主了，怎的不歇呢？"

　　一会儿，桃红姑娘以为客走了，就打开门看。待在门一旁的汉四爷立即朝门里钻。桃红一把拉住他，见是汉四爷，没好气地说："又是你——色胆包天的货郎客。出去——"

　　汉四爷嬉皮笑脸地："天晚了，你叫我到哪里去，你大姐就行行好吧，我只住一晚就走。"

桃红姑娘无法，只得由他进来。

汉四爷径直走到上次住过的客房，放下货郎担才出来。他见桃红姑娘还坐在客栈门口，就问："大姐，怎么还不动手烧火煮饭呢？我都一天没吃东西了。"

"懒得动。"桃红冷淡地，"我不是说不歇客吗？"

"那老板大哥呢，他今天怎么不见了？"

"死了。"桃红的语气仍是硬邦邦的，毫无感情的。

"死了？"汉四爷以为她在说气话，就接着说，"也是，店里没个男人，我们孤男寡女的多么不好意思。难怪你不肯让我住店，怕人闲话呢。老板也真是，天都黑了还不见回，也真是，怪不得你骂啰。告诉我，他在哪里，我帮你去喊。"

"那岭上，那片荒坡草丛里，你去喊吧。"桃红还是没好气，说完就走进厨房去了。

汉四爷闻言，心中一喜，本来，上次看见那个病痨么子，就动了坏心，千方百计与他喝酒，谁知瘦店主人倒直爽，很有些海量，一个病秧子倒爱喝酒，他就知其没几天活路了。今日听桃红一说，想来果然如此。"这真是天助我也！"他喜不自胜，乐颠颠地尾随桃红走进厨房，帮忙烧火、选菜、洗菜、切菜，忙得不亦乐乎。

汉四爷强捺心中的狂喜，按部就班，规规矩矩地用了餐，冲了凉，直至桃红姑娘收拾完毕，关了店门，进了房，准备睡觉。汉四爷再也按捺不住了，就来到桃红房门口，先借口自己的衣服破了口子，要讨点针线。进得房门，他的两只贼眼朝房里骨碌碌地转了一圈，见整个房里空荡荡的，只有桃红姑娘孤零零地坐在灯下，心中涌起一股热浪，看来这几个月来的心思就将梦想成真。于是他色胆包天地关上房门。桃红警觉地站起身，拉长脸厉声说："你，你想干什么？"汉四爷早就料想到她会这样，就死皮赖脸地絮絮叨叨诉说自己几个月来的相思之苦，并拿出一枚红绯绯的心形玉块戴在她那圆润如玉的脖子上。不知是他的诉说起了作用，还是那块玉起了作用，桃红长长叹了口气，身子晃了晃，绵软无力地坐回桌前。她的沉默大大地鼓舞了擅长察言观色且久韵风情的汉四爷，一步迈上去一手捏住

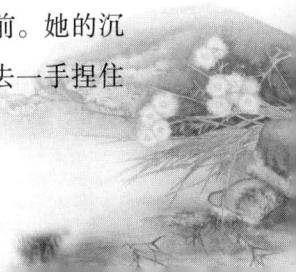

青石湾

她柔软的手腕，一手轻扶她细细的腰，喃喃地说："桃红，你真美，你可让我想死了，以后就让我做你的老板吧！"说着便低下头吻着她的乌发。桃红只觉得头顶一阵发热，身子发软，仰了脸看着他——英武刚毅的脸……两张嘴便紧紧地叠合在一起，汉四爷就势抱起瘫软如泥的桃红走向床边……

汉四爷与小桃红缠绵欢愉了两个多月，结果小桃红身上有了反应，这下汉四爷可慌了，一天，他趁那小桃红外出走亲之际，竟不辞而别。谁知这小桃红早有防备，为了留住夫君竟给他放了"蛊"。

小六子和汉四爷的大儿子（华军的父亲）当即陪同汉四爷火速赶往界里，谁知第五天，他们来到一个叫武阳的山界，汉四爷就口吐白沫，七窍流血，"啊啊"地叫了几声便没气了。死后眼睛鼓得像牛卵子一般大，小六子帮他抹了好多次都闭不上，那里离小桃红的家仅只一天的路程了。

当时，正值七月的炎热天气，尸体过不了两天就会发肿发臭，没办法，悲痛欲绝的小六子和汉四爷的大儿子只得请当地人帮忙，将汉四爷的遗体埋葬在这异乡的荒坡野岭，从此，汉四爷便成了雪峰山中的一个孤魂野鬼。

"不可能吧，华军哥他爷爷的墓地不是在青石湾的石氏祖坟山吗？每年清明节我都见过的。"成伢子疑惑不解地问。

"不，那只是他的衣冠冢，真正的墓地在雪峰山中，我那天插香烧纸钱拜祭的地方。这件事，青石湾的人特别是你们年轻人怕没几个知道，就连华军也许都不知其详。这件事，我现在想来还觉得对不起我四哥呢。俗话说：叶落归根，我师傅在家待不住，临终时却念念不忘故土。在他临死的那天，实在走不动了，我就雇人抬轿日夜兼程。他就对我说：'六子，我快不行了，你们不要抬我去……去找什么解药，到那苗家还要两三天路，来不及了，你还是把我抬回……回青石湾，埋到石家的老坟山，我死了也心甘啊，可我当时救人心切，哪里肯听他的呢……直到今天，我没有实现四哥的遗愿，心里好内疚啊。因此，每次外出，我都会带上一叠纸钱，两只蜡烛，三支香火，绕道到师傅的坟前祭拜他，有时为他吹吹侗箫，有为时他吹吹芦笙，有时为他吹吹木叶，告诉他青石湾的生活，告诉他有关他后人的生活，直到有一天我走不动了。"

当他与华军他爸戴着白纱——"丧号"，回到青石湾，把汉四爷的死讯告诉汉四娘时，汉四娘叫了一声"天啦——"就晕倒在地，醒来后竟然疯了，整天在村里唱那支传唱了一代又一代的《盼郎歌》，直到二十世纪八十年代，她已八十来岁了，疯病仍然是时好时坏。

六爷爷的讲述让石哲成沉浸在一个充满心酸、凄苦的世界。他似乎看到一代毛货王，一代傲视江湖的英雄暮年那种浓浓的恋乡情结。此时，他的心也随之飞往青石湾，飞往那生养自己的乡井土。许久，许久，他才从悲痛中缓过神来。

8. 侗乡寻亲

成伢子听完六爷爷的述说，就疑心汉四爷就是那个骗娶侗家女奶奶的汉家男子。于是他就从内衣兜里拿出那块红绯绯的心形玉块，说："六爷爷，您认得这块玉吗？"

"啊，这是汉四爷的，怎么到了你手里？"六爷爷惊讶得睁大了双眼。

成伢子就把自己在侗乡田溪小镇遇到侗家女九妹的故事原原本本地说给他听。

"啊，小桃红，好一个痴情的小桃红，汉四爷对不住她啊。"六爷爷紧紧攥住玉块，悲泪迸流。

"明天，我们去侗乡找小桃红去。"一会儿，六爷爷坚决地对成伢子说。

"找小桃红？那侗家女说她奶奶早已去世了。"成伢子说。

"唉，晚了，又晚了，这又是我们石家爷们造的孽。不过，我俩到田溪去找侗家女，看看他父亲，也许可以帮汉四爷认认他的儿子，也算帮他了却了一桩心愿呢！顺便你也可以再看看你那多情的侗家九妹呀。"

二十来天的分别，石哲成真的有点想念那"心中的九妹"了。听六爷爷这么一说，脸不由得一热，一下变得绯红。

六爷爷见了，心里不禁一乐：我们石家的汉子真没出息，一说到女人就脸红，正像自己当年被汉四爷取笑一般。

第二天，他俩便乘车来到那个叫田溪的矿区，找到当晚住的店，用并不标准的普通话对柜台里一个十五六岁的侗家小姑娘说："小妹妹，请问你店里的另一个服务员今天上班了吗？"

那小姑娘抬起头，看着哲成，脸上一片茫然，不知她是没听懂还是怎的。六爷爷就上前用侗语询问了一遍，小姑娘这时才用侗语说："她上班，待会儿就要来的。"

他俩买了两钵饭，坐着边吃边等。大约过了半个钟头，一个三十来岁的少妇来了，哲成认出是那天晚上上班的服务员，就问她，她说："站柜台的，只有我和刚才那个小姑娘。"

石哲成说："是一个二十岁左右，高个儿的姑娘，普通话说得挺好的。"

少妇想了一会儿后，才猛然记起："她呀，一个月前就辞工了，听人说她跟一个汉家小伙子走了呢，也有人说她去深圳那边去了，听说那里的民俗文化村要招能歌善舞的侗族姑娘。"

石哲成问明她确切走的日期，正是自己离开这里去羊马桥的那一天。难道侗家女那天送了自己就没有回店？那她当时为什么不告诉自己呢？这又是一个谜。

石哲成把自己的分析告诉六爷爷，六爷爷安慰他几句，也就默然了。这时的石哲成还能做什么？只有在心里不安地喃喃自语：九妹，九妹啊，你在哪里？心中似乎又唱起了那首《九妹》：

春天的桃花依旧发，
你却已不再弄桃花，
悠悠的流水和空空牵挂，
伴着那淡淡云霞，
不知你远处在何方，
思念是我对你的表达，
红红的脸颊带着点点的笑，

在梦里萦萦缠绕。

九妹，九妹，

可爱的妹妹。

……

几天后，六爷爷和石哲成从贵州回到湖南地界。夜晚，他俩在客栈里清点货物，一共有三十张毛色优良的花猫皮，十二张黄澄澄的黄鼠狼皮，还有很多很值钱的毛货……

看着这令人满意的收获，六爷爷眯起那双被风吹得猩红的老眼，捏着那撮粗粗的胡须，颇为得意地看着石哲成，哈哈大笑："想不到我到老还能带上你这个小秀才徒弟，居然第一次出门就这么幸运，真算有福气！"

石哲成满不自在地答道："这不全靠您老的能耐！"

"我的能耐？不。"六爷爷连连摇着头，一本正经地说，"成伢子，你信不？我给你看了一下相，眼前你财运很旺，只要你不怕吃苦，肯跟我出来，我包你不到两年就能盖一座洋房，娶一个漂亮的老婆。"

"六爷爷别逗了，洋房、老婆那是遥远的事，我现在只想快点回家了，不知爸爸母亲会如何想我呢。"一想到家，石哲成的心就酸酸的，喉咙哽咽得说不出话来。

"一个多有孝心的伢子啊！"六爷爷赞许地点点头，尔后脸上掠过一丝不可名状的阴影，他也许又想起他那个破碎的家，那早丧的妻子和夭折的孩子了。

"也是，都怪你六爷爷心野惯了，好，明天我们就回家。"

翌日下午，当石哲成和六爷爷出现在家门前时，父母和妹妹竟痴呆呆地望着半晌说不出话来。此刻，石哲成也惊奇地发现，一个多月的时间，父母亲似乎苍老了许多，特别是母亲那早先花白的头发似乎全白了，脸上的皱纹更深了，眼睛深陷得可怕。顿时一种犯罪似的懊悔涌上心头，石哲成扔下担子，奔上前跪在面容憔悴的母亲面前，哭喊着："妈——"

妹妹最先回过神来，也走上来跪在哥哥面前，大哭道："哥——你怎

第三章 坎坷货郎路

么才回来呀?"

　　良久，母亲似乎才从震惊中醒来，用颤抖的双手捧住石哲成的头，说了声："成伢子，你还活着?"就再也说不出话来，只有滚烫的泪水汩汩地淌进成伢子乱蓬蓬的头发里。父亲也蹲在一旁落泪。目睹这一幕，石哲成悔恨不已：该死的我，为什么一赌气连信也不给家里写一封?

　　一家人的哭声引来了全村的乡亲，他们看到石哲成能平安归来，似乎比几年前石哲成接到县中的高中录取通知书还兴奋。

　　原来，那天父亲他们在长铺找了一整天，未找着石哲成，下乡没收几天货就回了家。垂头丧气的父亲将儿子走失的事一五一十地告诉了母亲，胆小的母亲的心一下绷得极紧，以后的半个月，她就进行了大规模的"寻人活动"，父亲本来明白这是徒劳无益的，但别无选择，也只能听之任之，让她以此来寻找精神慰藉了。

　　父亲则和村子里的人隔三岔五地朝界里走，期望出现奇迹，希望能够侥幸在收货途中逢到儿子。因为他认为界里山高路陡，地形复杂，极易迷路。然而，他奔波一个多月，却没得到儿子的半点踪影，于是也心灰意冷，不想再出门了。

　　兰玉婷呢，她比别人更急，每次母亲外出"寻人"回来，她总是千方百计找哲成的妹妹打听消息，然而每次都是希望而来、失望而归。村里人看到石哲成杳无音讯，皆以为真的被属"白虎命"的玉婷"克"死了，平时遇到玉婷就拿斜眼相看，看得她满脸通红，抬不起头来。

　　昨日正值中秋节，母亲看到村里与石哲成同龄的人都接回未婚妻过节，而她的成伢子却音讯全无，生死不明，竟然悲痛欲绝，整天整夜梦呓，口口声声地喊："成伢子，成伢子!"

　　兰玉婷看到村里的姐妹们都被未婚夫接去过节，双双对对，来来去去，好不体面，而自己人影孤单，且日复一日地在石哲成母亲声嘶力竭的哭喊中受着绝望的煎熬，还遭人们的白眼，便终日不敢出门，躲在闺房里悄悄泣泪。她先以为哲成中秋节肯定会回来，于是盼星星盼月亮才盼到中秋，然而中秋月圆人不圆。几天前，邻村的一个毛货郎从湘西回家，对人说：听说有个二十岁的小伙子一个月前在侗乡结识了一个俊俏的侗妹，两人一见钟情，在一起住了两天，后又双双出逃，可能是去了广东深圳，听说那里有个叫"民俗文化村"的地方招少数民族演员呢。也有的人却说，那小伙子后来想回家，被女方家的人放了"蛊"，可能死在深山老林里，被野狗吃了。

这不亚于一个晴天霹雳。每年这个时候，汉四爷八十岁的老妻——汉四奶奶便会疯疯癫癫一段时间。她会整天在青石湾的村头、村尾游逛，颠着一双尖尖的三寸金莲，凄凉地唱那传唱了一代又一代的《盼郎歌》：

> 桑木扁担两头闪，送郎收货进大山。
> 别人收货七八日，我郎收货三五年。
> 晴天霹雳一声雷，郎在远乡不得回！
> 远乡有个勾魂妹，家里有个盼郎归。
> 远乡妹子没良心，我在家里打单身。
> 床上眼泪洗得脸，地上眼泪撑得船。
> 郎啊郎啊我的郎，郎在何时回故乡？

整天沉在这凄婉断肠的歌声中，兰玉婷那根早已绷得紧紧的脆弱神经，终于超过了极限。她彻底绝望了，就让她妈把"祖母绿"退给哲成娘，可就在她母亲出门之后，她竟然端起了农药瓶……

9. 柳暗花明

"什么，兰玉婷喝农药死了？"听到这个消息，石哲成顿时如五雷轰顶，一股寒气直透全身，强烈的罪恶感一下湮灭了疲惫不堪的他。

想不到那么一个骄傲的人对自己竟然有如此一颗痴情的心！"我对不住你呀！兰玉婷，你为什么会这样呢？"

妹妹见哥哥吓呆了，连忙补充："哥，玉婷姐后来被抢救过来了，她现在还在乡医院里。"

青石湾

"救过来了？她，她没死？"哲成的心又一下狂跳起来，惊喜地抓住妹妹的手问，"真的？兰玉婷在乡医院？"

"是的。"妹妹肯定地点点头。

"那我得去，得去！"石哲成根本顾不上自己刚刚长途跋涉疲惫不堪的身子，连中饭都没吃，转身就往村外狂奔……

近十来里的山路，坎坎坷坷，不知道他是怎么跑过来的，也不知道他在路上跌倒过多少次。

二十多分钟后，他跌跌撞撞地出现在乡医院门口时，早已满头大汗，满脸污垢，像个从草灰堆里爬出来的疯子了，吓得门口那个护士小姐大呼救命，引得院里那个值班男医生连忙操起扫把奔出来。等气喘吁吁的石哲成说明来意后，他那如临大敌的架势才松懈了，笑着对石哲成说："哦，原来你是兰书记那个失踪的女婿石哲成！你是怎么搞的？一个多月没了音讯，玉婷姑娘差点为你搭上一条命啦。还好，她喝的是'稻瘟净'，不多，没多大毒性，而且抢救及时，现在已脱险了，只是身体太虚弱，需要多休息几天。她的病房在——哟，她母亲扶她出来了。"

顺着医生手指的方向看去，只见晕乎乎、蔫兮兮的兰玉婷在她母亲的搀扶下艰难地朝这边走来。一个本来娇美如花的姑娘，这下竟被折磨得如此憔悴，如此萎靡，如一颗晒蔫的白菜，没半点精神。石哲成那颗充满负罪感的心，顿时产生了一种撕裂般的疼痛。他一反常态，无所顾忌地奔上去，扶住兰玉婷那软如棉花的身子喊了一声："兰玉婷，我没死！"

半晌，才听到兰玉婷发出蚊虫般大小的声音说："没死，我……我没死……"

石哲成猜想她还没有听清楚，又大喊了一声："我是石哲成，我石哲成回来了！"

"石哲成？"此刻，只见玉婷身子一震，像充了气的皮球一下来了劲儿，也随即推开石哲成，站直了身子，那双大眼睛似乎放射出两束激光直朝心爱的人脸上射来……

哲成再次大声叫道："我是石哲成！"

这时，也许她已清醒明白过来了，只听得她哭喊一声"哲成——"就朝石哲成猛扑过来，把他紧紧抱住，好似怕心上人一下又要溜掉似的，然后她踉跄几步，她的头重重地耷拉在哲成那还不怎么结实的肩上——她晕过去了。

待石哲成把兰玉婷安置在病床上，六爷爷和父亲相继出现在病房门口，他俩见此情景，相对而视，都露出了舒心的笑容。

尔后的几天，石哲成每天一大早便从家中赶到医院，陪兰玉婷度过这段难忘的日子，玉婷像一朵久旱的勿忘草得到甘霖的浇灌，很快就变得秀色可人了……

第三章　坎坷货郎路

第四章　山村民办教师

1. 人生抉择

　　一天，乡学区书记兰望笃来看他的女儿，正好遇到石哲成，便对他说："小石，今年上半年，乡里有四个民办老师因计划生育超生被辞退了。八月底，乡里要招收四个民办教师，在乡中心小学考试。这可是青石湾破天荒的大好事，公开招聘，择优录取，你去试试吧，争取考上。"石哲成很高兴地说："好的，兰伯伯，我会努力的。"为了玉婷，为了自己的前程，也为了自己的父母，一定得考上。得让他们看看，自己的十年寒窗苦读并没有白读，父母那十多年的血汗钱并没有付诸东流。

　　兰玉婷出院后的第二天，父亲便陪着石哲成和六爷爷到金沙镇上石华军的毛货店销货。石华军看到兽皮毛色好，皮实，就出高价买下了。于是，六爷爷拿出各人的本钱：他六百，哲成二百，然后把剩在手中的钱一数，啊，啧啧！一千元！他俩这一趟赚了整整一千元！看着六爷爷掂着那叠厚厚的人民币，父亲由衷地佩服："六叔，您老真行！走一趟抵得我们一年的收入。"

　　"我有什么能耐，全靠你儿子成伢子的财运好呢。"说着就把那叠钞票递给父亲。父亲郑重其事地从中数出两百元，然后把剩下的递给六爷爷，说："六叔，本来您老帮我把成伢子安全地带回家，我就该向您老道个万福了，收下的这两百元就算是您老送给他以后的本钱吧。"

"不行，你得全部收下。"六爷爷推开父亲的手，说，"这不是送给他做本钱的，要是收毛货，我也不会给他这么多。我也不是送给他定亲的——当然，玉婷是个好姑娘，但他俩都还很年轻，过几年再成亲也不碍事。你就让成伢子去读书吧。这次不是为了成伢子去读书补习，我也不会这么大方的。我给他看了相，他的八字中带'文昌'，读书是很有前途的。他在跟我走的这二十多天，有好几次在梦中都在喊：书，书，我要读书。"

"爷爷——"此时，石哲成的心里像打烂了五味瓶，百感交集，热泪夺眶而出。

"犟小子，明天，爷爷送你去学校补习。今后当好你的'高级毛货郎'！"六爷爷说着将石哲成紧紧搂在胸前。看到如此感人的情景，父亲这个从不轻易掉眼泪的刚毅汉子也控制不住内心的感动，两行热泪从面颊上滚滚而下……

许久，父亲才说："六叔，玉婷他爸说过几天，乡里要招聘民办教师，您说，成伢子要去试试吗？"

"当老师，好啊——我从小就想当一个老师。不过，成伢子，你自己的打算呢？"六爷爷说着就用询问的眼光看着石哲成。

石哲成的心其实早就飞到了母校，想在那号称"天下第一考"的高考场上再拼搏一番，圆了自己的大学梦，正如他曾对六爷爷说过的那样，他要选择纺织大学，要掌握世界最先进的自动化技术，对羽绒进行精加工，振兴我国尚未发达的羽绒加工业，让青石湾的羽绒品也像"武冈铜鹅"那样名满天下。然而，两次高考落榜，大大地折损了他的锐气，因而他又觉得这个梦是那么渺茫，那么虚幻，那么遥远。而且，他还打听到：明年高考英语要百分之百的记入总分，而自己又从未学过英语，赶是无论如何也赶不上的，看来还是要实际些，别好高骛远了——再说"纺织大学"也是理科生学的呀，你一个文科生想选修也不是一件易事呀，更何况当一名老师不也是少年时的理想吗？为家乡青石湾多培养些"高级毛货郎"不也是一件好事吗？六爷爷也说当老师是他的少年梦想，我帮他圆了这个梦也是很有意义的事。另外，当老师每月几十元工资也可帮家里解决困境。

"爷爷，我还是先去考民办教师再说，要是没考上再另做打算吧。反正复课又不在乎这几天。"

"嗯，成伢子说得是。我也是这样认为的。"父亲很高兴儿子和自己想的一样。

六爷爷见他父子俩都这么说了，虽然心中不无遗憾，但想来这样也有道理，就说："那么，你可要努力呀。如果能真的当上老师，也是我们石家第一位老师了。那么，这些钱还是要送给你的，不管你以后修房子，还是定亲，或是复课都行。"

"这怎么可以呢？六叔。"父亲拿着钱不知所措。

六爷爷见石哲成不声不响地待在那里，知道他又在想心事了，就把钱从父亲手中拿过来塞到他手中，说："成伢子，你接着吧。我知道你志气大，是我们石家最有出息的伢子。你知道六爷爷曾经也是个爱读书的人，也曾想考上秀才当先生，可命运就是捉弄人，让我成了一个终年走南闯北的毛货郎，一个无子无孙的孤寡老人。这些钱就算我认了你这个干孙子吧。只要我百年之后，你记住在我坟前树一座小碑，每年清明节烧几沓纸钱，也就不枉我俩祖孙一场了。"

此时此境，石哲成还有什么可说的呢？他只是泪流满面地使劲地点点头，并暗暗下决心：绝不辜负六爷爷的期望，考上民办教师，做一个顶天立地的男子汉。

2. 杏坛初涉

三天后，石哲成参加了青石湾乡民办教师招聘考试。因为是"破天荒"的公开招考，青年们都很激动，报名踊跃，大家都想试试，碰碰运气。考试只考语文、数学两门，内容是小学、初中的知识各占百分之四十，高中占百分之二十。四百多人参考，只录取四人，竞争是相当激烈的。然而对于石哲成这样已参加过两次高考且成绩优秀的人来说，只能算是小菜一碟了。

青石湾

　　第二天成绩揭晓，石哲成不负众望，以总分一百八十五分名列榜首，比第二名高出二十五分之多，结果分配在青石湾中心小学。

　　八月三十日，教师归校，兰玉婷来到哲成家，帮他收拾行李。家中没有新棉被，石哲成说："拿我原来在学校用的那套算了。"

　　兰玉婷一看，见棉絮早已破得不成样子，被心、被单早已是补丁叠补丁，确实不太雅观，拿到学校叫人瞧见太没面子了，就说："我家有好几套新的，待会儿，我拿一套到学校就行了。"

　　母亲连忙说："这怎么行，拿你们家的，若是让人知道了，不是更出笑话了。这样吧，我这里有两百元钱，你就陪哲成到金沙镇去买一套新的回来吧。"

　　兰玉婷心里明白，哲成妈是一个挺爱面子的人，自己现在与石哲成连订婚仪式都没有举行，还算是个外人。于是她连忙接过话头，笑嘻嘻地说："那好吧。哲成，我俩现在就去。"

　　兰玉婷立即回家骑来自行车，叫石哲成载着自己往金沙镇奔。到了镇上，她那娴熟自如的持家本领就显露出来。石哲成家境贫寒，父母从未让他独自买过一样稍微像样的东西，而兰玉婷则恰好相反，从十岁起，她妈就有意锻炼她这方面的能力。因此，在购物的过程中，石哲成完全成了一个挑夫，一个木偶，一个物件保管员。

　　经过一番精心挑选，玉婷就给石哲成买了水桶、开水瓶、牙刷、牙膏、茶杯、毛巾，后来还给石哲成买了一套笔挺的青色西装和一双棕色的皮鞋。石哲成估计一下金额，发现早已超过了两百元，就说："别买了，钱不够了。棉被咋办呢？"

　　兰玉婷说："不要紧，我有，先垫上，以后你有了工资再还给我不就得了。"最后，兰玉婷买了一床蒲席，用左手抱着，右手提着水桶，水桶里则放满物品，叫石哲成骑上自行车，载着自己直接奔往乡中心小学。到了学校，她走到父亲房里拿出一套崭新的棉被，来到石哲成的房中，给他铺好。

　　石哲成看着她麻利地有条不紊地做完这一切，心里感慨万千：富家小姐的做派真是不同凡响——大方、果敢、利索。今天，他才算是彻底地领教了。

因为这是自己人生中第一次以教师的身份来到学校，并在学校有了自己的住房，脑海里充满了即将走上讲台的兴奋感和自豪感。笑容洋溢在石哲成年轻的脸上，他让兰玉婷在房中休息，自己则到学校教导处领取教科书和教学用品。

这学期，他被安排教授一个班五年级的语文，兼班主任，另加四个班的自然课，每个星期上二十四节课，教学任务比同年级其他老师多了三四节课。但他想到这是领导特地的关心，想锻炼自己，心里反而觉得乐滋滋的。

能上讲台当老师是多少学子梦寐以求的理想，石哲成更不例外。回想起当年读初中时曾写过一篇作文——《我的理想》："长大后，我愿像我敬爱的老师一样，走上三尺讲台，执一尺教鞭，摇三寸不烂之舌，把我的知识传授给我的学生，把我的爱撒入学生的心田，把我的理想火炬传递给我的学生。到时，我将是一个桃李满天下的好老师……"

初上讲台的生活是新鲜快乐的，也是够累人的。对教材的不熟悉，不懂教法，虽是一些内容很简短的课文，自己当学生时是很容易理解的，可现在作为一个老师却不知道怎么教才能让学生容易理解、容易接受，并且记得牢固。石哲成对此很是耗费了一番脑筋的，他整天除了上课，就是待在屋子里看书、备课、批改作业，很少出去与人闲谈。因此，给人造成这样的印象：此人不合群，有点孤傲、清高。这样，就给人留下话柄，让人说长道短，而石哲成还蒙在鼓里，无所察觉。

一天下午，石哲成到厨房里打热水，门是紧闭的。他正要举手敲门时，只听得里面有两三声说话声。一个说："你看他那个高傲相，自以为老子天下第一，只怕也是草包一个。"

另一个赶忙接过话："朝廷有人好做官，他一个连考两次都考不上的人，这次分数就那么高，一定是他那岳父早漏题给他了。"

"是啰。高几分十把分，倒叫人还可相信，仅仅是考两门，一高就是二十五分，怕是吃了铁，真是让难以置信。"

"别说了，一说起我家那老三，我就烦，好歹也是个高中生，前几天，

青石湾

我到兰书记家捞个代课指标都不行，凭什么他女婿一下就安放在中心小学？"

石哲成这下听清了，原来是朱源刚老师，他有四个小孩，只有一个儿子，叫朱灿，曾与石哲成在小学五年级时同学过一年，学习吊儿郎当，成绩总是稳居倒数第三名。于是，被同学们称为"朱三公子"，后来降了一级。不知花了朱老师多少心血才逼着儿子熬到毕业，得到一张高中文凭。高考时，一心望子成龙的朱老师给儿子交了报名费，可儿子连考场都不肯进，把朱老师气得吐血。后来，朱老师几经波折才给他在城里的酒厂找了份工作，他又嫌酒厂空气不好，整天闻着酒气，过不了几天，只怕就要成了一个酒鬼。硬是不肯去上班，因此就在家里闲游。朱老师怕长此以往，坏了名声，以后找媳妇都难，为此大伤脑筋。这次，朱灿参加了民办老师招聘考试，座位恰好在石哲成的前面，语文他勉强做完，得了六十一分，数学考试时，开考还不到十分钟，他就两次回头偷看石哲成的，结果被监考老师警告了，要不是他父亲事先打了招呼，差点被赶出考场，最后他的数学得了二十四分。正因为如此，朱老师多次向兰书记提出代课要求，兰书记都不肯答应，这样就得罪了他，因此怀恨在心。

石哲成听到他们的谈论，当即很气愤，想破门而入，与他们理论一番。但又想到自己初来乍到，争吵起来让人难看，自己也下不了台。更何况自己本来就不是一个多事的人，一上讲台就与人结怨也是不光彩的。于是就只得忍声吞气地扭转身，艰难地朝房间迈步……

其实这次考试，兰父真的没有插手。因为他也不想插手，相反，他还想借这次机会了解自己的宝贝女儿所爱的小伙究竟是个怎样的一个人。然而世上的事难说，有过多少清者变浊，浊者成清呢？社会上任人唯亲的人太多了，也难怪别人怀疑。谁让你是乡学区书记"乘龙快婿"的唯一人选呢？

想到这儿，石哲成心平了，气顺了。为了兰书记，为了兰玉婷，更多的是发挥自己的知识才干，为了青石湾的未来，自己必须努力地钻研教材，虚心向前辈学习经验，掌握好传统的教学方法，尽快让自己适应教学。千万别误人子弟！

第三周的星期三，要上作文课了，虽然他自小酷爱文学，喜欢写作，但是指导学生却是头一遭，心中无底。为此，他特地走到学校教导处王主任的房间。王主任年近不惑，二十世纪七十年代初被推荐上了师范，至今已经教了十多年小学语文了，当教导主任也有三个年头，可以说是学校语文的教学权威了。王主任正在备课，刚好也是在准备明天的作文课。

石哲成小声地问："王主任，明天要上作文课了，我不知怎么指导，您能教教我吗？"

王主任抬起头，看了一眼石哲成，合上备课本，然后用很轻松的语气慢条斯理地说："上作文课嘛，那是很简单的，你认为该怎么写，就怎么教，你先出个作文题目，找两篇有关的范文念念，也就得了。"

"真的？"哲文天真地问道，"这样能行吗？"

"当然行的，我多年来也就是这么教的，效果也还是不错的。"王主任仍然是用肯定的语气一句一"的"地说。

就这么简单吗？石哲成仍然难以置信。一个如此难解的问题居然被他寥寥数语解决了。石哲成总觉得这是不可能的事，他想多问几句，看到王主任一副想出门的样子，也就不再开口，只好告辞了。

翌日，第一节课就上作文指导，石哲成只得硬着头皮照着王主任说的做了。不到十分钟，他就无话可说了，于是，就让学生打草稿。这时他发现学生抓耳挠腮的、皱额锁眉的、低头玩手的，似乎正在经受万般苦楚一般。第二节课后，收上的作文更是令人哭笑不得：语言干瘪，语句不通，错别字连篇，语病更是比比皆是。都是五年级的学生，作文也写了两年了吧，才这么个水平，真是令人失望。

怎样才能教好作文呢？

石哲成走到兰父房里找了数十本教育杂志：《人民教育》《湖南教育》《小学教学》等。他连续几个晚上仔细地把它们看完了，并认真地摘录了其中有关作文指导的内容。什么快速作文法、愉快作文法、传统作文法、逆向思维法等诸多指导方法，大致有了认识，可这只是"纸上谈兵"，实际运用是否奏效呢？他心中还是没底。

过了两周，又要上第二堂作文课了。有了上次的教训，石哲成认为可

第四章　山村民办教师

青石湾

能是同年级的老师保守吧，不想让别人学到真传，于是他就到六年级语文老师那里去请教，六年级的小张老师很热情地接待了他。小张老师是三年前从师范毕业分配到学校的，年龄不过二十四五岁，但他在教学方面却很有自己独到之处，对人很和气，很谦虚，也很直爽。他不仅介绍自己是怎样上作文课的，还把自己刚刚撰写好的一篇《关于怎样提高小学生作文水平》的教学论文给他看，并很客气地请他指正。石哲成很受感动，他对文中那种"好花共赏"的方法特为推崇，并打算照办。小张老师也很受鼓舞，打算以后要多与他交流交流，共同进步。

第二天，石哲成就在班上提出了"好花共赏"的设想，并宣布每个星期一的周会课为全班同学的"献花课"，课堂上他把杂志上的小学生作文念给学生听，把一些精彩章节剪辑张贴在教室的宣传栏里，让同学们抄录、学习、模仿。通过一段时间的实践，学生对此感兴趣，于是就发动全班学生都来献"花"。一石击起千层浪，课余、假日、自修课，学生们都行动起来，有的去图书馆，有的去阅览室，有的去书店。每逢"献花课"，同学们都兴高采烈地拿着各自的"花"比试。经过一段时间的学习，学生们对作文的兴趣高了，每周自觉写的课外作文也交得多了，作文水平比开学之初有了显著的提高：篇幅长了，语句通顺了，错别字少了，慢慢地也知道让文章的中心突出起来。期中考试前一个星期，学校进行作文竞赛，作文题目由学校语文教研组长刘老师临场拟出，所有参赛学生都自带桌椅在大礼堂竞赛。赛后又密封试卷，让不同年级的语文老师交错阅卷。

第三天揭晓比赛结果：哲成班五个参赛的竟然囊括了年级的前三名，另外一个班获得第四、第五名，而那位对哲成说"作文容易教"的王主任的班居然"剃了光头"。顿时，全校哗然，哲成的学生更是欢欣鼓舞，早先不愿到他班去的几个"尖子生"，居然私自凑钱买来了一千响的鞭炮在教室门前点燃：噼哩啪啦，震耳欲聋。

这下，事情闹大了。

第二个星期一的晚上，是全校老师政治学习的时间。曾校长就学校上周工作做了总结，对本周的一些重大事情做了安排。尔后，就是教导处的王主任讲话。他故作客套地说了几句后，就慢条斯理地一句一"的"地转入了他的正题："上周，我校举行了作文竞赛，活动举行得还是很圆满的，这反映了我校的学习气氛是很浓的，学生的学习热情是很高的，学生的作文水平上了一个新的台阶的。但是，这里面也产生了一些不够和谐的杂音，个别老师因为学生获得了几个好的名次就骄傲得不得了，竟然无视学校'严禁放鞭炮'的校纪校规，怂恿学生在校内放鞭炮，扰乱了学校教学秩序的，这样的事情，希望老师们以后要引以为戒的，不再重犯的。"

王主任的话音未落，就引起了小小的会场不小的骚动。大家七嘴八舌，议论纷纷，会议室一下像捅穿了的马蜂窝，响起一片嗡嗡的叫声。

"这也怪不得班主任，放鞭炮是学生自发的，谁又能预料得到呢？"

"班上考得好，学生们自己庆贺一下也说得过去。"

"年轻人啊，争强好胜，也该有所收敛。"

"年轻人呀，不要以为有了靠山就可为所欲为了。太放肆了。"

……

哲成当时气不打一处来：为什么自己的学生多获得几个名次，就像闯下了滔天大祸？竟遭人如此嫉恨。难道你是教导主任就不能让人超过？难道这也是"人类灵魂的工程师"所应有的风度吗？你这样不是把学校当成你武大郎开的烧饼店吗？作为一个血性男儿，本不肯受此委屈的，想回敬他几句。可又怕人说自己狐假虎威，为所欲为。没法了，自己初来乍到，人微言轻，不便发作。石哲成猛地站起身，只得强忍心头的怒火，咬紧牙关，默不作声地走出会场。

曾校长见会议气氛不妙，草草宣布散会，于是，大家议论纷纷地走出会场。

哲成一走进房间，非常夸张地张大着嘴长长地出了口恶气，然后攥紧拳头对着后墙猛击，猛击，猛击……

3. 订婚醉酒

在青石湾，定亲仪式早已约定俗成。男方去女方家需拿许多礼物：礼

币几百到几千元不等，布匹要十多件，猪肉要四五十斤，鱼则要两条草鱼或鲤鱼，其余还有许许多多。女方则要大宴宾客恭请三朋四友，七大姑八大姨。石哲成与兰玉婷的婚事是由双方母亲"当面鼓对当面锣"谈成的，没有媒人，为了方便双方沟通，必须得设个媒人。那个早先不肯帮玉婷说媒的王大婶这时毛遂自荐，兰母则记恨先前的事，当然不肯让她坐享其成。因为，亲事成功后，男方须得给媒人一笔不菲的报酬。

哲成首先提议让六爷爷做媒人，可这段时间他又去了湘西，归期难料，也就作罢。最后，还是几个与哲成相好的同事推举了曾校长，主事的双方一致说好，也就定了下来。

仪式本应在玉婷家举行，可曾校长说："小石是中心小学的老师，兰书记是学区的，就住在学校，玉婷可以说是我们学校的闺女了，定亲可在学校举行，这样既体面又合俗。"大家一听说得在理，就异口同声地说："好!"

石哲成本不是一个爱张扬的人，不想这般大张旗鼓地操办，可他想到玉婷为了自己差点儿搭上了性命，也该补偿补偿。既然曾校长开口了，自己也不好拂其美意，于是便定在十月一日。

国庆节那天，学校举行了庆祝活动，大礼堂张灯结彩，装扮得很喜庆。上午十点，喜气洋洋，打扮得花枝招展的小学生们在台上载歌载舞，一片欢腾。食堂里，部分有空闲的老师则在忙碌着：年轻的男老师挑水、劈柴、烧火；女教师则洗菜、洗刷碗筷；有点厨艺的则围上围裙，掌管锅勺，担当"特邀厨师"的职责。

礼堂里的庆祝活动一结束，食堂里的美味佳肴就香了。于是，大家一齐动手摆桌放椅。

因为兰父的声望，来贺喜的人很多。又因为日子公开得早，石哲成的同学也来了不少，就连六爷爷也翻山越岭地从贵州赶了回来。兰玉婷的哥哥也特地从县城里赶来了，不过他只是与人们礼节性地打个招呼，却很少露个笑脸。看样子，他并不怎么看好妹妹的这门亲事。听人说，开初，他曾极力阻止过妹妹，可妹妹一意孤行，不听劝告，他才无奈地停止了行动，这次参加订婚仪式，他作为兰家唯一的"大舅子"，为了顾全兰家的面子才勉强走走过场罢了。

一时，礼堂里人山人海，热闹非凡。

这天，石哲成身着笔挺的青色西服，崭新的白衬衫内衣上扎一条鲜红的领带，脚蹬一双锃亮的棕色皮鞋，让本来就够帅气的他显得更加英俊潇洒，风度翩翩。经过一番必需的礼仪后，宾客便一一入席。哲成与他的同学团坐一席，在朋友们的激将下，他显得特别兴奋，于是也跟着大家一起举杯。他先敬本家六爷爷，再敬岳父岳母大人及大舅子，三敬校长——冰人（旧时对媒人的称呼），然后又敬各位亲朋好友。几杯醇香的米酒下肚后，他浑身燥热。于是，胆气豪增，说起话来就无所顾忌，与朋友吹起牛来也就不知天高地厚了。年轻人见势起哄，你一杯我一杯地豪饮起来。不知不觉，哲成的言语更无遮拦，全无平时那种谨小慎微的斯文相，正在随爷爷学医的华萱见事不对，就让人喊来那俊俏无比、娇艳如花的兰玉婷。玉婷劝哲成别喝了，他一把推开她，依然故我地大吹特吹自己的海量："来，谁还敢来，我再与他喝三杯。哦，不敢来，是吗？你们这些胆小鬼……"

华萱让牛高马大的牛二牯搀扶哲成回房去，他则飞奔到镇上医院购买樟脑。

哲成在二牯的搀扶下从席间经过，大家都关切地注视着他，他竟更为亢奋起来，嘴里的话语更似开了闸的河水，滔滔不绝地奔涌而出："我没醉，我还能喝，我还能喝，我没能……能耐，我考了两年……两年大学……都没……没考上，我……不行，我家里家……家里穷，交不起钱，我……只得考民……办，我……想……去……考大……我要当高级……货郎，货……郎……六爷爷，书，补……"

晕晕乎乎的哲成，迷迷糊糊、胡言乱语的哲成，时而手舞脚蹈，时而歇斯底里地喊，时而自言自语地像在梦呓……

直至华萱给他注射了一支樟脑后，他才像个哭喊累了的孩子一样进入梦乡……

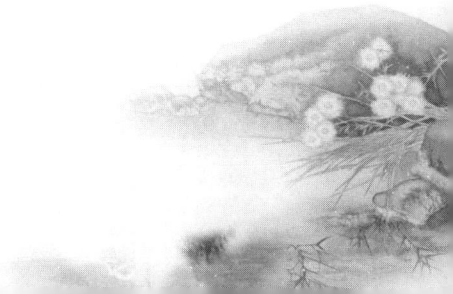

青石湾

4. 校长谈心

曾校长，四十来岁，中等身材，面黑体瘦，做事干练，思维敏捷，他没有后台，且为人正直，不会见风使舵、阿谀奉承，在中心小学校长这一职位上一待就是十年，与他一起当校长的那一批人，有的早已提升为镇学区主任，有的甚至成了县教委副主任了，可他还在原地踏步。他在任的这几年，青石湾中心小学的升学率一直稳居全县前五名，近三年更是稳居前三名，同行中有人戏称曾的学校是县中的培养基地，是县中的"苗圃园"。可他这个"园长"每年除了县教委颁给他一本鲜红镀金的立功证书外，就别无所得。许多老同事为他抱不平，可他仍然是一副知足常乐、与世无争的样子，工作起来依然是一板一眼，从不松懈。他还是一个挺有人情味的校长，从不盛气凌人，总能设身处地为他人着想，苦口婆心地劝导下级，没半点架子。

石哲成在定亲宴上发酒疯，说自己还想去考大学，这可把痴情的兰玉婷吓得不轻。她生怕哲成飞了，整日忧心忡忡，可又不敢出面劝阻他，心里那个愁呀，满头秀发中都愁出了白丝。

爱女心切的兰书记，更是愁在眉头急在心，为了女儿也为自己。因为经过一个多月的观察，他发现石哲成的确是一个诚实憨厚的好伢子。他有才有貌，平时寡言少语，不爱表现，但在关键时刻却很有主见，脾气挺犟，他看准的事别人就是用十二匹马也别想拉转，这一点正是让人可爱又可怕的。他在教学上无师自通，颇得同事欣赏，深得学生欢迎。这样的民办老师可以说是十年难遇的，依书记的眼光看来，这个小伙子不用三年就会转正成为一个公办教师。到那时，女儿的事就不用自己操心了。然而哲成在定亲宴上的举动让他大为震惊，他隐隐觉得哲成对这桩婚事有些勉强，对自己的前程心有不甘。如果自己成全他，放手让他再去复习一年（利用自己的职权，给他批一年假，还可保留编制），说不定会来个鸡飞蛋打，女儿的痴情就会付诸东流。到时只怕女儿又会寻死觅活的。一想到此，这个年过半百的老人就有点后怕。为此，他特地找了曾校长一次，让他劝劝石哲成。

其实，无须书记的提醒，他早就想与哲成谈一谈了。一来，作为领导，劝导自己部下安心工作是理所应当的；二来，当今学校的师资力量不强，全校十八个教师，十个公办教师中有五个是接班补员的，文化程度不高是公开的秘密，六个民办教师中除了哲成，大都水平不高，那两个年轻的师范生，知识功底很好，就是不大安心待在青石湾这个旮旯儿，一门心思想往城里钻。算来还是本乡本土的尽心些，更何况像石哲成这种刚上讲台就大受学生欢迎的年轻教师真是凤毛麟角，一个堂堂的正规师范生在讲台上也没有像他这么得心应手，游刃有余。石哲成是一个可造之才，一个很有潜力的教师。

曾校长查堂，曾站在教室的后门外听了好几堂课，他惊喜地发现哲成这个平素沉默寡言、文质彬彬的青年人，上课语言非常风趣，思路开阔，知识面广，引经据典很切合教材和学生胃口。他点拨得当，启发适度，引申恰如其分。如此下去，不仅适应小学语文，就是中学语文也完全可以胜任的。

这天下午，哲成正在批改学生作文，曾校长来了。哲成赶紧放下笔，顺手从抽屉里拿出一包"香零山"牌香烟，拆开，抽出一根递给校长："校长，请抽烟。"

校长接过烟，说："小石，别客气。"然后自己点燃烟，吸了一口，抬头缓缓地吐出一长串白烟，"怎么，你自己不吸？"

"我还没学会，吸烟有害健康。我还是不学的好。"哲成很诚实地说。

"嗯，年轻人，还是不学会的好，要是像我们这些老烟虫，以后想戒就难了。"

"也是，也是。校长，今天有空出来走走？"

"嗯，没事时我常常会到处逛逛的。"校长说着就随手拿起一本学生作文翻着。

哲成指着本子说："作文，学生的作文错别字太多了，看一本作文要耗五六分钟，一个班的作文要看两三个晚上呢。"

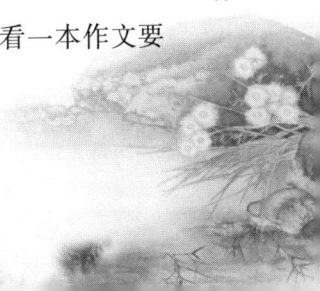

曾校长说："五年级作文水平低，情有可原，毕竟他们只读了这么点书，你不可苛求，至于阅卷耗时，你可以让他们互批互改嘛。"

"互批互改，能行？"石哲成有点不敢相信，吃惊地看着校长。

"当然能行，学生互批互改后，老师再查看一遍就行了，城里的学校早就这样搞教改了，你可放手试试。以后，我来推广。"

"这样，我担心难以把握学生的水平，不好讲评呢。"

"你可以把学生分为优秀、一般、较差三个等级，然后从每个等级找几篇有代表性的看看，这不就行了。"

"也是，校长您的点子真好，下回我就试试。"

"这不是我的点子，我也是在一本杂志上看到的。哪天，我给你看。"

"好的，待会儿我就过去拿。"哲成说着就站起身来。

"别急。"曾校长见他如此性急就阻止他，停了一会儿，问："小石，听说你还有个哥哥，是吗？"

"嗯，不过，是同母异父的，叫田小楚，他现在算来已经三十来岁，要是考上大学的话，也早该大学毕业了吧。可我们已二十多年都未见过面了，也不知他现在在哪儿呢。我妈常为此唉声叹气的，我又不知该怎么做才好。"

"别急，以后会有消息的。到时，兄弟相识，母子相见，肯定是别有一番滋味在心头呢。"

石哲成说："也是的，以后我一定要去寻找他，也好了却我母亲的心事。"

"嗯，毕竟血浓于水呀。"曾校长停了一下，话头一转："小石，你已来校两个多月了，对学校有什么看法吗？"

"看法？"石哲成心想，反正下学期我打算要去复课的，有与没有说出来又有何用呢？于是就说："没，没有。"

"你在学校生活得习惯吗？"

"这个当然过得惯了，读书在学校，教书也在学校，只不过是身份改了，教师生活好多了，舒服多了。"

"这就好。"曾校长低头看到他书桌上有几本高考复习资料，顺手拿起一本，问，"你明年还打算参加高考？"

石哲成明白这才是校长今天来的主题，知道瞒是瞒不过的，就老老实实地说："有这个打算。"

"年轻人有追求，求上进是好事，我若是年轻二十岁也会去考的，我这一辈子是生不逢时啊！"曾校长颇有感触地慨叹道。

"您生不逢时，最终还有一个正式工作，我现在正逢盛世，连续参加两届高考都名落孙山，真丢人。如果现在还不去拼搏一番，那就迟了。"

"听说你去年只差十来分，今年仅差三分，是哪门课程拖了你的后腿呢？"

"政治是我的弱门，每次只能考七十来分，英语是老大难，去年百分之三十计入总分，我仅仅得了十来分，今年是以百分之五十计入总分的，明年可能要算百分之百了。其实，我初中是在公社新办的'五·七中学'读的，因为没有开设英语，高中就赶不上，只怕明年高考又很危险。"石哲成一提起高考就有说不完的话题。

曾校长听他这么说，知道话题已朝自己预定的轨道发展，心里很是高兴，就赶紧接过他的话茬："你明年是边教书边复习，还是怎么的？"

"我本想这样，可又担心效果不好，不如来个破釜沉舟，置之死地而后生。"

"依我看不必如此，虽说通过高考这根独木桥走出来的人，名声要好听，在社会也吃香些。但我认为，人生不一定非要把自己死死钉在一个地方。不是有一个作家说过：'松开手，你便拥有整个世界。'"

"松开手，你便拥有整个世界？！"石哲成重复了一下曾校长这句富有哲理的话，若有所思……

曾校长接着说："其实，你可以通过成人考试获得大学文凭的。我们教育界同样是承认的。"

"成人大学？我不感兴趣。"石哲成这一下回答得很干脆。

"不感兴趣？我们在职的可是求之不得呢，明年我也打算去参加呢。"

"您也要去参加考试？"石哲成这时才记起一个同事曾说过，曾校长也曾经是个民办教师，参加工作三年后，被推荐进了师范学校，出来后又回

到青石湾。这几年升官、晋级、加工资都看文凭，因此，只有中师文凭（工农兵学员）的他失去了许多机会。想不到一个四十岁的人还有这般雄心，真是让人佩服呢。想想自己的实力，家里的经济条件，小妹就要读初中，要是自己抛弃"泥饭碗"，自不量力地去追求"铁饭碗"，到头来"扁担无扎两头滑"。那时，我自作自受，而父母他们又该怎么想呢？算了，还是安心当民办教师，一个月有三十多元钱给家里，还可贴补家用，听曾校长的话，考成人大学，得个大学文凭也是行的。只要努力，何愁不能让"泥的"变成"铁的""金的"呢？虽说高考落选是自己一生中永久的痛，但时间会冲淡一切，难道还不会冲去自己心中的痛吗？

曾校长看到石哲成低头在想心事，知道自己今天的目的已经达到，就站起身说："小石，你忙你的吧，我还要到王主任那里去一下。"

石哲成这才醒悟过来，连说："慢走，慢走，曾校长。"

5. 少女痴梦

自从与曾校长谈心后，石哲成那种浮躁的心便安定了许多。平时，他除了完成当天的教学任务，便是准备自己的考试：普通高考和成人高考。他曾到一个准备参加成人高考的同事那里，翻阅了一下复习资料，发现那些知识，初中程度的占百分之六十，高中的只占百分之四十，而且是非常简单的基础题，因此，就一心看高考复习资料，成人考试只要去报个名，到时候拿着笔去就是了，只是有时同事来问疑难问题时，他才看看同事的资料，帮同事解决问题。

还好，他的学生也越来越听话了，班上的纪律也很少让他操心。为了让学生每天认识到知识的重要性，他要求学生每节课上课时在老师喊了"起立"后，还要记住喊两句口号："知识改变命运，学习成就未来。"这样一来，学校又有人说他标新立异，想出风头。他也不予理睬，仍然是我行我素。后来，他班的纪律越来越好，学习氛围也越来越浓，当然学习效果也很见成效。第一单元考试语文，平均七十二分，有十个没及格的，列全年级三个班的第三；第二次列全年级第二，只是平均分与第一名相差三分多，还有五个人未及格；期中考试时，他班已跃居第一名了，全部及格，平均分七十五分。石哲成便鼓励学生要："再接再厉，互相帮助，共同进步，力争第一。"并把这几句话当成班上的口号。学生们很是兴奋，学习的热情更高了，特别是那几位班干部更是个个像小老师一样，自觉督促后进学生，每周的"好花共赏"课无须老师的提示，班干部们便轮流主持，开展得有声有色，给他们的作文带来很大的帮助，除了少数几位贪玩的学生外，每个学生的作文都写得像模像样了，再也不愁无话可写了。

曾校长见此情形，很是兴奋，想不到这个年轻人的方法这么新鲜、实用、有效，就号召全校向石哲成的班级学习，这时才封住那些讥讽人的口。结果各班都喊出了属于自己班的学习口号，而且一个比一个更加响亮，因此每当上课时，口号声此起彼落，引得邻近农村的家长们都来学校听新鲜，无形之中，学校声名鹊起，都说青石湾小学更加兴旺发达了。

事业上的顺心，让他更有充裕的时间复习了。然而感情上的事却让他分心不少。

自从定亲后，兰玉婷来校的次数就多了，每隔两三天便往学校里奔。她一来，便给石哲成洗衣晒被，整理床铺，俨然一个小媳妇似的。同事便要拿他俩逗乐，兰玉婷强作害羞，其实暗自欢喜，哲成则每次闹成个"红脸关公"。为了避免让人取乐，到了开餐时，石哲成总是提早到食堂里端钵饭送到房里给玉婷，自己则回到食堂里与老师一起进餐。上课时，他怕玉婷闲着无聊，就帮她到学校图书馆借几本琼瑶的言情小说。没课时他就在房里阅卷、看书，为了不使自己太冷淡了玉婷，有时也无话找话地与她说几句有关琼瑶小说的话，玉婷总是心不在焉的，往往是答非所问，弄得石哲成很尴尬，不知如何是好。说多了，她也不懂，弄不好还以为自己在她面前卖弄学问，而且也耽误自己复习时间；不说吧，她终究是自己的未婚妻，不是陌路人，总得找到一些话题来为她解闷吧。

到了晚上，两人共处一室，让石哲成更是不自在。谈情么，又没什么可谈的；看书，书倒是拿在手上，眼睛也是看着书本，可字却不肯扎扎实实地映入眼帘。有时候，他斜眼看看兰玉婷——她虽然也装模作样地看着书，可就是打不起精神，一副昏昏欲睡的神情。哲成不由得轻轻叹了口气，叹声只在心里，似有若无的，可敏感的兰玉婷却感到一声雷霆在响，顿时强打精神，挺直腰，努力装出个认真看书的样子。可过不一会儿，脑袋却又一次摇摇欲坠了。怨气不由得从心而生：与爱读书的人谈爱真是受罪——活受罪。不看书，让他看不起；看吧，自己又实在看不进去。自己确实不是一块读书的料，这时要是有几本连环画倒还可以对付几下子。

石哲成似乎明白玉婷的心事，以为她累了，一到晚上九点，就对她说："别看了，明天再接着看吧。我去小张老师那里借宿了，你要关好门啊。"

兰玉婷当然不希望一个人孤零零地待在房里，可一个少女的矜持让她不敢也没面子把自己的心事说出口。其实，她多么希望哲成能留下，像农村那些未婚同居的恋人一样啊。

一天早晨，起床钟响了，她特意赖在床上，石哲成从小张老师房间回来，在门外喊："玉婷，你起床了吗?"

她在被窝里有气无力地答道："还没有。"

"你快点穿衣服吧！我要进来了。"

"我不想起来，我头痛得好厉害。"兰玉婷在床上小声地呻吟着。

石哲成一听急了，赶紧掏出钥匙打开门，走近床边，用手去探玉婷的额头。兰玉婷张开迷蒙的睡眼，小声地呻吟着，又似乎在声声地呼唤什么，召唤着什么。

石哲成的手轻轻地搭在她的额头上，热乎乎的，少女的额头好细腻，好圆润，瓷器般的细滑，全然不像自己的那么粗糙……

这时，石哲成的心"咯噔"了一下，理智猛然醒悟过来，手即刻离开了她的额头，一切复归于平静。他从抽屉里拿出一板"感冒灵"，倒上一杯凉开水让玉婷吃药，玉婷无奈地坐起身来，接过茶杯……

因为有了这次"碰钉"，兰玉婷到学校的热情大大地降低了，即使她母亲要她到学校去找父亲，也是办完事便匆匆回家，正如一支歌中所唱的："来也匆匆，去也匆匆。"这倒让石哲成省心了许多，也少去了许多尴尬，他就可以专心教书，全心全意地复习功课了。

6. 粉红黑色

　　成人高考是在五月份举行的，考场设在本县最高的学府县二中——石哲成的母校。考场上，石哲成做得非常顺手，因为不考英语，更是卸去了他的心头之患，就连平日颇为头痛的数学做起来也不怎么困难了，历史、政治、地理简直成了"小儿科"，其难度竟然比不上高中时的一次小小的单元测验，语文本来是他的强项，这次更是让他大展身手了。

　　每堂考试下来，他都是很轻松地走出考场。然而，放眼一看，许多考生——大多是些在职的教师、工人，极少数的是青年农民，他们一个个都是垂头丧气，叫苦连天。一个说："今年的题比去年的难多了。"另一个说："是呀，去年的数学容易得多，我都打了六十八分，今年的数学我只怕上不了五十分呢。""历史题也出得偏，我记住的重点题一个也没考，全是那教材缝缝里的偏题，怪题。"……

　　用石哲成的眼光看来，这些人简直像一群刚刚经历了一场血腥恶战的残兵败将、伤员病号。当然，其间也有一些好表现，爱吹牛的人，为自己一篇并不高明的作文而沾沾自喜；为自己采用一个极为平常的简便方法而洋洋自得；为自己侥幸填上了一个很常见的历史或地理小题而大呼"真爽"。

　　所有这些，对于石哲成这个久经沙场的人来说，真是太不值得一提了。可他们这些人却说得如此有劲，如此有味，真让人想不通。

　　不到二十天，成绩出来了，石哲成以总分412分名列全县第一。他的单科分数依次为：政治78、语文85、数学80、历史82、地理87，他被录取在省教育学院高等师范函授班。这真是一个粉红的五月。要是今年七月也有如此好的成绩该是多好——这可比重点大学的分数线还要高许多啊！

　　这些成绩在那些在职的老师眼里真是莫大的荣耀，可在石哲成看来则是莫大的讽刺，莫大的嘲笑，一个在中国高考考场上屡战屡败的人，在成人高考中夺冠又有什么意义呢？

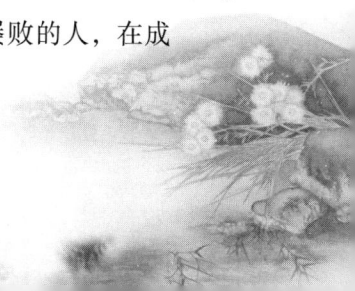

"我一定要到高考考场再拼一次！"石哲成握紧拳头为自己鼓气。

一个月后（7月7日和7月8日），哲成又一次整装出发，粉墨登场，进行了他人生的第三次拼搏。此次高考因为心态平静，心理负担减轻了，再无上两届因患得患失而临阵怯场的表现，发挥得比较理想，数学破天荒地超过了六十分，语文则创高考新纪录地上了八十分大关，其他科目也正常发挥，仅因英语百分之百地计入总分，他只打了29分，才使他又一次以五分之差而落选。石哲成虽然很失落，但心中并没有前两次受的打击那么大，如果上两次可以用波涛汹涌来形容，这次只像往平静的湖面掷下一颗小石头，泛起一阵粼粼的波纹后很快就恢复了平静。从此，他再也不对高考存任何幻想了，安安心心、规规矩矩地做一个本本分分的民办教师，为青石湾精心地培育着祖国的花朵。

第五章　孤独的童年

1. 文学启蒙

经过一年的教学，石哲成深深地体会到：学生的进步就是老师最大的快乐。与小学生在一起，自己也好像回到了童年。本来就童心未泯的他时常与学生做一做童年的游戏：丢手绢、老鹰抓小鸡、抬花轿、开锁、卖狗崽……然而，石哲成的童年可没有这些学生这般无忧无虑，他的童年充满了一般人所体会不到的孤独、寂寞与艰难。

孩提时，因为家里穷，也因为父亲的病，他懂事特别早，他有一个与别人完全不一样的孤独而又充实的童年。现在回想起来，他的心里仍然充满心酸和幸福。四岁时，一向特别关心他的奶奶病了，从此常年卧床不起。成伢子很孤独，很想有几个伙伴玩，可同院的小孩没几个，也与他年龄不相仿，玩不到一起，有时与他一起玩，也玩不上一会儿。缺少玩伴的童年，令他性格很自卑，也很内向，少年老成。不管在学校，还是在家里，他总是默默无语地读书、做事，父母因为要挣工分养家，把他的沉默当作是懂事、听话，当然也就省心了。

六爷爷当时已五十多岁，无儿无女，住在一座又矮又破的小木屋里，整天又吹又唱，快乐无比，村里人骂他是"六疯子"。一般做父母的是不准小孩子到他屋里玩的，可成伢子的父亲却不时带成伢子到六爷爷屋里

青
石
湾

玩，时间一久，成伢子与六爷爷就成了"忘年之交"。六爷爷发现平时沉默寡言的成伢子是一个十分聪颖的孩子，还有一种与他年龄不相称的孤独和老成。六爷爷认为这是不正常的，就经常在工闲时喊小哲成去他那座木屋里玩，给他一些糖果吃，给他讲"三国"话"水浒"，让他读《唐诗三百首》，有时还教他吹竹笛、芦笙。芦笙是一种水烟斗似的乐器，不知他从哪儿弄来的，声音"呜里哇啦"的。成伢子费了吃奶的劲儿也吹不好它，就央求六爷爷吹。六爷爷看到成伢子很快乐，他自己也就很快乐，于是便吹得很卖力。听着这粗犷近乎原始的声音，成伢子着迷了，也缠着要学。六爷爷就告诉他，这种像水烟斗的东西叫芦笙，是侗乡苗寨盛行的一种乐器，是少数民族地区特有的，那里每年还举行"芦笙节""姑娘节"，很热闹，很有趣："那里人吹的才是真正的音乐，其实我也吹得不够正宗，我只跟着你汉四爷爷（石华军他爷爷）学了一段时间，还没学精，你汉四爷吹的那才是正宗的呢。当时，我陪他在'玩花山'时，他硬是迷倒了几多侗家拉耶（侗家姑娘）和苗家乖黛帕（苗家姑娘）。他还能吹其他各式各样的乐器呢。"

"真的?!"成伢子惊讶得张口结舌，"华军爷爷这么行？可华军他爸爸却一样也没学会，难道他没跟汉四爷爷学吗？"

"汉四爷爷没时间教他，他很小的时候你汉四爷爷就死了。"

"哎，要是汉四爷爷没有死，那该多好啊。"

"嗯，也是……"六爷爷说到这里，脸色一下子沉重起来了，不再说话，似乎陷入了沉思……

许久许久，六爷爷的脸色才又"由阴转晴"，这时他说："成伢子，来，我教你木叶吧，木叶容易学，等你长大就吹着木叶去找媳妇吧。"

"找媳妇？真的，我学，我学!"成伢子天真地说。

四岁以前，成伢子是随奶奶睡的。这一年，奶奶病重了，经常屎尿不禁，搞得床上一塌糊涂，让成伢子夜里没睡上几个完整觉。六爷爷就在他家南端头，有一座四排三间的木屋，只有一个人住，成伢子因为爱听六爷爷讲故事就想随六爷爷睡。可他父亲说这样不好，会给六爷爷添许多麻烦的。成伢子说："我又不尿床，又不起夜解手，六爷爷会同意的。"果然，一天夜晚在听故事时，成伢子把这意思对六爷爷一说，他就满口答应，并亲自对父亲说："成伢子想陪我睡，你说行吗？"父亲见六爷爷主动说了，不再好拒绝人家的好意，就说："那可麻烦您了。六叔，我妈的病实在太重了，如果再让成伢子与她住在一起，会影响成伢子身体的，我确实不放心，既然成伢子这么喜欢跟您，那夜晚就请您老多操心了。"

那时，成伢子就读的学校设在离家一里地的青山小学。每天晚上，成伢子在油灯下快速完成作业后就脱光衣服，钻进六爷爷那已睡得暖和的被窝里，缠着六爷爷讲"白话"。于是六爷爷就讲《封神榜》，讲那笑死人的到老都不幸运的姜子牙——卖棉花刮大风，卖盐盐生蛆，到了八十才遇文王，帮周武王打天下，建立周王朝的故事。

那时，成伢子太小，还分不清哪是历史，哪是"白话"。反正只要有趣，他就爱听，特别是那些打仗的"白话"，更是喜欢到"废寝"的程度，可六爷爷讲到一定的时候，就停住了，说声"好了，今晚就讲到这里。困了，我要睡觉了"。过了一会儿，六爷爷就鼾声大作，任凭成伢子怎么喊怎么踢，就是叫不醒他。成伢子不知是计，不一会儿也就迷迷糊糊沉入了梦乡……

一晚，六爷爷讲《薛仁贵征东》，他从薛仁贵出生时讲到给李员外帮工，力大如牛的薛仁贵一个人抵得上三四人干活，一餐能吃"斗米十肉"，直让天真的成伢子羡慕不已。他幻想自己一夜长大也能像薛仁贵一样，一手提着两百来斤重的大树……

当讲到薛仁贵身穿白袍骑着白马从天而降，打退高丽大将救起李世民时，成伢子心中就有了当骑兵的愿望，像白袍大将一样，救主于危难之中，为国立功……

六爷爷虽然只读了八年私塾，但他的知识非常丰富，特别是民情风俗更是了得。他时常对成伢子说侗族的"玩花山"、苗族的"三月三"、瑶族的"盘王节"、傣族的"泼水节"，还有彝族的"火把节"（也许就是这样，给幼年成伢子心里打下了民俗教育的基础，也让后来成年的石哲成爱上文学创作，特别是爱上民俗文学，并让他在这个方面有所造诣）。这让

青石湾

成伢子很快乐，也很崇拜六爷爷，他认为六爷爷真行：满肚子的故事，满脑子的知识，满天下的见识。六爷爷年轻时如果不逢上废除科举制度，肯定是一个秀才了，当时正处乱世，民不聊生，加之家庭的原因，才让六爷爷这个很有天赋的人困居山野，英雄无用武之地。但是，他从不将自己的身世向成伢子提及，每当成伢子问起时，他都赶紧避开话题，不愿回答。当然，年幼的成伢子也不会刨根问底，往往是过一会儿就忘记了。

六爷爷还有一本线装的《千家诗》。这本《千家诗》，六爷爷可是背得滚瓜烂熟。因此，许多晚上，他就教成伢子念古诗。他念一句，成伢子就念一句。他念"一岁一枯荣"，成伢子也念"一岁一枯云（荣）"。念的是什么字，什么意思，成伢子不知道，六爷爷也很少解释。成伢子只觉那念诗的声音很好听，很顺口。成伢子就高兴跟他念，跟他喊，而且喊得很大。六爷爷担心影响了隔壁四邻睡觉，就常常警告说："别喊，房子会被你掀翻的。"

一听这话，成伢子乐了："那就成了白袍大将军薛仁贵了。"

"薛仁贵可不爱喊，只有黑脸的张飞才有这么大的嗓门，他站在桥上大叫一声，河水就倒流三尺。"

成伢子曾听过六爷爷讲过张飞的故事，那个胡子拉碴的莽夫，可不讨人喜欢，成伢子最喜欢的是舌战群儒的诸葛亮：羽扇纶巾，文质彬彬，足智多谋，智勇双全。

六爷爷说："要想成为智勇双全的诸葛亮，可不能像你这样喊诗呢！"

这时，成伢子才信以为真，只得小声地念诗。

于是六爷爷又念道："春眠不觉晓，处处闻啼鸟。夜来风雨声，花落知多少。"

这首诗，成伢子特别喜欢，教了两遍便会背了。因为这首诗通俗易懂，念着它，成伢子就想到了春暖花开的时候，他自己爱睡懒觉，心想如果有鸟来叫醒自己，那该是多么美好的事情哟。

以后，只要诗中出现有关鸟的诗句，他就说好，并央求六爷爷多念些。因此，成伢子就会背许多写鸟的古诗词："明月别枝惊鹊，清风半夜鸣蝉。""两个黄鹂鸣翠柳，一行白鹭上青天。""留连戏蝶时时舞，自在娇莺恰恰啼。""无可奈何花落去，似曾相识燕归来。"

......

　　虽然这些诗句，他大多不理解意义，但他却爱鸟及诗，越念越觉得好听，越念越有趣。有时因为不明其意思，随意用谐音胡乱念它一番。如"长风万里送秋雁，对此可以酣高楼"，成伢子则念成："对此可以喊高楼"。

　　可六爷爷却从不纠正他，还说他很乖，很聪明，并常常以此为傲，每当家里有客人来，他总是喊成伢子念诗，成伢子则常常是这么偷梁换柱、张冠李戴地念。那些客人不知听懂了吗，只是连声夸成伢子："小小年纪就会背诗，了不得，了不得呦！"

　　这时，六爷爷总是在一旁捋着那束长长的黑须呵呵大笑。那份满足，那份自豪，那份惬意，让后来成为老师的石哲成想来心里还是暖融融的。

　　他曾在一篇散文中写道："六爷爷真是我的文学启蒙之师！"

　　后来，奶奶去世了，那张床空出来了，成伢子才被父亲叫回家住。其时，六爷爷要外出界里收毛货，待在他家确实太麻烦六爷爷了。临走时，父亲对六爷爷说："六叔，这几年，成伢子让您老操心不少，真是难为您了。"

　　六爷爷想到成伢子再也不能陪自己了，心中很是失落，但他仍然装作很高兴的样子，说："成伢子回家住，好。要说麻烦则不要说了，其实这两年，他给了我许多快乐呢。大侄子，我对你说，成伢子是一个很聪明的伢子，你可要舍得送他读书啊。"

　　"六叔，我会的。谢谢您。"

　　也许就是这句诺言，父亲才不顾一切让石哲成去读了一年补习的。

2. 早慧童年

　　知子莫若父。对于儿子的聪明，父亲是早就知晓的。他记得，成伢子才三岁多一点的时候，一天，散工了，大家扛着锄头回家。当时，成伢子

正在大路的石板上玩泥巴——打炮。这是童年玩的一种游戏，小孩子把泥巴捏成一团，小心地弄成一个碗形，且把底部摸得极薄极薄的，放近口边，呵一口气，然后往平坦的石板上狠狠一砸，"叭"的一声，碗炸了，炮就成了，于是便会引来小伙伴们一阵欢呼。

院里平素最爱逗小孩的松三爷问："成伢子，吃饭了吗？"

成伢子随口答道："没有，白米饭才洗澡呢！"

"饭才洗澡？"松三爷一时很困惑，立住了，两眼直直地盯着成伢子。这时，走在后边的哲成父亲来到了身边，松三爷就问他，他也正打算解释。成伢子倒先说开了："饭才开呢，你晓得吗？"

松三爷说："饭才开就说'饭才开'，你为么咯要说'白米饭才洗澡'呢？"

"饭开了，里面的水在呱啦呱啦地响，不正像人洗澡水哗啦哗啦地响吗？"哲成父亲说。

"哦——你这个儿子真聪明。才咯么大一点点的人就说咯样怪的话。不简单，不简单。将来一定大有出息的呢！"松三爷用手摸摸才三岁的成伢子，对哲成父亲赞不绝口。

从此，青石湾人一见成伢子就逗他："成伢子，你家里的'白米饭洗澡'吗？"

村里许多人甚至把"白米饭洗澡"当作成伢子的绰号喊呢。直到他当了老师后，这个绰号还时常被人提起，只是因为成伢子如今已是一个堂堂的老师，乡亲们才不好意思再喊了。不过，石哲成倒为自己小时候"独创"的这个生动形象的比喻句感到无比自豪。他曾在一篇散文中写道："'白米饭才洗澡'是我第一次公开'发表'的文学作品，也是我一生中最得意的'作品'。"

青石湾有一句俗语："从小看大，三岁看老。"也许正因为有这种语言天赋，成伢子从开蒙起，语文一直是他的长项，特别是作文方面，他一直表现出一种超乎常人的优异能力。小学时，他的语文教师总会抄一两篇范文在黑板上，让学生们模仿。可他模仿了几次后，感到没有趣味，就不再模仿了。他每次作文都喜欢想出一种与老师完全不同的开头和结尾。语文老师很高兴，每次都会拿他的作文做范文念给大家听，这样，他尝到了甜头，于是每次写文章都会千方百计地想出新的方法来。也许这就养成了他勤于思考、善于思考的好习惯，为他长大后进行文学创作打下了良好的基础。

3. 狗屎村童

"穷人的孩子早当家。"八岁那年，一个初秋的早晨，天刚蒙蒙亮，母亲就来到成伢子的床边，轻轻地喊："成伢子，吃不得闲饭了，快点起来去拾狗粪吧！"

"好的。"不用母亲多说，早已更事，一向很听话的成伢子就赶紧起床，拭拭黏糊糊的双眼，接过父亲在病中为他准备的小铁耙、小粪畚，学着父亲给他示范的样子，双手端起小铁耙，摆起粪畚就出了门。

在那个化肥奇缺且买不起化肥的年代，贫瘠的红土地又很需要氮磷钾的滋养，于是，农民把狗屎、牛粪视为至宝。那时，成群结队的孩子提着粪畚，拿着小铁耙，穿梭在田间村头、荒坡野岭，成了乡村里一道独特的风景线。

那时，家家户户十岁左右的孩子都置办了畚箕和张着四个爪子的小铁耙——狗屎脚耙，耙的一端特地钉有一铁钉或用刀削一道坎，以防止畚箕向外滑落。

当时农民靠工分分口粮吃饭，为了给家里多捞点工分，秋后多分几斤粮食，大人们就动员自己的儿女行动起来，加入挣工分的"童子军"里。

那时队上规定：狗粪四斤一分，牛粪二十斤一分。牛粪虽然工值低，但因为当时"牛是农家的宝"，队上饲养的牛多，牛粪堆大且多，拾不了几堆就是百十斤，就是挑不起来，所以拾牛粪就成了大人们业余时间的事了。

在院子里，成伢子是最小拾狗粪的人。有人见他还没有畚箕高，往往会露出同情的神色："穷人的孩子早当家，一个还没三堆牛屎高的人就拾

狗粪，好可怜的。这家的大人也真是太狠心了。"结果这话传到他父母耳里，引起了父母两人的一阵大恸：母亲当即就伤心地哭了，从不见掉泪的父亲也在用衣袖拭眼睛……

然而这也是没办法的事，父亲当时正患上"痨病"（肺结核），长年咳血，骨瘦如柴，做不得农活。他只有在夏秋季节能稍微找些轻松的事干，一年到头只得了一千来分工分，还不及一个正劳动力工分的五分之一。母亲一年到头从不缺工，从不请假，辛辛苦苦，累死累活，也只有三千来分。这虽然是全队妇女中工分最多的，可因为家里人口多，平均分少，因此年终所得的平均口粮是全队最少的——二百七十斤，而全队人均口粮是四百斤左右。一年三百六十五天要靠这区区二百七十斤维持，不知母亲是怎么筹划过来的。现在想来，石哲成都有点后怕且不可思议。

村里人见成伢子小，常常喜欢和他开玩笑或善意捉弄他："成伢子，你这么小就拾狗粪，用来做么子？"聪明的成伢子知道这话是不能回答的，一回答就会受到捉弄。因此，每次遇到这种情况，他只是笑眯眯地看大人们一眼，逃也似的跑了。否则，大人们就会对他说出家乡流传甚广的有关捡狗屎的典故来。在旧社会，本村的康四爷因为家穷无地，且又人老病多，做不得重工，无奈只得靠捡狗屎换米为生。村里人同情他，每次见到他就说："四爷，您老这么大的年纪还出来捡粪，为么子？"

康四爷叹口气，说："没办法啦——要吃呗。"

村里人一听猛地大笑起来，康四爷自知失言，一时很尴尬，也只得随着大伙讪讪地笑了。

从此，"捡狗屎——要吃"成了家乡人茶余饭后的谈资，也成了人们取笑捡狗屎者的经典笑话。

捡狗屎时，成伢子不怕本村人看见，怕的是被外村的同班同学看见，被他们喊成"狗屎佬佬"。

成伢子从小就特别胆小，特别地怕狗，见了狗，就会腿杆子发软，脸发烫，心发怵。那时，成伢子一直认为捡狗屎是件凶险的事。可这时为了捡狗屎，却不得不经常在有凶狗出没的地方穿梭，并要靠它们的慷慨相助，这不有点类似于"与虎谋皮"吗？可对于他来说，这也是一件没法子的事——"要吃"，要活，只得尽自己的力量帮家里多挣工分——谁叫自己是父母唯一的儿子呢！

一次，他走到一个叫茅里山的村子，那村大约二十户人家，竟然饲养了三十多条狗。当成伢子摆着粪畚走近村口时，两条大如牛犊的黄狗咧着长齿，张开血红大嘴朝他狂吠，机灵的成伢子赶紧蹲下拿石头打它们，它俩吓得连忙后退几步。谁知从他的右后方"腾"地扑来一条大黑狗想咬他的后脑勺，多亏小铁耙刺住了它的脖子，凶狗才落荒而逃。回家后，他把这次遇险告诉父母，母亲当即吓得脸色苍白。父亲则教给他防狗的方法，并为之壮胆说："叫狗不咬，咬狗不叫。以后可要当心呀。不过你手中有小铁耙，怕什么呢？狗还不是吃软怕硬的。"至此，成伢子才知道充分利用小铁耙的威力，胆子也在与狗的斗争中不断壮大，捡狗粪无须与人结伴了，捡的粪也逐渐多了起来。

俗话说"熟能生巧"，捡粪也是如此。自从走单线后，聪明的成伢子发现狗最喜欢在田头、菜地旁的茅草丛里，荒坡野坟的浅草丛里，还有村头古树下，村里破屋里边，草木灰屋旁等人们认为不太干净的地方排泄，密林深处、深草丛里、光秃秃的平地，狗们是不大去的。因为有上述宝贵经验，成伢子最终成了村里的"狗粪王"。母亲很高兴，时常煮个鸡蛋给他吃以示奖励。每天，村里的小伙伴拾的狗屎还没有成伢子的二分之一多，就心生嫉妒，他们伙同起来报复、孤立成伢子，还在学校大喊："石哲成——狗屎王。""石哲成捡狗屎——要吃！"

小时候，成伢子最忌讳的就是有人在同学中讲自己捡狗屎的事。当时，他被羞得无地自容，只好伏在课桌上无声抽泣，心中发誓再也不捡了，饿死也不捡狗屎了。班主任龙滔老师知道后，狠狠教训了他们一顿。后来，学校评小劳模，石哲成被评为"支农小模范"。从此，他的"小敌人"再也无话可说了。成伢子也能一如既往地捡狗粪了。

十一岁那年春末，气温上升快，狗屎臭气烘人，村里小孩就大多歇手了，这下他每天的收入就更多了，拾狗屎的劲头也就更大了，一个早上就可捡二十来斤。然而乐极生悲，夏初的一天，石哲成的背上、肚子上生出许多毒疮。母亲发现了，心疼异常："成伢子，你怎么不早说呢？"被痦病

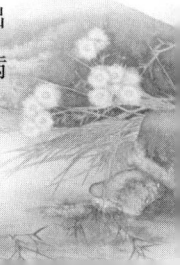

折磨得早已不成人样的父亲更是泣不成声："成伢子，只怪我连累了你，苦了你……"

这一年秋天，他上了初中，才告别了捡狗屎的童年，走入广阔的世界。

现在，化肥敞开供应，氮磷钾、复合肥应有尽有。村里再也不见捡狗屎的人了，可那段捡狗粪的岁月却永远铭刻在石哲成的心里。

4. 砍柴少年

二十世纪六十年代末的乡下，大多数孩子都早当家。七八岁便背着草筐，拿着竹耙，在后山上捞叶；十岁左右便挑着笒筛，到距家五里的十八罗汉山捞叶；十三四岁便随父辈扛着一根扦担，腰上别着一把柴刀，来到距家十多华里的雪峰山上砍柴。哲成开始捞叶的时间比一般孩子早，大约是六岁吧。那刚过而立之年的父亲病倒了，整天"坎坎"地咳嗽，时不时还大口大口地吐血，过不上半个月，整个人就变了形——颧骨高耸，眼睛深陷，瘦得皮包骨头，令人望而生畏。好在一生优柔寡断的奶奶一下果断地卖掉一座祖传的高楼，才把父亲从死亡线上拉了回来。当初，奶奶本来只打算卖一间房的，那房与二爷爷的房连在一起，他家人口多，正需要住房，而且二爷爷的儿子在城里当教师，一百来块钱肯定是有的，可他就是不肯出价，一间房屋仅仅出四十元。奶奶说："一口柜子也不只四十元，亏你说得出口。"于是，她一气之下就卖了正屋后的一座四排三间两层的高楼，四百元成交。一百多元还了老账，二百多元给父亲住院。两个月后，父亲的性命是保住了，但是体弱得很，做不得重工，当然更是寻不起柴了。全家七口人：奶奶、父亲、母亲、三个妹妹和六岁的成伢子，只有靠母亲一个女的挣工分，生活本来就很艰难了，所以母亲根本不敢请假去寻柴的。于是，寻柴的重任就落在了年仅六岁的成伢子肩上。

每天早晨、下午，成伢子要看牛——全年可以挣七百二十分工分。放学回家，不用人催，他就自觉拿起叶耙，背着草筐走到后山捞松叶。后山不陡，村民们经常利用空余时间上山砍灌木做柴烧，因此，山坡光秃秃的。

成伢子不会像母亲她们一样从上往下扫，他就把叶耙放在胯下，像骑竹马似的从上往下跑，又从下往上拖，不知不觉地叶耙上就有一大束松叶。这样上上下下几百回合，草筐中的树叶就慢慢多了起来，等到草筐里有了一平筐树叶时，任务就算完成了——这时已到了吃中饭的时候。

这段时间，他总是一个人在捞叶，但他并不害怕，一是后山就在院后，距离自家并不远；二是拾狗屎早已锻炼大了胆子。只是院里的大人们看到后，都用羡慕的眼光看小小的他，时常还在他父母面前夸他："你家成伢子读书成绩好，又很懂事能干，一个人还没草筐高就晓得捞叶、拾狗屎，从不用大人喊，将来肯定有出息。"

母亲听了总是用"穷人的孩子早当家"来回答他们，其实心里是很伤感的。谁家六岁的孩子不是还在大人怀里撒娇呢？要不是他父亲的病，也不至于让儿子过早地挑起这捞叶、拾狗屎的重担了。谁家父母不疼儿呀！如果这时父亲也在身边，他就又会很愧疚地用他那干枯的大手轻轻地抚着成伢子的头哽咽着："成伢子，苦了你了。"当时，成伢子懂事，并不感到悲伤，心中反而涌起了一股股暖流，他感到幸福极了，也自豪极了，因为自己小小年纪就能为父母分难解愁。屋前的华湘哥哥比他大三岁，因为他父亲当干部，至今还没尝过捞叶的滋味，更不用说那拾狗屎的脏事了。他和一帮小伙伴天天一放学不是捉蜻蜓就是玩泥巴，搞得一身土跟泥猴似的，还常在村里东走西窜，大呼小叫，惹是生非，遭人咒骂，连吃饭还要父母喊呢。

看到父亲红红的眼睛，他很是感动，就说："爸，我不苦。等您病好了，我再玩它个饱。好吧！"然而，父亲的病一直是时好时坏，所以，寻柴的重任一直压在他的肩上。

也许是劳动的锻炼，十岁的成伢子长高了不少，也长得比一般孩子结实。于是，他就不满足于在后山捞叶了，也想随云子哥他们那些青年到离家四五华里的"十八罗汉山"去捞叶。一到星期天，在云子哥的带领下，他就和几个伙伴：二麻、老金、矮子、老田等，一人挑着一担小竿筛，扎好一个叶耙，高高兴兴地来到目的地。"十八罗汉山"比后山要高要陡，

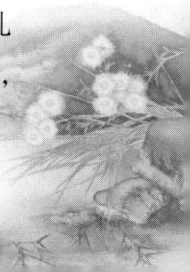

地上的松叶多得像铺上了一层棕毯，叶耙一捞就是一大束，喜得他们几个高兴得大叫起来，像淘金者突然发现一条大金矿带那么兴奋。不到两三个小时，每人就扫起小山似的一堆金黄的松叶。云子哥见大家扫得差不多了，就要大家砌叶："别贪多了，待会儿你们挑不动，只有我一个大人，我可帮不了你们呀。"

成伢子他们因为是第一次看到这么多的叶，都很兴奋，不听云子哥的，结果叶扫得太多，每个人的小竿筛都装不下。最后还是云子哥用蛮力才好不容易帮小伙伴们装完各自所扫的叶。可是一起肩，大家都吃惊地叫起来："哎呀，好重哟！"

这时，云子哥就说："我早告诉你们了，可你们不听。真是'不听老人言，吃亏在眼前'，现在知道了吧！"

"耶——不怕羞，你才多大就充老人，婆娘还没讨起呢。"小伙伴们都不约而同地用小手刮自己的脸。云子哥见他们人多势众，也就不再理论，对大家说："你们挑着慢慢回来吧，我给你们回去报信。"说完就挑起他那担小山似的金黄的松叶，一闪一闪地走了。哲成他们几个好不容易才挑到"十八罗汉山"山脚下，各家的大人就相继来了……

到了十四岁时，父亲终于痊愈了，八年来笼罩在哲成家头上的阴霾才彻底烟消云散。从此，他也可以和伙伴们一样，在父亲的树荫下如一只小鸟一样无忧无虑地生活了。于是，他随父亲来到离家十多华里的高高的雪峰山中砍柴。在随父亲砍柴的日子里，他感到自己学到了许多以前没学到的知识，见到了以前从未见到的大世界。

他深深地体会到："大树底下好乘凉"，人生中，有一个健康的父亲，真好！

在随父亲砍柴这段艰难岁月中，他的身体愈来愈强壮了，意志也愈来愈坚强了——他终于成了一个真正的男子汉！

5. 投标风波

在童年，成伢子的偶像是云子哥，他年长哲成十来岁，人长得英俊、伟岸，待人亲切且很有正义感，是他让成伢子少受了许多欺侮。因为哲成年龄小，在扫叶时，有一些大孩子企图骗他的松叶。然而这些他是不敢告诉母亲的，怕她知道后又只会搂着他伤心掉泪。

一次，成伢子的衣服被队长的儿子蛮崽撕破了一个口子，被母亲看到后，他说是自己不小心被树枝划破的，母亲给他补好后也就无言了。

爱玩是儿童的天性，乡村的儿童更是如此。

每当星期天上午，成伢子和伙伴们在后山上扫松叶，因为时间充裕，他们一伙人首先以最快的速度扫一阵叶，估计差不多了——也就是数量的多少不会挨父母的骂了，就开始玩游戏了。

当时他们玩的游戏很多：钉规、跳远、下五子棋、捉特务、丢手绢、老鹰抓小鸡、抬轿、开锁、卖狗崽……当然，扫叶的时候，在山上玩得最多的还是"吃标"。只要两个孩子碰在一起，问一声："来不来？"回答道："怕你吗？"于是两人来到一块较宽的坪地，折一根木棍，画几根横线，在远处画上一个圈子，圈内各人拿一把叶，然后从口袋里拿出早已准备好的小刀就开始了。

吃标是有规矩的，用小刀掷一次就用刀划去一根横线，最后谁最先画完所有的横线，谁就可获得圈内的叶。

成伢子虽然人小，但吃的本领并不差，即使称不上"常胜将军"，也可以说是输赢平衡。常与他吃标的多是一些年龄相仿的、比较本分的，且放标分量不多的孩子，年龄太大的、狡猾的不讲理的或放标分量太多的人是常常被他们拒绝的。

一天下午，正当他们一伙人玩得兴高采烈的时候，来了一个捣乱的。他已经十二岁，是队长的儿子蛮崽。他平时吃标贼狠，且下标的分量很大，自己扫叶又不肯下劲，专想捞吃别人的标。有时，他运气不好，吃标不赢就会耍赖，拿起自己的标逃之夭夭。别人又讲他不得，若是你敢讲他，他火气一来就会把你打得鼻青脸肿方才罢休。小伙伴们谁也不肯与他一起吃标的。

好像是因为前一天，蛮崽和哲成他们一伙中的一个人吵架的缘故，蛮崽忽然来到中间，放下一大束叶，声称要一起玩，大家向来怕他，就一致

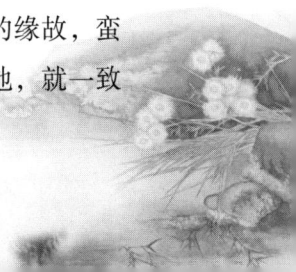

青石湾

拒绝。

于是，蛮崽生气了，动手想把圈子里的几个标混在一起，叫道："草坪是你们的吗？"

大家被气得不行，可又敢怒不敢言——大家都不是他的对手，就各自拿了自己的标走开了——惹不起躲起来。

"到山凹那块坪地去！"一个孩子说。

于是他们便开始背上自己的草筐拿起叶耙走到那里，画上横线、圈子，放好标。

正当他们开始玩时，蛮崽又来了。他又在圈子里放下一大束叶，说："一起来！"

"我们画的标！"一个孩子气愤地说。

"我也会画。"蛮崽说着就动手把先前的线擦去，重画。

几个孩子站在一起，捏紧拳头，都气极了，骂人的话冲口而出，且异常一致："蛮崽，蛮崽，蛮不讲理，蛮崽是头猪，蛮崽是头大野猪……"

顿时，蛮崽真的像头大野猪，竖起浓墨般的眉毛，睁着血红的眼睛，挥着拳头朝成伢子扑来。就在他的拳头将要落在成伢子头上时，他的耳朵被人揪住了。

"你的拳头大些吗？"一个大人的声音在蛮崽脑后响起。

几个小伙伴惊喜地叫起来："云子哥，啊——云子哥来了。"成伢子悬着的心一下放了下来。

云子真好，每次都是在他们最需要的时候像孙悟空一样从天而降，救他于水火之中。真是神仙。成伢子他们好佩服他，好喜欢他，好崇拜他。他一直是他们的偶像。

"打他几个耳光，他专门欺侮我们。"

蛮崽怔住了。显然，他怕云子哥。云子比他高许多，力气大得很，他已是个大人了，其时已将近二十岁。他能从对门青石岭上捎一块好大好大的石板回来。他定会替大家出气的，狠狠把蛮崽痛打一顿。但云子哥并不如此，反而把他放了。对此，大家都很丧气，不由得埋怨起云子哥来。

蛮崽也很纳闷，悻悻地后退了几步，用手拧了拧被揪痛的耳朵，瞪着一双红红的眼睛，怯怯地看着云子哥，破天荒没有骂娘。

"为么事呢？成伢子。"他看着成伢子问。大伙就七嘴八舌地把蛮崽欺侮人的事原原本本地说了出来。云子哥笑了，转过脸对蛮崽说："来吧，他们不肯与你来，我俩来吧！"

"你又没有叶，来投么子标？"蛮崽努着嘴低声说。

"没叶么，这个容易。"说着就走到一棵大松树下，搂住，狠狠地摇几下，金黄色的松叶就"扑索索"地往下掉，接着他一连摇了几棵大松树，地上很快就有黄灿灿的一层了。尔后，他又顺手拿一个叶耙，不屑三五下便聚拢了一大堆金黄喜人的松叶，足够一个小朋友扫一个下午呢。

云子哥拿出一大束松叶放在圈中，说："你先来吧！"

"还怕你？"蛮崽也从他筐里拿出一束分量差不多的叶放好，站在那里直瞪瞪地看着云子哥。伙伴们好奇地围拢来，且都在为自己的偶像担心：从未见过他投过标，而蛮崽又是一个令人生畏的投标高手，猜想云子哥肯定会输，那么，蛮崽以后只会更加耀武扬威，不可一世了。

果然，蛮崽气上加气，来得比平日更加凶狠，投标又是贼准，一口气就"吃"掉了云子哥的十根线，眼看着只剩一根线就要进"大本营"了。这时，只见他双脚紧紧靠拢站着，怒目圆睁，咬紧牙，攥紧小刀，双眼直盯着最后一道"防线"，双眼像秃鹰一样犀利，在寻找着猎物。也许是求胜心切吧，只见他狠狠一击，小刀竟然一歪，倒在地上——失败！蛮崽看了，真是功亏一篑！于是他就像一蔸霜打的茄子树——蔫了。正当大家欢呼雀跃之时，云子哥却说："放你一马，也许你是太紧张了吧，你再来一次。"

"放一马？"这可是投标规矩中从来没有的事。他们几个惊讶起来，蛮崽望着云子哥一时也是迷惑不解，有点不敢相信自己的耳朵。

云子哥微笑着对蛮崽又说了一句："真的，让你再来一次。"蛮崽这才相信是真的。于是，他捡好刀，立正，投标，一击便中——蛮崽赢了第一标。他笑嘻嘻地把圈内的两束松叶放入自己的筐里。

第二轮开始了，云子哥在标圈内放上一束比先前大得多的松叶，蛮崽也同样放那么多。这时，云子哥还是让蛮崽先投。这一回，蛮崽手气特好，转眼间就拿下了第二标。云子哥连上场的机会都没有。成伢子他们都

很丧气，心中直怨他刚才不该放蛮崽一马。

第三轮开始了，云子哥把他所有剩的叶子全部放进标圈内，把标线画得更宽，十多米的距离只画了三根标线。这是高难度的投标，平时，成伢子他们没玩过，也没见过蛮崽他们一伙玩过。果然，当云子哥让蛮崽先投时，蛮崽站在起投线边上，神色就不那么自信了，双脚竟然有一些打战，攥在手中的小刀迟迟不敢投出。

成伢子一伙暗暗发笑。果不其然，蛮崽一标投出，小刀倒地了。蛮崽沮丧地走到一边去。云子终于可以开始了，大家为他捏了一把汗。然而，云子哥却还是若无其事地、笑眯眯地走到起投线上，规规矩矩地站好，双眼紧紧盯住第二根标线，手轻轻一抛，小刀便画了一根弧线，稳稳地竖在地上，他一连投了三次，都胜利了。

"还来吗？"云子哥把圈内的两堆松叶混在一起，看着蛮崽。

"来！"蛮崽不服气地说，气冲冲地把筐内的松叶全部放进标圈里，打算孤注一掷了，说："刚才只有三根，太少了。"

"那就五根吧。"云子哥还是笑眯眯地说。

"不，要画七根！"蛮崽争辩道。

"好，依你的。"说完，云子哥就在起始线的外圈一连画了三根线。这样，新的起始线就离标圈二三十米远了。

"蛮崽，你人小，还是你先来吧。"按规矩，这次该是云子哥先投了，可他又让了一次。

"投就投。"蛮崽似乎很不情愿地走向起始线。其实他是唯恐云子哥先投了，自己就没机会了。这次，他的运气有了好转，一连三次都投中了。可是，到了上次的起始线时，他竟然又胆怯起来，小刀撞在一颗小石子上——没有成功。

该云子哥了。此时的云子哥还是那么镇静，那么从容，那么大度，且动作仍然是那么潇洒，那么沉着，那么准确，一连六次都非常顺手，不一会儿就攻下了"堡垒"。

这时，他仍然笑眯眯地看着蛮崽问："还来吗？"蛮崽垂头丧气地摇摇头，哭丧着脸，背起空空的竹筐，拿起叶把，嘟囔着："你比我大，我不来了。"

"对，我是比你大，可我是按规矩来的，没欺侮你，是吗？"

蛮崽有气无力地点点头，恋恋不舍地看了一眼标圈内那一大堆金光灿灿的令人眼馋的松叶，转身想走。

"慢，我问你，以后还欺侮他们吗？"

"不了。"蛮崽小声地说。

"以后，玩归玩，可不能强迫人家玩，那是欺侮人，知道吗？"

"嗯。"此时蛮崽的声音比蚊子声还小。

"来，你的叶还是你拿去，要不你爸爸会打你的。"说着，云子哥把他的叶分成几小堆："你们每人一份，来，我的全给你们。"

成伢子一伙高兴得大笑起来，心里痛快得像三伏天喝了一碗冰水那么舒畅，全身的每个毛孔都透出轻松。

蛮崽红着脸，逡巡了一会儿，才慢腾腾地装好自己的松叶走开了。

成伢子他们伸着舌头，扮着鬼脸，得意扬扬地望着蛮崽下山。这才跟着云子哥到后山的青石河畔游泳去了。

6. 码头笛声

云子哥的母亲是一个地主的小妾。后来他母亲改嫁了，因为继父看不起他，在他十岁时，他便回到老家独自生活。艰苦的生活锻炼了他，良好的素质则给了他许多的生活乐趣。

虽然只读了六年小学，可他天资聪颖，虚心好学，成了四邻八乡难得的人才。他农活样样能干：犁田、打耙、夯方、凿石、捆扫把等，他还能写能画能说能吹能唱。逢年过节，村里人家的对联都出自他的手笔。当时，云子哥是年轻人中的佼佼者，也是小孩子们的偶像，更是大姑娘们心目中的"白马王子"。

云子哥吹得一曲好笛子。每当作工休息时，他便找一个阴凉的地方坐下，拿出那根油黑发亮的笛子为大地歌唱，与河水和鸣，当然也为生活在

青石湾

苦水中饱受煎熬的乡亲们驱散些许忧愁，带来些许安慰和愉悦。每当此时，他身旁便围满了人，人们静静地听着，默默地想着，细细地品着……

成伢子很喜欢这笛声，他那长得天仙般美丽的堂姑也是云子哥最忠实的听众。其实，他这笛子并不是什么名贵品牌的，是他在一个亲戚家中砍的一根紫竹做成的。看上去是很简陋很粗糙的，不过经过他多年的使用早已变得油黑发亮，显出几分古朴的韵味。成伢子曾几次讨来试吹，可费了九牛二虎之力也很难吹响，即使偶尔吹响了，也只能发出几声刺耳的尖叫，几乎把人的耳屎都震出来了。但它一到云子哥手里，便会发出特别清脆悦耳的声音，仿佛成了一支"魔笛"。它能让你在寒冬腊月时感到和煦的春风拂面；让你在淫雨霏霏中感到秋天的爽朗和洒脱；有时甚至能让你飘然于高高的白云之上；有时又让你落入万丈冰窟；有时则让你笑中想哭；有时则让你欲哭无泪……

听着那悠扬的笛声，成伢子常常呆呆地看着云子哥，思绪随着那魔笛飞出的旋律在空中回荡，有时他甚至幻想自己是那旋律中的一个音符，飘摇直上，盘旋在青石湾的上空，盘旋在巍峨的雪峰山之巅……

为此，他常常忘记了回家吃饭，母亲每次让堂姑来喊，他都央求堂姑让他再听一会儿，堂姑也就很快便答应了。其实，有好几次他还发现堂姑在听笛声的时候还掏出小手帕悄悄地拭泪呢。后来母亲亲自来喊，成伢子才与堂姑一起恋恋不舍地回家。还有几次，成伢子还在云子哥的书桌里发现几双堂姑纳的花鞋垫。他不好意思问云子哥，就悄悄地问堂姑："姑姑，你纳的鞋垫怎么跑到云子哥的书桌里呢？"

霎时，堂姑俊俏的脸上露出恐慌，连连矢口否认，最后则又警告他："不准告诉别人！"成伢子眨着眼睛天真地问："我妈呢，她不是别人，能告诉吗？"

堂姑肯定地说："也不能！"

当时，成伢子迷惑不解，想不到一个快二十岁的人还撒谎，真不害羞。他以为堂姑给云子哥送鞋垫也与他们小伙伴们之间玩家家一样，没什么大不了的事，可她为什么还怕别人知道呢？

这一年，成伢子被父亲送到学校读书了，到云子哥那里去听笛声的时间就少了许多。一天放学，他刚进家门就看到堂屋里二爷爷和一个陌生的小伙子在谈话，旁边还坐着邻村专门帮人做媒的王奶奶。母亲也在帮二爷爷家忙碌，一见成伢子就一把将他扯到堂屋里，说："成伢子，快叫姑父。"

那小伙子站起身，一瘸一拐地朝成伢子走来，一边还从身上拿出一个红包递给他："来，成伢子，接着。"

"姑父？这就是我的姑父?!"成伢子的脑子霎时一片空白，只是傻呆呆地看着那跛脚的小伙子。许久，才醒悟过来，心想："我才不要什么姑父，更不要这个跛脚的'姑父'呢。"于是，他扔下红包，转身就朝外跑，直奔云子哥家。很远，他便听到了云子哥那欢快的笛子声——《扬鞭催马运粮忙》。

云子哥呀，云子哥，你还在那里快乐地"运粮忙"呀，我堂姑都快被人运走了呀。成伢子气喘吁吁地把这个坏消息告诉他，他那英俊的脸霎地变得惨白，忙问："你堂姑呢？她现在在哪儿?"

"没看见，反正不在家里。"

"走，我们到后山的青石河码头去!"

青石河码头就是云子哥经常吹笛子的地方，我们翻过后山，很快就发现那白色的小码头上有一个孤零零的小身影。云子哥一见就抛下成伢子飞速地往码头奔……

远远地，只见云子哥和堂姑紧紧抱在一起……

这天下午，那白色的码头就成了他俩的世界，不知他俩说了什么，只见他俩说了哭，哭了说，凄凄惨惨地……

这年冬天，堂姑还是被二爷爷逼着跟那个跛脚的小伙子走了。云子哥在堂姑出嫁的那天，坐在那白色的码头上凄凄惨惨地吹了整整一天的笛子。那笛声缠绵悱恻，如泣如诉，凄苦悲凉，令人闻之无不为之落泪，为之心碎。也就是在这一天之后，青石湾的人再也没有听到云子哥吹笛了，成伢子再也无缘见云子哥那根长长的乌黑发亮的魔笛了——也许，那魔笛就在那天被云子哥踩破扔到青石河里了吧。

从此，大队的草台戏班里失去了一个多才多艺的台柱子，成伢子的生活中也少了一个活泼爱唱的云子哥，小伙伴们则失去了一个快乐的"儿童

青石湾

乐园"，村里的青年也失去了一个给人愉悦的"娱乐场"，青石湾的上空似乎也少了许多欢快的鸟儿……

成伢子当时一点儿也不明白，堂姑出嫁了，为什么云子哥的变化会这么大。可村里人的生活并没有多少变化，山还是那座青石山，河还是那条青石河，大人们还是日出而作、日落而息，小孩们则还是一如既往地捞叶、看牛、玩游戏。他最不明白的是，云子哥这么英俊、帅气且四肢健全，为什么二爷爷却不准堂姑与云子哥来往，偏偏让一个跛脚的、走路一瘸一拐的人把天仙般的堂姑娶走？大人们的事真是很难懂！

唉，那巍峨的雪峰山，那飘着白云的青石湾，那天天歌唱的青石河，你们能告诉童年的小哲成吗？

更让人想不通的是，云子哥二十六岁那年突然失踪了。从此，青石湾人再也没见过那个多才多艺的云子哥。

弹指一挥间，十年过去了，石哲成在课余时，常常忆起云子哥，想起与云子哥相处的那一段欢乐的童年岁月，仍然觉得幸福无比。

云子哥，现在您在哪里？您过得还好吗？您何时才能回故乡看看呢？

第六章　岁月的梦痕

1. 娇女双抢

学校放暑假了，一年一度的农村"双抢"来临了。

兰玉婷的哥哥在城里机关工作，家里只有她与母亲的两份责任田。这几年，因为哥哥不准他们自己种，已经承包给了别人，承包者每年给她家四百斤的基本粮。因此，每年的"双抢"她是无事一身轻的。今年则不同，为了心中那个玫瑰色的梦，她只得放下尊贵的身价，咬紧牙关，怀着必"死"的决心来到石家帮忙。

石家父母见她来了，喜上眉梢，石母只让她在家煮饭，帮家里翻翻谷。可玉婷做了一天后就对石母说："母亲，您年纪大了，身体又不太好，该您在家做家务的。更何况，我初来乍到，家务事又不行，明天还是让我出去吧，这样我还会省心些。"

石母知道兰家已三年不做责任田了，现在却要让这么个如花似玉的闺女去烈日下暴晒、苦熬，真有点于心不忍。但听玉婷说得在理，也就不好留她，随她便吧。她自己则在做完家务事后又出来帮忙，做到一定时候再回家煮饭。

别看兰玉婷一副干劲十足、胸有成竹的样子，其实心里也一阵阵发怵：多年来她在家娇生惯养，很少在太阳底下做事，更不用说下田干粗笨的农活了，她对自己是否熬得住这烈日下的炙烤真是心中无底。可她却硬下心来，多次告诫自己不要怕，要挺住！为了自己的未来，为了自己的爱情，为了自己的幸福，千万不要让石家人小看自己，豁出去！豁出去！

石哲成见兰玉婷那个样子，觉得有点可怜，有点好笑，甚至还有点滑稽，当然心里也隐隐萌发出一点点感动。他几次劝她别下田，可她始终是坚定地摇摇头，默然无语。石哲成也知道她那个犟脾气——只要是她打定的主意，十八匹马也别想拉转的。于是也懒得理她，心里渐渐地产生了一种幸灾乐祸的想法：兰玉婷你这个娇小姐，你就爱逞能，我看能挺得几时，到时可别叫苦啊。有许多时候，石哲成又觉得兰玉婷这样做太不值得了，为了一个并不爱你的人，何必来吃这么大的苦？你可是在赌博呀——玉婷，兰玉婷。你一个如花似玉的姑娘家，何苦来着？为了我一个月仅赚三十多元的民办教师，家里经济条件又如此差，全部家产还不及你家的十分之一。难道你以后还要从家里拿钱来养活自己？我可承受不起呀。你哥哥在县城给你找了个婆家，你为何不去？那是多好的条件，于别人可是求之不得的大好事，你却要冒着与你哥哥断绝关系的风险，来和我这个你哥哥不屑一顾的穷小子待在一起，何苦呢？不管你怎么做，我也不会领情，趁早死了这颗心吧。玉婷，兰玉婷呀，虽说我与你小学同窗六年，可我对你这样一个整天打扮得花枝招展、学习成绩却相当差劲的"株树李"，时不时就狂笑、大哭、耍娇、发嗔的疯姑娘，又何曾正眼看过呢？要知道，当时我不讨厌才怪。就是现在，我都觉得厌烦，你这种动不动与家人决裂，动不动寻死觅活的，动不动就喝农药的姑娘，我怎么伺候得起哟？兰玉婷呀，兰玉婷，你尽早死了这颗心，别缠住我好吗？你是想让我开口退婚吗？我才不敢也不忍心让你再喝一次农药呀。

唉——多情的兰玉婷，苦命的兰玉婷，可怜的兰玉婷。

兰玉婷对石哲成的冷漠熟视无睹，仍然是义无反顾地投入石家"双抢"那场艰难的战斗中：割稻、拔草、扯秧、插秧，每一项都是很艰苦而繁重的农活。一天下来，不用说兰玉婷，就连石哲成这个年年操练着的小伙子，全身骨头都像要散架似的。他胡乱地吞了两碗饭就躺在竹凉床上不想动弹，连澡都懒得去洗。已经三年不参加"双抢"的兰玉婷当然更惨了，经过烈日的灼烤，她的手、脚、脖子，凡是没有衣物遮挡的地方都晒得像被开水烫了一般：红绯绯的，灿如桃花，艳似玛瑙。手一触就火辣辣的痛，用井水一浇，凉丝丝的，似乎舒服了，可凉水一流开，皮肤又燥热如初，疼痛难忍。石母见玉婷的手脚红肿得厉害，心疼得不行，就按祖传秘方寻了些草药，熬了一锅开水，往那上面涂抹。兰玉婷很是感激，心里涌起一股清凉，可这种只可意会不可言传的幸福到底抵挡不住手脚的燥热、疼痛。她极力想装成若无其事的样子，可还是不争气地下起了"梨花雨"，嘴里时不时吸着凉风。她强打精神硬挺着说："妈，您忙了一天，也够累的了，还是我自己来涂吧。"

石母心疼地说："玉婷啊，妈是劳累惯了的，不碍事的。只是你刚参加这么重的劳动，一时是很难适应的。明天就扎好裤脚下田吧，别挽裤脚了。要不，会晒烂皮的。"

兰玉婷好一阵感动，心想，要是这些话是从石哲成口里说出的该多好啊。

"好了，你躺在凉床上休息吧。"石母给玉婷涂好药，站起身来，长长地舒了口气，起身给全家人做晚饭去了。

2. 痴女圆梦

第二天，兰玉婷又照旧参加"双抢"，这一天是插秧。早晨，石母让玉婷在家里煮饭、炒菜，她与哲成父子就去扯秧，妹妹就到菜地里扯猪草。吃了早饭，全家五口人一齐出动。到了正午时分，石母就说："玉婷，你回家煮饭吧。"兰玉婷不肯，说："妈，你回吧，我不知道米在哪里。"石母就说："米我早就量好放在厨房的饭桌上，你只要淘好米，放一勺半水就行了。待会儿我回来煮菜。"兰玉婷这时又说让妹妹回，妹妹说自己早就习惯插田了，还是要嫂子先回。这时，石哲成说："还是你先回吧。我们年年'双抢'惯了，比你感觉要轻松些。还是你回吧。"兰玉婷这时才无话可说，只得先行回家。尽管如此，兰玉婷的皮肤还是晒得像刚提出

青石湾

锅的红烧肉，而且上面还长出了很多水泡，惨不忍睹，但她仍然咬牙坚持出下午工。为了不让石母看见自己的惨状心疼，吃了晚饭，冲了凉后，她就不声不响地走进自己的卧室——平日石哲成的书房兼卧室。此时，石哲成正在油灯下看书，见她进来了就起身让座。他见玉婷手里拿着昨晚治晒伤的药水，就顺手接过药水说："来，玉婷，我给你涂吧。"这可是玉婷求之不得的。她就势坐在床边的椅子上，伸出被晒得满是水泡的脚给石哲成看。

"啊——"石哲成一瞧，不由得叫了一声，心想：昨日我还以为她虚张声势，故意做作，以此来博得家人的同情，此刻才知自己误会了人家，心里不禁泛起了阵阵涟漪：一个姑娘家为了爱情，"委自枉屈"，屈驾到你这个穷光蛋家来，甘愿冒烈日灼烧的痛苦帮你家搞"双抢"，自己竟然不闻不问，漠然置之，甚至还冷眼相对，真是"狗咬吕洞宾——不识好人心"。自己才是一个冷血动物。人家一个堂堂学区主任的女儿，一个貌若天仙的金枝玉叶，能冒世俗的冷嘲热讽而不顾，勇敢、坚强、果敢地往你家的破屋里钻，何苦呢？别人不过是学习成绩比你差，好歹还是个初中生。你一个连续三年高考都名落孙山的穷学生又比人家高级多少呢？你骄傲什么？难道你忘记了那个高中生山月兰对你的轻视和羞辱吗？人常说"便宜豆腐不塞口"。爱你的你不稀罕，不爱你的你视为珍宝，你这不是犯贱吗……

"还是我自己来吧。"兰玉婷发现石哲成一副心不在焉的样子，略带怨恨地小声说了一句。石哲成一下从沉思中猛醒过来，很是内疚地说："玉婷，昨天我让你把裤脚扎起来再下田，你不听，现在难受了吧。我看你明天就待在家搞家务吧。"石哲成边说边小心翼翼地给她抹起药来。

好细心、好温柔、好体贴的一个男儿哟。已经订婚半年多了，一起走亲逛街十来次，每次他俩都是相敬如宾，中规中矩地遵循着乡村婚事的规矩，从不越雷池半步。如此近距离的接触，还是第一次。石哲成也是第一次如此细心地关心年轻的女性，还很拘谨，心儿在怦怦直跳，手也不够灵活。然而此时的兰玉婷却被一股巨大的幸福所包围着，脚上、手上的痛感似乎在慢慢地变轻，以致消失，最后竟然被一种不可名状的快感所代替，并且弥漫全身。痴然中，她似乎觉得心爱的人在用手轻轻地抚摸自己的手、脚，乃至全身。幸福的热泪奔涌而出，扑簌簌地直往下滴，滴在自己的手上、脚上以及石哲成的手上。

不用抬头，石哲成就知道兰玉婷正在默默滴泪，他也不禁哽咽起来。许久，他才讷讷地说："玉婷，你来我家真是太委屈你了，实在对不起，如果你吃不了这苦，告诉我，我会知趣地退……"

"成哥，别说伤感情的话。到你家来，是我心甘情愿的，没半点勉强。你别以为我流泪、哭泣是后悔，是痛苦。不，我这是幸福。世上还有什么事比被心爱的人关心照顾更幸福的呢？"兰玉婷说着说着，泪水流得更厉害了。石哲成听着心里一阵阵发酸，也想流泪，但极力忍着，不让兰玉婷发觉。这时，手上的药恰好涂完了，他就赶紧拿药碗出了房门，留下玉婷一个人默默地享受着空前的幸福……

第三天，石家人担心兰玉婷手脚上的水泡溃烂，坚决不让她外出，因此，兰玉婷只得待在家里煮饭、扫地、晒谷、喂鸡、喂猪……好在这些家务事她在家里早已做得很熟练了，因此，她在完成这些工作后，还给石家人送了一次茶水。后来，她看到村口来了一个卖西瓜的，又用自己的钱买了两个大西瓜，切成片送到田间。六月天吃西瓜可是最美的享受，可因为家里贫困，石家一年中最多只能享受那么两三次，因此兰玉婷的这一举动让全家人都很感动。后来，石母把钱给玉婷，她竟伤心地哭了："妈，您要是这样，就是把我当外人了。"既然兰玉婷都把话说到这种份儿上了，石母也就只得把钱收好，心中真为自己找到如此通情达理、温柔贤淑的儿媳妇而倍感幸福。这真是上天派下来搭救石家的"田螺姑娘"呀。

晚饭后，在全家人冲凉、洗刷完后，石哲成又端着药碗来到了自己的房间，兰玉婷坐在床上很自然地伸出手和脚让他抹。石哲成蹲着给她轻轻地抹着，抹了一会儿，石哲成用十分平静的口气说出心中淤积已久的疑惑："玉婷，虽说同学六年，可我与你从未单独相处过，更不用说亲密接触了，只怕一起讲过的话总共也不到十句吧。你哥哥又是那么强硬地反对我俩的婚事，可你怎么就这么死心塌地跟我呢？"

"爱上一个人是不需要理由的。"兰玉婷用手拭了一下脸上的泪，不无

青石湾

感伤地："其实，我也不知道为什么，我只知道能与你在一起一直是我心中的梦。在小学时，你是学习委员，我是文娱委员，每年'六一'儿童节班上准备节目，选人跳舞，男生中，我选的第一个就是你，可每次你都不肯参加，我兴冲冲地向老师打小报告，老师知道你分男女界线，说要批评你的，可他每次只对你说一句：'石哲成，怎么不肯参加跳舞，害羞是吗？'你当时红着脸点一下头，老师就完事了。要是别的男生不肯参加，可能要被老师骂的。我知道这是因为你的学习成绩总是第一名，老师喜欢你，偏袒你。你知道，我当时虽然有点嫉妒你，可从内心却是很羡慕你的。可自己实在是学习太不好了。读初中时，我读了普通中学，你去了'五七中学'，那时我们学校不太搞文艺宣传，你们学校却经常演戏，这时的你不知是出于什么原因，小学从不肯上台的你一下成了学校最活跃的文艺积极分子。不管是唱歌、跳舞，还是唱戏，你都是那么大胆，那么投入，而且又是那么成功，真让人不可思议。你还记得那一次区里'农业学大寨汇演'吗？你与八个女同学演《老汉学大寨上工地》，只有你一个男生，可你一点也不怯场，与半年前你和三个男孩演《四老汉学毛选》时，简直是判若两人。这次，你放得开，把一个'老大爷'演得惟妙惟肖，深受观众们的喜爱。还有你演《三家滨》中的郭建光，简直是绝了，当时还得了一等奖是吗？比我们学校的那个郭建光演得像多了，也神气多了。那时你可是我们所有女生暗恋的'白马王子'。我们那些参加文艺汇演的女孩子夜里谈论最多的就是你，大家都说你真是一个天才的演员，将来肯定大有出息的。后来，我看到你没有被推荐上高中，很为你惋惜，当然我也没上高中，可我是自己不想上，认为读书太艰苦、太枯燥无味了。这个时候，十五岁的我，正是春心萌动的时期，我就千方百计寻找机会与你接触，可你连正眼都不瞧我一眼。我时常收到男同学表示好感的信，可我心中只有你，对他们的信都是看了一下就丢进火塘里去了。当时，我最希望收到你的信，哪怕是一张小小的纸条也行。后来，辍学两年后的你竟然考上县中，让我们所有同学都吃了一惊，都佩服你的勇气和毅力。这时，我才知道你是一只鸿鹄、一只老虎，你心中肯定有你宏伟的梦，你是一个有远大志向的人。我也知道，我那个小小的梦永远只是一个玫瑰色的梦，与你的理想比起来是不值得一提的，是没有价值的。那只是一座虚幻的海市蜃楼，一道绚丽的雨后彩虹，一朵镜中花，一轮水中月。但是，我这时并不悲伤，也不痛苦，反而有一种慧眼识英雄的成功、满足感。就如同影迷或歌迷总希望自己崇拜的偶像步步高升、事业蒸蒸日上一样，这样他们自己就感到快乐、满足、幸福，也为自己拥有一双真金火眼而自豪。直到前年听到你高考落选的消息，我的心一直为你失落、伤心、痛苦。我更为你不平：为什么一个如此聪明的人还会高考落选？这肯定不是你的真实水平，你肯定是发挥失常了、失误了或者是生病了。后来，看到你又去城里补习了，我更坚定了自己的判断。心想，你这次肯定会成功的！后来，你又未考上，我当时又为你伤心，但又庆幸，从此可能有机会接近你了。"兰玉婷滔滔不绝说了一大段，这才歇了一口气。

"可是你当时并没有与我接触呀。"石哲成一直在默默地听着，他被她的话语所感动，心里早已波涛翻滚，不能自已。这时，他起身把药碗放在桌上，然后又坐在椅子上，看着兰玉婷问。

"是的，我明里没与你接触，但暗地里我却是千方百计地接近你的妹妹们，从她们口中打听你的消息。你从城里看信听讯，就把自己关在这间房里，三天三夜不吃不喝，我心里那个急呀，急得比饿着自己还焦急，还痛苦，还伤心，直到后来，你小妹说你出来了，吃饭了，我整整悬了三天三夜的心才终于着地了。于是，我特地到后山小溪边洗凉鞋，其实是想等你小妹出来，向她询问你的情况。谁知却发现你赤着膀子在山坡上死命地锄地，想喊你又不好意思，不喊又怕你出事，正当我急得如热锅上的蚂蚁时，我听到了你六爷爷的歌声……"

"别说了。"石哲成听着听着，心里涌起了一阵热浪：感激、幸福、内疚、悔恨等多种感情交汇在一起，充塞整个大脑，让他难受，让他激动，更让他产生了一种前所未有的冲动。真的，此刻，他真想捧住她的脸，用手，不，是用舌头舔干她那张好像被清露打湿的荷花瓣儿似的粉脸上晶莹的泪珠……

兰玉婷羞涩满面地低下头，默然无语。

石哲成站起身，终于伸出他那双从不轻易伸向姑娘的刚劲大手，捧起

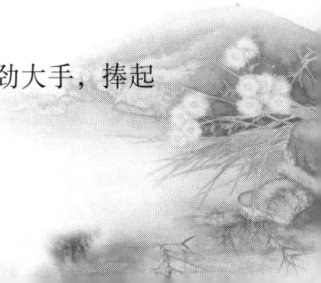

她的粉嘟嘟的脸，讷讷地说："玉婷，你真好，你真是太好了，我爱你，我爱你，我一定要娶你。"说完，石哲成突然莫名其妙地想起了他心目中印象最深的一个叫龚雪梅的女同学。心中默默地说："龚雪梅，我心中的女神，我的白雪公主。对不起了，虽然我一直在暗恋着你，但是未与你说几句话，不知你是否知道我的心思……今天我就要爱上别的姑娘了，再见了——龚雪梅！我的白雪公主，我心中的女神……"

石哲成在心中默默地与龚雪梅"对了一次话"后，回过神来，开始小心翼翼地吻玉婷……

兰玉婷幸福而又平静地闭上双眼，尽情地用心去体会一个初动春心的男人杂乱无章而又热烈无比的爱抚，因为这是她一年来无数次梦想的场景。

在随后的几天里，他俩都沉浸在一种爱的狂热和甜蜜之中。白天，他俩同出同进，有说有笑，往日暗淡简陋的家一下子变得亮堂起来，家乡那平淡无奇的山山水水也似乎变得神奇起来，生活仿佛一下变得特别甜蜜。虽然，此时还是在进行乡间最艰苦的"双抢"，但因为心身的满足和愉悦，二人做起工来也出奇地轻松畅快。

兰玉婷昔日脸上时隐时现的阴霾和愁云一扫而光，"双抢"十天左右的日子里，她从未提过要回娘家看看，虽说只是短短一华里的路程，倒是她母亲借走娘家（她娘家就在石哲成他们村子的后山杨家）从石哲成他们田边过时与兰玉婷见过一面，说了几句，她见自己的宝贝女儿晒黑了许多，心痛得不得了，然而见他们有说有笑、其乐融融的样子又感到很欣慰，回家与兰父说起更是满脸欢喜，这也让兰父那颗一直悬着的心终于着地了。经过一年时间的观察，他从心底喜欢上了石哲成这个聪明上进的小伙子，凭他的经验，只要民办教师转正的政策不变，不出三五年石哲成肯定就会转为公办教师的。他只是担心石哲成将来地位提高了，自己的女儿能抓得住他的心吗？这又是一个最新冒出的忧虑。当然，他又似乎觉得这也许是杞人忧天。从他近三十年的经验看来，一个对工作有强烈责任心的人，对感情、对家庭往往也同样有责任心的，从这一点看来，他对石哲成还是放得下心的。

因为有了爱的滋润，一向少年老成、沉默寡言的石哲成变得开朗了许多，似乎又变成了一个天真活泼的小男孩，终日一张笑脸，劳作时还时不时哼几句流行歌曲："你问我爱你有多深，我爱你有几分，我的情也真，我的爱也真，月亮代表我的心……"兰玉婷因为是未婚媳妇，不敢唱出声来，只在心里与他和鸣。

两个人心中都充满对对方的柔情蜜意，爱与思念，一刻不见就好像分别了许久一样。每天顺便在村前的溪边洗洗脸，用毛巾拭拭汗，相视一笑便急匆匆地往房里奔，一到房里就随手关门。

3. 比翼齐飞

"双抢"结束了，石哲成要送兰玉婷回家，石母准备了一大包礼物让儿子提着，于是，他俩就欢欢喜喜地走出了家门。往日，因为石哲成心里不情愿，到兰家一刻钟的路程，他磨磨蹭蹭能走它半个小时，今天，他俩说说笑笑不知不觉就到了兰家，兰母笑容满面地迎上来，接过礼包，说："哎呀，小石，你母亲也太客气了，平时走个人家，还拿么子礼包呢。"

"这是什么礼包呀，只不过是一些平日晒好的土特产，我妈说拿来让您老尝尝新鲜呢。"石哲成说着，见兰父不在家，他就问，"妈，爸爸呢？"

"他呀，今天清早就去区里开会去了，怕是要傍晚才能回来。"兰母把礼包递给兰玉婷让她放到房里，顺手打开堂屋里的电风扇，然后就到冰箱里拿出一壶冰茶，给石哲成倒上一杯，石哲成接过轻轻地喝了一口，一股清凉直入心脾，暑气一下散去了。他看到兰家早已迈入小康社会，过着舒适生活，想到自己家那仍然挣扎在贫困线上的家境，心中突然萌生出一种强烈的责任感：不能太委屈了玉婷，在近两年内一定要把房子改修一下，让她不再住那低矮的小木屋。往日，他从未有过如此的想法，那时，他认为到兰家来只不过是完成一项母亲交给他的任务罢了，自己能按时完成也就不错了——母命难违。因此，兰家的家庭设施他一概是熟视无睹，不甚在意的。他的态度曾让兰玉婷很恼火，却又无可奈何。

青石湾

这次可不一样了，他竟产生了一种主人的冲动——郎为半子嘛。于是，他走到厨房里想帮忙挑水，发现家里没有水缸，只见厨房门外有一个浅浅的水池，池边有一个圆柱形的水泥桶子，上面有一个长长的手柄，他握住长柄用力压几下，一股清泉便哗哗地流出，他用双手捧住，清凉喜人，这时兰玉婷看到了，以为他要洗脸，就递给他一块崭新的毛巾，石哲成接过，兰玉婷给他压上水，让他洗个痛快。洗罢脸，他说："玉婷，今年，我家也要打一个这样的井，冬暖夏凉，真好。"

兰玉婷说："这种压水井，我们村里也才这一个，每到中午，村中会有许多人来压水打凉粉呢，中午我也给你打吧。待会儿，我把它放进冰箱里，我们喝冰凉粉，再加点香精、糖水，就有果冻的味道了。"

石哲成只喝过凉粉，从未喝过冰凉粉，至于香精、果冻也只是听说过，从未尝过，今天倒要开开眼界了。石哲成记得小时候，自己曾打过凉粉，当然这个"打"用得不够准确，应该叫"揉"或"搓"，那是把凉粉籽放进一个纱布袋里，放在凉凉的井水里浸透，然后用双手使劲地搓，使劲地揉，等到凉粉再也挤不出黏稠的汁液了才停手。不过穷人是没有机会经常打凉粉的，因为家里没富余的钱让小孩子们奢侈，一般情况下，最多是带小孩子到集上买那一角钱一碗的凉粉吃。不过穷人又有穷人的法子，他们发现田塍上有一种叫鸭丝的灌木，用它的叶子搓揉也能打出一种类似凉粉的东西——鸭丝豆腐。只是这种"豆腐"有点绿叶的味道，可石哲成他们这些穷人的孩子却吃得津津有味，只要发现哪里有这种灌木就欣喜若狂，喊来小伙伴们一齐动手完成这项快乐的工作。

这一天，等到兰玉婷收拾好自己的房间后，她就让石哲成压好一壶水放在煤灶上。石哲成很纳闷：打凉粉要烧水干吗？但他并没把话说出口，以免显出自己无知，在兰家这种与自己条件有着天壤之别的家庭里，更要注意，否则就会出洋相。一会儿水开了，只见兰玉婷从房里拿出一包白粉，放进一个大大的驴胶钵里，用少许清水调匀，然后倒进滚烫的开水中，盖上盖子，再放进冰箱里就无事了。想不到对于自己来说那么烦琐的工序，在兰家却只需这么几下简单的手续就完成了，石哲成在心里又是一番慨叹。环境决定了一个人的思维，也决定了一个人的思想，确实如此。

一个小时后，兰玉婷从冰箱里端出钵子，掀开盖子，一块晶莹剔透的牛皮胶似的果冻呈现在眼前，石哲成舀起一小碗尝尝，寡淡无味。

兰玉婷说："还没加红糖和醋，怎么能好吃。下回我先加入糖和香精、色素，就成果冻了，一盛就可以吃了。"

石哲成在心中慨叹道：以后到兰家来还是少说为佳，要不成了"刘姥姥进大观园"，那就贻笑大方了。难怪人们说结婚要门当户对，生活环境不同的人结婚是会闹出许多笑话的。

傍晚，兰父回家来，石哲成少不了要与他拉一阵家常。兰父说："小石，你这次成人考试，总分是全县第一，已被省教育学院宝庆高函部录取了，十月底要在宝庆教师进修学校进行面授。到时要努力，不要因为自己读的不是正规大学而掉以轻心。"

石哲成说："这个自然的，学习机会难得，我肯定会比别人更努力的！"

兰父说："下期，青石湾乡又要进行民办教师招聘录取，你说，玉婷去，行吗？"

"这个，当然很好呀。"石哲成高兴地说。

"只是可能要考试，现在的高中生回乡没什么工作，想当民办教师的人很多呢，我担心的是玉婷考不上呢。"兰父忧心忡忡。

"利用暑假时间，我给她补补文化课，到时不知能用得上吗？"说到这里，石哲成也不太乐观了，他知道玉婷的文化底子。

"文化知识这对玉婷来说是个问题，今天你劝劝玉婷，明天我想到城里去一趟，与你哥商量一点事。"兰父说。

说到兰玉婷的哥哥——他未来的大舅子，石哲成心里就有点疙疙瘩瘩的，早先他心里还不肯接受兰玉婷时，倒有几分感激他，并且有点想利用他的阻力好摆脱兰玉婷。现在一心想要与兰玉婷过日子了，却又担心哥哥从中作梗，拆散自己的姻缘。

兰父见石哲成许久不回答自己，有点不高兴，于是就走出了门。等到哲成回过神来，为时已晚，兰父已到了堂屋，弄得石哲成十分尴尬。看来以后与泰山大人说话千万不可分神呀！

青石湾有一个风俗：女儿女婿在娘家是不能同房的，否则会给娘家带

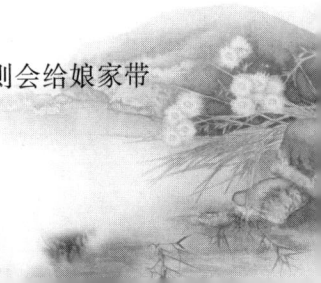

来晦气。兰母是个很传统的乡村女人，当然也很在乎这一点。这次两人回来，她从女儿的举止中已看出，女儿与女婿的关系肯定不再是停留在谈情说爱的阶段了。当然，自己也早希望他俩能成事，然而在兰家，却万万不让他俩同房。

这天傍晚，石哲成提出要回家，他说："不过三步远，还在这里住，挺不好意思的。"可兰母不准许，说这样匆匆回家会被别人说闲话的。石哲成无法，只得留下来。以前他来兰家，总是来去匆匆，从来不曾留宿，今天突然要待在这里，且睡在全套崭新柔软的太空被上，真有点如芒刺在背，一宿也不曾睡得安稳。石哲成住在楼上，兰玉婷住在楼下，两人相隔咫尺，却如远在天涯，想起往日的缠绵，哲成更是辗转反侧。

这天中午，石哲成想动员兰玉婷也去参加民办教师招聘考试，谁知兰玉婷一听，就把头摇得像个货郎鼓，似乎成了一头被石哲成拉到屠宰场的牛，哭丧着脸说："哲成，你饶了我吧，我一提起看书就头痛，更甭提参考了。"

石哲成说："别这么快就把话说死好吗，这次招聘小学民办教师只需考初中和小学内容，不难的，我可以辅导你。我相信你，只要认真复习，考试对于你应该不会太难的。"

当时，兰母就在身边，她也劝兰玉婷去试试，无奈之下，兰玉婷只得勉强答应了。可是第二天，她一拿起书本就垂头丧气地直打瞌睡，兰父这天回家，见她如此，就对兰母扮了一个鬼脸，他们老两口相视一下失望地笑了。下午，石哲成从学校回来，他已给兰玉婷找好初中的语文、数学复习资料，兰玉婷心里很感动，认为石哲成为自己做事很尽心。其实，石哲成不管做什么事都是雷厉风行的，说到做到，从不拖拖拉拉。这也是兰玉婷很欣赏的，可她一想到要在一个月内看完这两本厚厚的资料，真比逼她吃黄连还苦。以后一个月的时间里，石哲成每天抽时间辅导她，她也能规规矩矩地学，可要她做题时她就愁眉苦脸，无法，石哲成只得让她自学。几天以后，他到青石湾中学搞来几套初三升学考试的试卷，让兰玉婷做，她怨怨艾艾，边做边说："太难了，太难了。"心里直怨哲成蛮霸，硬要赶鸭子上架，当然也怨自己当初学习不努力。真是"书到用时方恨少""少壮不努力，老大徒伤悲"。世上没有后悔药，兰玉婷有些失望了，与石哲成谈恋爱真是太难了。

一个星期后的一天，兰父从区里回来，告诉哲成一个喜人的消息："下学期开学，青石湾全乡幼师要进行招聘录取，每村都要开幼儿班，你说，玉婷去考民办老师还是去考幼师呢？"

"这个——当然是考幼师啰。玉婷天天抱怨文化课太难，复习一点效果也没有，我现在都有点可怜她了，让她考民办教师真是有点勉为其难呢。我都不忍心再逼她学习了。既然要考幼师了，玉婷从小就爱唱爱跳，教幼儿园还是挺合适的。"石哲成高兴地说。

"只是也要考试的，现在的高中生回乡没什么工作，想当幼师的人也很多呢，我担心的是玉婷考不上呢。"一提起让兰玉婷考试，兰父就忧心忡忡。

"利用暑假时间我立即就给她补补文化课，考幼师主要是考小学的知识，初中知识占的比例很少。这个兰玉婷应该没多大问题了，音乐知识我也会一点点，到时也能用上的，只是上面硬性规定要会一种乐器，这怕有点难度呢。"说到这里，石哲成也不太乐观了。

"要会弹乐器，这是个问题。明天我想到城里去一趟，想请你哥到县幼儿园请个老师训练训练她。"兰父说。

说到做到，石哲成的蛮劲又使上来了。翌日早晨，石哲成就陪兰玉婷到县城找她哥哥。哥哥在县委机关的一个小小科系里做科员，平时对石哲成摆起一副不冷不热、爱理不理、官气十足的架子。石哲成恭恭敬敬地叫他一声"哥哥"，他只是用鼻子哼了一声，哲成感到一种强烈的屈辱感，自尊心受到了极大的侮辱，心里窒息得很。于是，他在兰玉婷与她哥哥谈话的时候就走到阳台上看花，呼吸新鲜空气，放松放松神经。

兰兄见其如此，更加坚定了自己固有的看法：这小子不行，根本不配当我们兰家的女婿，配不上我妹妹。因为石哲成订婚时的醉酒形象太让他失望了，他本来对石哲成这个穷小子就没好印象，自己妹妹看上了这小子本是天大的误会。听说他竟然还曾扮翘——逃婚佣乡，差点让自己妹妹搭上了一条性命，简直是个不识好歹的家伙，妹妹要嫁给他这小子真是瞎了

青石湾

眼睛，鬼迷心窍。他想借妹妹学琴的机会疏远他俩的感情，于是，他千方百计要留住妹妹。

这时，他见石哲成离客厅远了，就对兰玉婷说："你要当幼儿教师，一定要学会一门乐器，这样才能胜任。这样，你在城里待半个月吧，我请个幼儿园老师教你。这把电子琴是你侄女原来练琴用的，现今她已在练钢琴了，你就先用它练练吧。"

兰玉婷不想一个人孤零零地待在城里，但她知道，想把石哲成也留下，是万万不可能的事。自从两人亲密接触后，她一时半刻也不想离开石哲成。于是她就说："这样吧哥哥，你先把侄女的这架电子琴借我用用，幼儿歌曲的简谱还是很简单的，我自学应该不会太难吧，到时哲成也会教我的。他会弹风琴，识得简谱的。"

哥哥本来不大愿意，但妹妹既然说到这个份儿上了，他心里不同意也开不了这个口了。

于是吃了中餐，兰玉婷就随石哲成回到兰家。傍晚，石哲成提出要回石家，兰母应允了，谁知走的时候，兰玉婷背着电子琴也要跟着去，兰母不允。兰玉婷说这样好跟石哲成一起学弹琴。兰母无法，只得准许了。目送他俩的背影远去时，兰母心中突然产生了一种怅然若失的空虚感。

好在石哲成初中在"五七中学"时随音乐教师尹老师学过风琴，一般简单的曲子他只要吟唱两三遍就弹得出，音准还不错，唱歌一般是不会走调的。他用弹风琴的指法弹电子琴，发现弹电子琴要容易得多。从此，他就专心致志地教玉婷识谱、弹琴、唱歌。小两口琴瑟和鸣，夫唱妻和，情意浓浓。不知不觉中，玉婷很快学会了电子琴。这让哲成很吃惊：想不兰玉婷这个文化底子极差的人，在音乐上却有很高的悟性。刚开始时，一支歌她要石哲成教四五遍才曲不成调、断断续续地弹出来，十天不到，她就熟练起来了，一支她从未哼过的歌，只要石哲成哼一两次，她竟能慢慢把它弹出来。看来，一个人的才能是多方面的，要是那时有人发现、培养她，说不准兰玉婷会成为一个能唱会跳的"兰英妹子"呢。

可是教文化知识可没有这么容易，她的基础知识实在是太差了。石哲成写了几个词语让她认，她竟胡乱地念它一通。比如：成语"一丝不苟"，她念成"一丝不句";最常用的"辣椒",她念成"辣叔";"吼道",她念成"孔道";更可笑的是,她经常说的电影演员潘虹,石哲成把两个字分开写好后让她认读,她竟念成"播""工";他顺手从书架上拿了一本妹妹读的初中语文,翻开一页:"驿路梨花处处开",她则念成"泽路梨花处处开"。这样的文化底子真让哲成哭笑不得,心灰意冷。没法,他只得从"a、b、c、d、e、f、g""a、o、e""b、p、m、f"等最基本的语音教起,从"人、口、手、天、地、水、云"教起;古诗则从"一去二三里,烟村四五家。亭台六七座,八九十枝花。""床前明月光,疑是地上霜。举头望明月,低头思故乡。""锄禾日当午,汗滴禾下土。谁知盘中餐,粒粒皆辛苦。"等最简短的诗句教起。石哲成教得很细心,他把小学语文课本中所有的生词都抄写在一张白纸上让兰玉婷识读、拼音、解释、听写、造句。就是在夜里,两人亲热之后,他让她在自己的后背上听写生词,往往弄得两人性趣盎然。就在这种夜以继日的培训下,兰玉婷终于能够独立做完一张小学五年级的语文试卷,并且能打上六十来分,算术则能打上七十来分。在八月底的全乡幼师招聘文化考试中,她总分名列第七,入围面试,因为幼师有一定要会弹一种乐器的硬性要求,玉婷得以以第五名的成绩被录用在本村的青石村小。兰父本来对自己的女儿不抱任何希望的,当听到这个好消息后,对自己的女儿刮目相看,当然他也知道这完全是石哲成的功劳,因此对这个准女婿的认识更深了一层,感情也浓了。这年冬天,石哲成家修房子,他拿出六千元让女儿送给石家。

六千元,对于只有三十六元一月工资的哲成来说真是个天文数字。石家人很感动,纷纷说兰玉婷是石家的"福星",打算快些修好房子,快快让兰玉婷过门。

4. 风吹秀木

转眼间,新学期到了,八月二十七日,全乡的教师都在青石乡中心小学集会,确定新学期的人事安排。石哲成也来到兰父的房间,这时,房里

青石湾

聚满了教师，他们都是来打听自己这一学期的去向的。

"兰主任，下学期我该动动了吧，我在青石村小都待了十年了。这次全乡统考我班又考了前三名，还超过中心小学一个班的成绩呢。您也该让我动动了，一直待在同一个学校太没趣味了。"一个三十多岁的男教师说。

"你去农校吧，农校正缺个语文教师。你一个年轻人试一试教初中如何？"兰父看着他，并用手拍拍他的肩膀说道。

"兰主任，这个可来不得。农校，那里，我……我不……不想去，我怕教不好初中。"那男老师边说边一个劲地摇头摆手。

"你不是想动吗？让你去农校，可是对你的信任哟。农校是新生事物，正需要你这样年轻有为的老师去。"兰父眼睛直盯着他，"你一个年轻人要敢于挑战嘛。"

"不行，不行，我真的不行。您老还是另请高明吧。"那个年轻的男老师说完就溜之大吉，生怕多待一分钟兰主任就会硬逼着他去农校受苦似的。

过了一会儿，兰主任说会议要开始了，房间里的老师就三三两两地走了……

新学期开学了，兰主任调到金沙镇当学区副主任了，曾校长因为学校年年考入县中的人数多，被调到城关镇的一所小学当校长去了。学校教导处的王主任顺理成章地荣升为青石乡中心小学的校长，朱源刚老师则荣升为教导主任。

俗话说"新官上任三把火"，王校长上任伊始，他也燃起了一把熊熊的"大火"——毕业班的人事安排。王校长在会上说："为了让学校的教学质量更上一个台阶，能者上，庸者下。上届六年级考得很好，这一学期，仍然从中选两位考得好的老师为学校六年级把关。"按学校的"末位淘汰制"规定，石哲成考了个第二名，应该是随班上六年级的，可王校长在会上宣布让他仍然教五年级，而考学校第三名的王校长自己却随班上六年级。石哲成一听，很不服气，你刚才说"能者上，庸者下"，我不就是一个庸者么，你自己比我考得还差，应该下你呀，怎么让我下呢？这不明显着欺负人吗？这是王校长上任后的第一次开会，石哲成不好也不敢当即与校长争辩，担心别人又说他"目中无人，狐假虎威"。

散会后，他来到校长办公室，见校长正在整理办公桌，就说："校长，我想向您谈谈我心里的一些想法，行吗？"

王校长抬头看了一眼石哲成，说："可以的啊。"然后继续他手头的工作。

"校长，您刚才说到六年级的人员安排原则是'能者上，庸者下'，这能者和庸者是不是要有一个统一标准呢？"

"有的啊，既要看这次统考成绩，还要看他的各方面素质，比如教龄啊、经验呀，还有他的工作态度等。"

"那么把我抽下来是为……"

"哦——这个，主要是认为你的经验有所欠缺。"王校长停了一下，似乎在斟酌词句。

"那您的标准就是，'经验欠缺'就是要下的对象，就是庸者啰。"

"哦——不是这个意思。你的工作能力还是有目共睹的，没有人说你半点坏话，你的工作态度更是没话可说的，至于要你下来再教个五年级班，主要是想让你多加锻炼锻炼，好为你以后教毕业班打下一个坚实的基础。当然，这不是我一个人的意见，是全体行政人员集体商议的结果。"

"哦——我懂了。"石哲成知道与这个"武大郎式"的校长说这些，是谈不出什么结果的，自己之所以被当作庸者下调到五年级，还不是因为去年下学期学校作文竞赛时给你"剃了光头"，至今心理还不舒服，于是就利用职权压制自己，"公报私仇"。唉，逢到这样一个校长也算自己倒霉，为什么曾校长那种校长不再有了呢？

一个星期后，他到兰家，兰父问他教几年级，他说是五年级，兰父很是吃了一惊，说："你不是教得好好的，怎的就把你下了呢？"

石哲成怕引起兰父的烦恼，不敢把心里的怨气发泄出来，只是轻描淡写地说了一句："那王校长说是想让我多锻炼锻炼，为以后教毕业班打下坚实的基础呢。"

"鬼话，他们是欺你年轻，好糊弄，还不是为了六年级那几百元补课费、资料费，年年赖在六年级。"兰父半是关心半是责备地对石哲成说，

"唉——你怎么这么老实，为什么不早点告诉我呢？"

"我又怎么好告诉您呢。我要是告诉您，您帮了我，他不是又说我'目中无人，狐假虎威'了。"

"竟有这么回事？"

"嗯，去年我刚考上民办教师时，就有人在背后说我是靠您暗中帮忙才考上的，他们还说我考那么高的分数也是假的。"

"唉！我在当乡学区主任时，曾得罪了不少人，谁知他们竟耍手段对付你，看来是我的这个小小的学区主任让你受委屈了。不要紧，只要你努力，把学生教好，他们也不敢太为难你的。"兰父这时不禁长叹了一口气，后悔这次不该提拔了一只忘恩负义的"白眼狼"。其实他早就认为这个王校长喜欢两面三刀，有点耍小心眼，想不到他竟耍到自己身上来了。看来以后该多多提防这种人了。

这年，石哲成因为是第二次教五年级了，教材没有变，他就轻驾熟，教得非常轻松，他一如既往地实践他的"好花共赏"课，还从《湖南教育》看到了杨初春的"快速作文""快速阅读"法，这让石哲成的教学水平有了突飞猛进的提高，上起课来更加得心应手。这一期的学生更加听话，因为他在上一届学生中的口碑好，这一次有很多家长希望自己的小孩分到他的班上去，因此，他的班级竟然比另外几班的人数多了五六个人。这下王校长与朱源刚主任又有话可说了，他们在周一的教师会上批评石哲成破坏公平竞争的原则，私自接收学生。这下石哲成成了众矢之的，老师们都纷纷指责石哲成名利思想太重。王校长和朱主任就勒令他把私自接收的学生退出来，重新分配，可那些已坐在他班里的学生们却不肯到另外的班去。其实这些学生并不属分配之列，是那些邻乡的或原来随父母在外地读书的学生，这一学期才转回来的。当时，中心小学五年级的学生是从全乡村小集合起来的，他们的学籍要重新办理，外地转回的学生是无须办理转学手续的。如今学校硬要他们到另外那几个班去，那几个家长说宁愿把学生转走也不同意。这样，学校也没法子，只得让石哲成自己解决，"解铃还须系铃人"嘛。石哲成感到很冤枉，自己并无自私自利之心，只是心软听不得别人央求，不管他们的成绩是好是坏就全收下了。这下让自己去赶走学生，真是难为他了。无法，他思考再三说："要这几个学生走也行，学校可以组织一次摸底考试，按成绩重新分班，我绝无怨言。"因为他也不好得罪这些信任自己的家长们。最后，王校长与朱主任只得照此办理。这样，有些原来分的尖子生多的班主任就满腹牢骚，心里直怪石哲成多事，石哲成如同钻进风箱的老鼠两头受气。在大半学期的时间里，心情一直不爽，但仍然默默地工作，默默地看书，默默地写作……

这年十月，省教育学院宝庆高函站来通知，让石哲成去参加函授，通知在王校长手中压了半个月竟然不给石哲成，后来还是与他一同录取的青石中学的兰君华老师到中心小学约队，石哲成才知道此事。于是，他俩一起到王校长房间问通知，结果在校长书桌上那堆报纸里寻了半天才找到，弄得王校长面带赤色，连说："夹在报纸里了，未看见，对不起，对不起。"

事后，兰君华对石哲成说："哲成，以后你可要小心，你的这位校长忒阴险，我一看就知他不是正直人，心蛮毒的，十足的小人一个。"

石哲成连忙否定，他仍对王校长存有幻想，不相信自己的校长真的那么坏。然而当他回来时，兰君华老师在他所在的学校一下就报销了所有的学习费用，而石哲成把发票递给王校长，请求他批示报销时，王校长则拿出上头有关函授学习的红头文件，说："对不起，小石老师，我们学校只负责报销中师函授学习的费用，至于你学的是高师函授的，与你教的课程专业不对口呀，我们学校是不负责报销的。"

"专业不对口？我学的是中文专业，我教的是小学语文，怎么说是不对口呢？"

"小学只需中师文凭的。你学的是高师函授的，属于拔高学习的。"王校长指着红头文件中的一行字振振有词地说。

石哲成明白，与他这种生怕别人超过自己的"武大郎"式的小人争辩，是得不到什么结果的，看来只有到兰父那里找出相关的文件，才能扭转这个局面。于是，他下午抽时间直接到兰父的办公室。兰父很快给他找到了县教育局的文件，上面有小学老师读高师函授学习可以报销相关费用的指示。石哲成如获至宝地拿着它回到了学校。这下王校长也无话可说了，铁青着脸，无可奈何地给石哲成签下了"同意报销"四个大字。

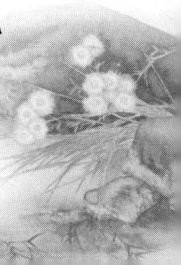

第六章 岁月的梦痕

5. 朋友十三

　　中心小学原来的炊事员刘师傅请了产假，学校的炊事员换成柳十三。柳十三约莫四十岁，矮小的个儿，瘦瘦的方脸，一双兔子似的怯生生的眼睛常带着温和的笑意。背微驼，整日欠着身子，像个"仆人"，随时都准备向自己的主人点头哈腰。

　　每当开餐之际，全校三十多位教师都"十三"长"十三"短的乱嚷。起初，石哲成心中直乐：一个四十岁的人，被人叫成"十三"居然还答得爽快，真叫人费解。

　　一天早上，石哲成到厨房里打开水。门未开，从窗口里看到炊事员正在里面忙碌。石哲成贴着窗口喊"柳师傅"，许久未见其反应，再喊，仍然不见动静。石哲成一时性起，大叫道："十三，开门！"话音刚落，门哐然而开。他一见是石哲成，很高兴地："哎呀，是小石老师，难怪。对不起，刚才我以为你喊别人，想不到你是在喊我呢。也是，这里的人都喊我十三，你却喊'柳师傅'，脑子一时还转不过弯来呢。这样吧，你以后就喊我十三，别不好意思的！"看来，石哲成只能入乡随俗了，然而这个"俗"他确实扎扎实实地随了半个多月才成"俗"的。

　　这一期，石哲成因为已完全适应了学校生活，教学上不像刚迈入教坛时那么谨小慎微了，每天教学任务完成后，也很注意与同事们多交流沟通，不只是待在房间看书了。

　　学校男老师多，大多未成家，且贪玩爱凑热闹，一天上了几节课就万事大吉。晚上就是玩，大多数情况下都要熬到十一二点，待肚子大唱空城计时，就会有人提议"打牙祭"，大家当然响应。然而，年轻人都有一个语言大于行动的弱点，对煮饭、炒菜、打酒之事更是"君子动口不动手"了。于是，牌友中那些资历深，颇知掌故的就出主意："去喊十三，他办厨很在行。"立即就有人"咚咚咚"下楼去敲十三的门，死缠烂打地把正躺在床上听收音机的他拉起来。十三这时也不气恼，一边关好收音机一边说:"别忙别忙,我就去就去。"穿好衣服后就恭恭敬敬地弯着腰站住,静静地听从牌友们的安排。

"鸡,十三,请你帮我们去买吧!"

"要得。"

"酒,十三,你就顺路带回。"

"好的。"

"饭菜,十三,你就帮忙了。"

"行。"

尔后,大家各行其是:玩牌的玩牌,下棋的下棋,聊天的聊天。大约过了个把钟头后,十三轻轻地上楼,小声问:"开餐吗?"

年轻人一听乐了:"开——"

喊声如雷,震得山响。

走到食堂,十三已经把饭菜准备好,大家"OK"声起,团坐桌旁,"觥筹交错,起坐而喧哗"。十三则静静地站在一旁,看着年轻人狼吞虎咽,狂饮大嚼,悠然自得地拧着他那十来根长长的山羊须,酷似老艺术家欣赏自己一生中最满意的作品一般。

此刻,若突然有人记得十三说:"十三,你忙了一晚,也来吃点吧。"

沉醉在满足中的十三才猛然醒悟,红着脸说:"不,不了。"边说边逃也似的走了。

本来,石哲成对这不太习惯,认为年轻人"剥削"年龄大的力气,有点缺德。可早已习以为常的牌友却说,你要是觉得缺德就别吃。其实,你刚来还有所不知,十三是闲不住的人,一生最大的爱好除了听收音机之外就是办厨,这也是他人生中仅有的两大乐事。而我们每晚让他做他最乐意的事,其实是在积德啊!

一个人替别人辛辛苦苦忙碌一晚却滴酒不沾,而这群食客十指未沾水,不劳而获,居然吃得还振振有词,心安理得,石哲成迷惑了……

翌日晚,十三摆好饭菜后,石哲成又怕柳十三溜走就扯住他:"十三,今晚你无论如何也得喝点,要不就不够朋友了。"起初,他死命挣扎,后来听到"朋友"二字他顿时就像接到圣旨一般毕恭毕敬地坐下,连说:

青
石
湾

"好，好，既然朋友们看得起我，我就来个舍……舍……"他把"朋友"二字说得特别重。

"舍命陪君子呢!"石哲成见十三结结巴巴的，赶紧接了话茬。

"是，是舍命陪君子。"十三努力地睁开那双肿眼皮，看了大家一眼，说："来，大家干杯。"

"对，干杯!"大家一哄而起。整个酒席一下子变得热闹无比：碰杯声，划拳声，行酒令的声音此起彼伏，一浪高过一浪。

十三酒量小，又经不住别人敬酒，两三杯下肚就面红耳赤了，不一会儿居然趴在桌上酣然入睡……

次日早上，他问石哲成每人花费多少钱，石哲成说："十来块吧，你问这干什么？"

"出钱呗。"他笑着答道。

石哲成以为他是开玩笑的，就随口说道："十来块，小意思，就算我们大家给你的劳务费。"

"闹屋费？什么鬼名堂。"说完，他竟认真起来，"该我出的，我还是要出的，我不要你们什么闹屋费静屋费的。"说完就从身上掏出十块钱。

石哲成忙挡住他的手说："讲好是我们请客的，怎么还要你破费？何况你辛辛苦苦忙了一晚上，喝那么一两杯酒也是应该的嘛。算了！谁说要你出钱呢。"

十三听了急得涨红了脸，他那束长长的山羊须也气得一抖一抖的。见石哲成硬是不肯收钱，他委屈地说："你们哪里是不要我出钱，分明是欺侮我没钱；你们哪里是把我当朋友，分明是把我当外人。"他边走边唠叨着，似乎是受了极大的委屈，悻悻地走开了。望着那矮小的有点驼背的背影，石哲成无可奈何地叹了口气。

又一晚，牌友们又打牙祭，请十三帮忙，他居然还在生气，任凭石哲成他们在门外喊破了嗓子，他仍然是纹丝不动地躺在床上听他的收音机……

真是一个怪人！

此后，石哲成他们再也不蛮霸地请他喝酒了。这样一来，十三竟变得洒脱起来，手脚也更勤快了，久之，石哲成也与牌友一样，觉得十三帮厨是他分内的事情，吃起来也越来越心安理得了。

想不到世界上竟然还有这样一个"傻子"，石哲成灵感顿发，挥笔而成一文，不久就在市报上发表了，十三顿时成了"名人"。

玩牌的哥们儿趁机起哄要他请客，素来对金钱斤斤计较的十三立马答应了。宴席办得很丰盛，鸡鸭肉摆满桌，酒是曾经获得国家金奖的"邵阳大曲"……这一桌至少要花一两百元，牌友们知道十三经济困难，吃起来心里发毛。饭后各自掏二十元给他，他死活不肯接受，并说："你们看得起我，把我当朋友才来吃的。你们要给我钱就太不够朋友了。我十三再穷也不至于请不起一次客吧？""朋友"二字依旧是咬得很重。石哲成他们见十三如此，不好拂其真情，可一时又找不到合适的理由，也只好作罢。然而大家心照不宣：十三这次请客是打肿脸充胖子的。本来，牌友们起起哄仅是凑凑乐，并不想动真格，想不到十三这般不经哄，弄得大伙在很长时间内心里疙疙瘩瘩，尴尴尬尬，都无心玩牌，更不提打牙祭了。

晚上不凑热闹，石哲成顿觉轻松了许多，可以静下心来看看书，写写文章，听听音乐。可十三却变得百无聊赖。晚上不是到这个房间聊聊，就是到那个房间走走。因为石哲成有一部收录机，他来石哲成的房间居多，他自己那部收音机就不再用了。

一晚，石哲成正在看《红楼梦》，十三来了，他问："十三，来听音乐？"

"哦，不，我无事来走走，你看你的书。"十三笑眯眯地说。

石哲成知道他怕打扰自己学习，不实话实说，于是，石哲成帮他装好磁带。十三却拿起那本《红楼梦》抚玩不已，问："小石老师，这本书好厚，怕要看半年呀。"

"不用，十来天就够了。"

"十天？"他有点愕然地看着石哲成，皱着眉头估算着："千多页，一天一百多页，一页这多字，哇！怕要看昏脑袋呢。"他边说边伸舌头边摇头。

"看惯了，不会的。"石哲成顺手从书架上抽了本武侠小说给他："你

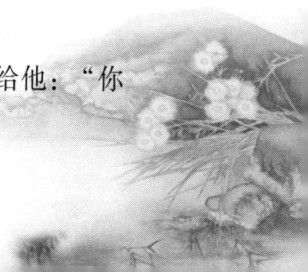

也看书吧!"

"不，我不爱看，只看图。"这回他实话实说了。

"歌谱的书呢，你爱看吗?"

"不会看。也怪，在'1234567'下面画横打点，你就唱起歌来，真行。"

"这是简谱，你想学，我教你几下就会的，难学的是那五线谱。"

"五线谱? 是那像电线上面挂有豆芽菜号子的吗?"

"对，正是。"想不到他还能说出这么形象的比喻，石哲成又惊又喜，"十三，你读过书吗?"

"读过，我读到小学五年级。"他满脸悲哀地述说着，那双肿肿的眼皮眯成一根线，额头中间竖起几条深深的"沟"。"十三岁时，我那当教师的父亲去世了，我就不上了。"也许"十三"的绰号就是由此而来的。

"那你补员来的?"石哲成问。

"补员? 我哪有那么好的八字! 我仅仅是户口'农转非'，责任田没有了，因为文化低，考不上，就没有补到员呢!"他黯然神伤地说。

哦，原来如此，好一个苦命的人。难怪他以前不肯打牙祭。一个临时工，每月区区六十元能禁得几下折腾? 可是他这次却偏偏大方地拿出一百多元请客，事后又不肯接受朋友的钱，这也许是为了维持他那一点点自尊罢。十三，你又何苦呢? 石哲成心里直悔不该写那篇短文给他一个虚名，令他困窘的经济雪上加霜。

> 生活是一团麻，那也是麻绳拧成的花;
>
> 生活是一根线，也有那解不开的小疙瘩呀;
>
> 生活是一条路，怎能没有坑坑洼洼;
>
> 生活是一杯酒，饱含着人生酸甜苦辣……

录音机里范琳琳的歌声正道出了石哲成此时的心情。他想：如果我有这种能耐，再给他写篇文章反映到市里，请求批准实现他转正的理想，让他这个微小的梦想得以成真，那该多好啊。

十三得知石哲成有这么一个心愿，十分感激，时常到他的房间里找臭袜臭鞋洗。石哲成很过意不去，不准他拿，他总是说："朋友嘛，互相帮助啊！"

下午，他喜欢陪石哲成散步或躺在校园后面的那个大草坪上听音乐。一次，正听得入神，他从石哲成的头上捉下一个绿色的小虫说："这小东西，飞到人头上来，弄死他算了。"石哲成一看连忙阻止："别，它叫草蛉。"

"枣林？你是在哄我吧！"

"它叫草蛉，不是枣林，是益虫，吃蚜虫的。"

"益虫？这么小也是益虫，你哄人吗？"

"小虫做小事嘛，大虫做大事。比如螳螂比这虫大，它就吃比蚜虫大的蝗虫。"石哲成生怕他不懂，耐心而细致地解释道。

"哦，是是是。他就像我们人一样，能力大的像你就教书，能力小的像我就煮饭。是吗？"十三说完就睁大眼睛看着哲成。他见石哲成点头后，居然露出了孩子般天真的笑容。

岁月如梭，时光如水，转眼又到了春天。放早插农忙假时，全校大多数教师牵挂家里的责任田，报名守校的人寥寥无几，本来没守校任务的十三却自告奋勇地报了名。收假时，仪器室丢了两部刚刚从教委分配下来的录音机和十多盒流行音乐的磁带，教学磁带一盒也没丢。学校抓治安的领导无法，想往上报案，王校长不让，带人到仪器室里搜查，发现了一把作案用的启子。大家认得启子是十三的，校长断定此案是十三"监守自盗"，要罚他三百元现款。石哲成一听，就说："十三肯定不会干这等傻事。"石哲成打算站出来为他打抱不平，说几句公道话，几个世故老练的牌友赶紧劝石哲成不要感情用事，以免惹火上身。

"惹火上身？"当时，石哲成很是疑惑，不明就里。

接连几日的盘问、审讯，十三始终不肯承认，王校长没法，只好将他辞退了事。

几天后，在柳十三离去时，石哲成还记得十三临走时的情境：那声声凄厉的"冤枉啊，冤枉"，撕心裂肺，催人泪下。可是铁石心肠的校长就是不为所动，平日特"哥们儿"的牌友也没有一个人肯站出来仗义执言。

青石湾

石哲成虽然满肚子疑惑，却也没人帮忙解答，很是郁闷，然而时间一久也就不了了之。

第三年冬，石哲成已调出中心学校了。他因为患"出血热"住院了。也许是怕传染，除了自己的亲人，极少有朋友来探询，他感到孤守病房的日子挺难熬，特想找个熟人聊聊。想不到有一天，阔别三年的柳十三竟来了。久别重逢，倍感亲切。石哲成见他比以前胖了，白了，穿了一身半新不旧的公安制服挺有精神的，一副混得不错的样子。十三告诉石哲成：他在镇政府当炊事员，每月工资两百多。逢年过节还有一些补助，这身制服也是派出所所长送的。

石哲成乐得直为他庆贺："十三，你走好运了。"

十三连连点头："托福托福，其实这还全靠你吧。"

石哲成一下子糊涂了："话怎么能这么说呢?"

十三兴奋地说："真的，真的！那年我被辞退后，恰好镇政府缺炊事员，他们就拿市报找到了我……"

"看来，你成名人了。"石哲成由衷地为他高兴。

十三听了只是憨厚地呵呵笑着。

临别时，他得知医院打热水困难，便说："以后每天我给你送壶来。"

此后，他果然每天如常，准时送来。来时，他还常帮石哲成整整床铺，清洗衣服，问暖嘘寒。出院那天，他又亲自把石哲成送上公交车后才放心，直感动得石哲成泪如涌泉，心里直呼："十三好人，好人啊！但愿好人一生平安……"

谁知腊月的一天，突然传来噩耗：十二月十三日，柳十三帮镇长打豆腐，他到天花板上抱柴，一脚踏空摔在水泥地上，跌断背脊骨。他当时被送到县人民医院抢救，已脱离危险。等他苏醒后，得知自己即使能治好也将落得个终身残废——生活不能自理，于是就趁守护他的哥哥如厕之际，毅然扯掉了他那赖以生存的氧气管……

送葬那天，正值召开全乡教师大会，柳十三的老家正在青石中心小学的对面院子里，石哲成约当时与十三称兄道弟的牌友们去送送他，这些曾经得到过十三无私奉献、无微不至关照的人们竟然不约而同地告诉石哲成："他是伤亡，去送葬是不吉利的。"最终一个也不肯动身，气得石哲成当时直骂他们太不够"朋友"了。

两年后，王校长的侄子因盗窃案被捕入狱。至此，石哲成才明白当年王校长定案的草率和牌友们让自己明哲保身的原因……

呜呼！那可怜可悲而又可敬的十三大哥！你若能泉下有知，也该为自己的冤情终于昭雪而欣慰了。

6. 下水作文

为了激发学生写作文的积极性，石哲成一直坚持写"下水作文"。一次，他要学生写一篇家庭作文《家乡的奇人》，班上最调皮的学生刘洪说了一句："老师，您这样会教我们写作文，为什么不自己也动手写几篇作文，念给我们听听，也好让我们学习学习。"

石哲成听了后，静心一想：这样也是，自己天天让学生写，自己为何不动手写写呢，这是一举两得的大好事啊！于是，他就利用一个晚上的时间，把自己小时候最羡慕的那个无论是在陆地还是在水里，走路都像团鱼一样，被村里人称为"团鱼精"的人——矮子写了出来。第二天，他念给同学们听，因为矮子就住在青石湾一个叫庄溪林家的小山村里，学生中有许多人还认识他，看他捉过团鱼，所以感到很亲切，听得津津有味。后来，还有的学生站起来滔滔不绝地说着文章中没写到的有关矮子的趣事，引得石哲成不停地点头称赞。听完后，大家就自发地拍起手来，大声叫好。下面这篇文章就是石哲成三易其稿的"下水作文"。

家乡奇人——矮子

矮子庄溪人，手粗脚短，为罗圈腿。走路时两膝相靠，两脚朝里拐，盘扭盘扭慢悠悠的。他善水，在水里比陆地灵活得多，泅水姿势活像一

青石湾

只大团鱼在游。

矮子命苦，一岁丧母，幼时随父四海为家，靠摸鱼换米维持生计。人称他是吃"余（鱼）粮"的。九岁时，其父因病中下河摸鱼而客死他乡。从此，他提着父亲留给他的唯一财产——鱼篓，开始了艰险的摸鱼生涯。

他风里来雨里去，白天泡水摸鱼，夜里宿破庙，钻桥洞，住山岩，历尽千辛万苦。但也练就了一副铁的体魄，寒暑无病，春秋无恙，那摸鱼技艺也高于其父，简直到了炉火纯青的地步。

每逢池塘，他在塘坝上转一圈，查看片刻，尔后脱衣下水，一个猛子栽入水底，不上一时半刻，一条肥肥胖胖、圆圆滚滚的团鱼就被提上水来。把团鱼放进篓里，用手往身上胡乱一抹，随意甩几下水，就赤身裸体，大摊大摆地躺卧在地上大半个钟头，待水干身暖之后，他站起来朝塘里撒一长泡尿，才穿衣着裤，全过程竟无半点怕丑，也从不避人眼目。

如果这时有人说："矮子快穿裤吧，那里有女人来了。"

他就瓮声瓮气地说："她来她的，关我么事。"

"矮子，你这么缺德，不怕下辈子又是一个矮子？"

"矮子就矮子，最多又摸一世的团鱼，怕个鸟。"

矮子就是这么个达观的人，什么都看得开，什么都不在乎。但是一提起摸鱼，他却是很认真的。

矮子摸团鱼是有规矩的，一般一天只摸一个，最多是两个，斤两要在两斤以上，小的是不摸的，有时即使摸上来了，也要放生的，待过了一年半载，估计斤两足了再来，那情形酷似他家养的一般。

矮子摸鱼曾停过一年，那是土改开始的时候，庄溪人见他整天走东闯西，无家无室，给他分了一份田地，两间房子。当时，他很感激，决计改行种田，成家立业。一年中，他尽力侍弄他那二亩田地。然而，做阳春并没有他摸团鱼那么得心应手，整日里忙上忙下，日子过得紧紧巴巴，人也瘦了黑了。

翌年春，他提着锄头到贫协主席家退田，贫协主席不允，他也不管，放下锄头就走，硬是连头也不回一下。

一年过去了，他回来了，人胖了，气色又如先前，倒引得庄溪人惊叹不已："矮子生就的团鱼命。"

以后的十多年，他还是一如既往地风里来雨里去，生活无浪无波，倒也逍遥自在。

当然，矮子的一生也不是一帆风顺的。十年前的一个晌午，他提着鱼上街。路上车水马龙，熙熙攘攘。突然，一辆汽车像喝醉了似的朝他横冲而来。他躲闪不及，一下子被撞倒，仿佛路面上摆着两条团鱼，一大一小，一长一短。这一下，看到的人都说：人鱼同归了。然经人仔细查看才知，小的未死，大的性命也没丢，只是他的小腿被撞得皮烂骨碎。好家伙，在医院他一住就是三个月，整日过着饭来张口，衣来伸手的生活，养得膘肥体胖，气色比以前更为轩昂。等到出院之日，啧啧，体重足足添了三十斤，只是脚跛了，人也显得更矮了，村里人说："矮子这下成了'武大郎'。"

矮子出院后，在家规规矩矩地过了几天，本不想重操旧业，然而，回想起先前团鱼肉的美味，不禁心驰神往，唾液上涌，手痒脚酥起来。

时下已是初冬，水寒如冰，矮子试水几次，心头发麻，但终究禁不住美味团鱼的诱惑，仗着自己四十多年的摸爬滚打，硬挺着脱衣下水，谁知他刚没入水中，就猛觉得刺骨透凉，如入冰窟。

爬上岸后，他生平第一次病倒了。不几日，人瘦了脸色黄了，最后竟粒米不沾，终日昏昏糊糊，说的尽是续续不断的"团团团……"

村里人见其情形，都说这是摸团鱼的报应，皆道："矮子此次活不长了。"

服侍他的大嫂见他说"团团团……"百思不得其解，就环顾四面，见墙壁上挂满团鱼背甲，便取下一挂放在锅里熬汤，不一会儿，香气四溢，沁人心脾，矮子忽然神志清醒了，爬起来连喝了两大碗汤，用棉被捂出一身大汗，竟然轻松了许多，第二天就能吃饭、走路了，最后竟然痊愈了。

十天后，就又见矮子一拐一拐慢悠悠地提着鱼篓走在塘坝上……

因为石哲成的表率作用，学生写作文的热情特别高涨，课堂作文不用催促一般都能按时完成，课外作文也大都能在规定的时间内交齐。上级要

青石湾

求学生一学期写八到十篇作文，他们班课堂作文两周一篇，课外作文则是一周写一篇，有的学生因为爱作文，也有一周写两三篇的，如果他认为好的，就要求学生互相修改后，再让老师检查。当老师说一句"改得不错"，学生就会心满意足，兴奋异常。在这次一年一度的作文竞赛中，每班十名选手，一个年级三个班。结果，他们班得了全年级十个名次中的六个，为了避免前一年"放鞭炮事件"的发生，石哲成特别叮嘱了不准放鞭炮。这次学生自动凑钱买了一袋瓜子，请求老师举行一次联欢会来庆祝。为了不让学生失望，石哲成同意了。还好，这回倒没引起什么风波。

一个月后，班上消息最灵通的学生刘洪兴冲冲地拿着一张报纸走进了石哲成的房间，大喊道："石老师，《矮子》登报了，《矮子》登报了。"

"什么？《矮子》登报了。真的？在哪里？"石哲成兴奋地接过报纸，急切地寻找着。

"在这儿，《宝庆日报》，您看，第三版上，这里还有一幅图：矮子背着个鱼篓在塘坝上走呢。"刘洪因为兴奋，说话有点儿上气不接下气。

"哦——想不到这么快就发表了，我才寄去半个月呢。"石哲成上次写好后，就用文稿纸誊好寄给了《宝庆日报》，本来不抱什么希望，因此，过后也就忘记了，想不到今天就见报了，这可是自己的处女作呀，是该庆贺庆贺。于是，他到学校小卖部买了三斤纸包糖，让班长带到教室里分发给全班同学。同学们都很高兴，他们拿着糖走出教室，在校园里奔走相告，不到十分钟，全校师生尽人皆知。这时，那几个与石哲成相处很好的同事闻讯来祝贺，他又让学生帮他到小卖部买来两包香烟，散给前来祝贺的同事。石哲成的房间里一下喜气盈门。这可是中心小学乃至整个青石湾学区第一个在《宝庆日报》发表文章的教师，给人的震撼无疑是巨大的。

第二天早晨，王校长也装作闲逛散步，慢悠悠地从石哲成房门口过。石哲成当时正在刷牙，看到是校长，就特地打个招呼："早啊，校长。"

校长点点头，说："你也早，也早。小石本学期再教五年级，感受如何啊？"

石哲成心里本来对此怨气很大，可他不想与校长的关系搞得太僵，就强压心中怒火，可又不想违心地回答他，只得要点小聪明刺激刺激他：

"承蒙校长栽培，让我炒凉饭当然容易熟，教起来是比上一届轻松多了。"

"哪里，哪里的，还是你知识功底深，教起来的效果好。哦——听说你发表小说了，是吗?"他似乎在漫不经心地说，脚步却不由自主地走进了房间，眼睛骨碌碌地往石哲成的书桌上瞧，这时他发现了那张报纸，明知故问地说："哦，是在《宝庆日报》上的，是这张吧，我能看看吗?"

"当然，校长要看，我荣幸之至。其实这只是一片豆腐块，小玩意，没多大价值的。"

"年轻人多才多艺，多看看书，多写写文章，是很好的。上级领导就多次鼓励老师们，要拿起笔来，多写写我们身边的人，多写写我们身边的事，多反映反映学校的新风尚、新举措、新成果，这于人于己都有利的呀，以后对你的评优、晋级、转正都有用的呀。"王校长假惺惺地告诫石哲成。

石哲成一听就心烦：好一个沽名钓誉的家伙，我才不给你这个得志的小人树碑立传呢。然而，你就是再恨他，这些话也是不能讲出口的，以后你还要在他的胡须底下抒饭吃呢。于是，石哲成只得违心地说："校长，以后我会遵从您的教导，多写这方面的文章。"

从此，王校长有事无事都喜欢到石哲成房间来，聊天、谈心，有时还故作高雅地谈文学，谈自己对学校的远大构想，说一说学校里他自认为很有意义的好事。石哲成也知道他与自己亲近是"醉翁之意不在酒"，想借自己的笔为他扬名。后来石哲成的几篇散文接连见报，可就是不见他给学校写一篇歌功颂德的文章。于是，王校长就再也不来聊天、谈心，也没兴趣谈自己的宏伟构想了。

一个月后，一年一度的全学区统考又到来了，这一次，石哲成班上的语文成绩勇夺第一，班级平均分超过全学区的第二名两分多。他很高兴，心想：看来这回王校长再无理由让自己重教五年级了吧。

转眼间，新学期又到了，八月二十七日，全乡的教师都在青石乡中心小学集会，确定新学期的人事安排。镇学区的领导有了很大的变化，兰父因为已年过五十二岁而退居二线，从外地调来一个年轻人担任副主任的职务。石哲成心里一沉，这下可不妙了，青石乡中心小学恐怕也待不成了。不过他想：我为学校夺得全镇第一，那两个领导应该不会把我怎么样吧。

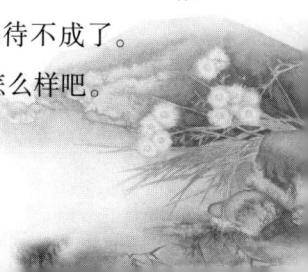

第六章　岁月的梦痕

青石湾

正当他想入非非的时候，人事安排宣布了。结果他被调往青石乡农校。

青石乡农校的前身是青石公社的"五七中学"，在一九八〇年因无学生而停办了，近几年小学毕业生的人数猛增，为了满足全乡人民子弟上初中的愿望，当然更是为响应上级号召把科学带到农村，要求一乡一农校的最新指示，应时代需要在原"五·七中学"的旧址上重新修建起来一所新型学校，一共五个老师，仅有两个班，是全乡条件最艰苦也是福利最差的一所学校，不用说是从中心小学，就是从一般的村小调去都没人愿意。

石哲成这下很气愤，一散会就气冲冲地走到王校长房里质问他："校座，去年你撤了我的六年级，说是想让我多锻炼锻炼，为以后教毕业班打下坚实的基础。这下可好，我今年为你考了个全镇第一，你倒让我到全乡福利最差的乡农校'锻炼锻炼'了，这学校是你王家的吗？"王校长这回倒好，不管石哲成怎么生气，话语来得怎么冲，他一直不温不火，一副"笑面虎"的样子，他慢条斯理一句一'的'地说："小石，乡学区让你去农校教初中的，主要是看中你的真才实学的，你的水平也完全是能胜任教初中的，把你留在小学，是有点屈才的。当然这也不是我的意见，是乡学区领导对你的信任的，特地点名要你去的，你可不要'狗咬吕洞宾，不识好人心'的呀。你的教学成绩是很好的，这是有目共睹的，其实的，乡学区要调你走的，我还真舍不得你走的呢。"

"姓王的，别再在这里'猫哭耗子——假慈悲'了，我才不信你的鬼话，前年，我班作文竞赛获得前三名，你班剃了光头，你嫉妒，你小心眼儿，我班学生放了一串鞭炮，你就借题发挥说我怂恿学生；去年，我班考了第二名，你借口我没经验，撤了我的六年级；今年，我考了全镇第一，你竟然把我发配到农校。好，姓王的，你记着：我永远不会为你写歌功颂德的文章，但你的丑恶嘴脸迟早我会把它写在我的小说里，让你遗臭万年。你等着，等着瞧吧。此处不留爷，自有留爷处。看吧，像你这样'武大郎开店——容不得别人比你高'的小人，不出三年，青石乡中心小学会被你搞垮的，曾校长积累下的名声会被你这个'武大郎'毁得一干二净的。到时，看所有青石湾的人怎么诅咒你这个嫉贤妒能的小人啰。"骂完，石哲成便志气昂昂地走了。

兰父知道了，也特地赶到中心小学质问王校长，可他仍然是不温不火，微笑待人，气得兰父大骂他是一只"白眼狼"。这时王校长依旧不生气，微笑待人，气得兰父都想动手狠狠地揍他一顿。想不到自己一手提拔上来的校长竟然在自己刚刚下台的端儿，就立即对自己的女婿下了黑手，顿时，眼睛一黑，栽倒在王校长的房间。这下，王校长才慌了，赶紧叫人把兰父送到乡医院……

7. 家庭和睦

兰父自从那次被王校长气倒后，身体就再也没有恢复好，因此，他只得待在家里养病。石哲成每个星期都要抽两个下午去看他，与他讲讲国内外新闻，说说学校趣事，谈谈自己的学生，拉拉农事、家常，以消除他内心的孤独与失落，这让兰父很是感动。其时，石家的新楼房即将竣工，兰父就对石哲成说："等你家的新房装修好，就让你与玉婷把婚事办了。"

石哲成很高兴，自打与兰玉婷同房后，他与兰玉婷的感情急剧升温，早就盼望两人办了婚事，可因为自己未到法定结婚年龄，扯不上结婚证，当然，自己家正在修房，也拿不出结婚的费资，石家也不好提出结婚之事。而兰家则不同，家庭经济宽裕，兰玉婷又早已超过法定年龄，如果男方要是变卦，到头来苦的还是自己的女儿。

不过，兰父想的不完全出于上述这些原因，他倒是担心自己的身体，这段时间，他越来越觉得自己的身体不对头，心里隐隐有种想看到女儿与石哲成结婚的急迫感。心中时而莫名地伤心起来，好留恋人生，好留恋生活，好留恋亲情，甚至还想早日抱上外孙，因为自己的儿子给他生的是一个孙女，而且终年在城里，一年也看不上儿次。

这一年十月一日国庆假时，石哲成与兰玉婷终于结成秦晋之好。第二年秋天，他俩就有了一个白白胖胖的小儿子。两家老人更是笑得合不拢

嘴，整天围着这个"小太阳"，玉婷则带着儿子两头转，两家老人都很开心。

也许是"人逢喜事精神爽"吧，兰父的病竟然痊愈了。

兰玉婷只请了一学期假，又去上班了，一天四节课，从早上九点上课到下午一点半就回家。兰母则时常来石家带外孙，石家父母则忙于田间劳作，因为修房娶儿媳曾借了一笔不小的债，当然，这是他俩的秘密，连石哲成都不知情，他俩打算靠自己辛勤的劳作早日还清。真正恪守着那"人穷志不穷"的古训，做一个曰耕曰读的传统农家人。

8. 苦闷农校

"在乡农校的我，心情是苦闷的，更是伤心的。在那里待了两年半，我只教了四十来个学生，共有三届三个班，准确地说只有两个班，因为有两个班后来合成了一个班。在那里，我每天都盼望着早日离开，早脱苦海。我佩服那二十来个学生，他们能顶住巨大的压力——家庭的、学校的、社会的——坚持到最后毕业，而且后来还有几个最终成了教师、工人、老板，我真是心悦诚服，甘拜下风。"石哲成曾在他的一篇散文中这样写道。

人生就是这么好笑又好玩的，石哲成一个考大学英语仅仅能打二十来分的人，到了农校，上级领导竟然要他教初中英语。其时他还不知怎么开口读英语单词呢，又该怎么教学生呀？为此，石哲成曾多次对校领导老龙提出要改教语文，老龙说："这是乡学区领导的指示，是他们信任你，说你考大学只差三分，难道还教不好小小的初中生吗？当然，我们四个人中除了你会一点'英格肋希'（English）外，你看还有哪个能看懂那弯弯曲曲的外国字，还有谁能说几句叽里咕噜的洋话呢？"没法，石哲成只得边学边教，至于读音的准确与否，只有鬼知道。石哲成不敢吹牛，学生也是不知情的。因为没一个合格的英语教师肯到农校来，这种尴尬可笑的处境一直延缓到两年后他想方设法调出农校为止。这两年半漫长的岁月里，不知石哲成是怎么艰难地熬过来的。

这一年秋天，民师内招，已近三年教龄的石哲成也报名参考了，结果考了个全县第三名。他一听到消息很是高兴，几年来高考落选的阴影似乎一下烟消云散了。可后来录取的情况一公布，他却榜上无名，他一时想不通。他岳父也为他打听，可得到的结果是：石哲成的教龄不足三年，还差三个月。他的同事彭老师也入围了，可因为是在乡农校教初中，民师内招只招小学民办教师，也失去了转正的机会。其实，彭老师只是教初中，并没有初中编制，这是让人难以接受的。为了不再发生这样的悲剧，石哲成只得请岳父到乡联校申请并说明情况，把他从农校调到雪峰村小。

多年后，石哲成回忆起这段时光，总是说："不堪回首，不堪回首啊！"

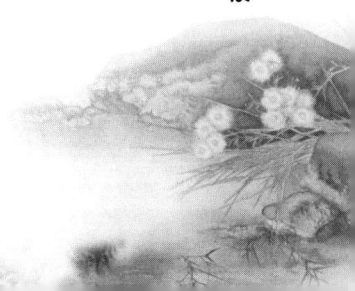

第六章　岁月的梦痕

第七章　青石湾的天空

1. 大哥回乡

　　山脉从北向南一字排列，十八座矮矮的小山，远远望去，酷似十八个圆溜溜、光秃秃的罗汉头，人们称之为"十八罗汉"山。青石湾就在从北数的第三个罗汉头下。从雪峰山中浩浩荡荡奔流而下的蓼水河在这里拐了一个大弯，小河畔有一座石山，上面多为一些奇形怪状的青石头。于是，山里人就把这个美丽的小村子叫作青石湾。

　　听说"十八罗汉"曾有一个美丽的传说。在十八罗汉山的正南方有一座风光秀丽的观音山，观音菩萨在这里普度众生。罗汉们则来自西岳华山，他们一路十八人北渡蓼水，风尘仆仆来到观音山脚迎请这位慈航普度的观音回归雷音寺。那鸬鹚塘渡口的艄公也太不讲人情了，当最后一个罗汉拔腿走到渡口时，艄公已经点篙起船了。任凭这个小兄弟怎么哭喊，众兄弟怎么哀求，这艄公硬是心如铁石，不予理睬，于是这位小兄弟只得孤零零地落在蓼水北岸。

　　然而，罗汉们的来意遭到了观音菩萨的拒绝。原来这位观音不恋灵山恋沃土。她被青石湾一带的水光山色、憨民厚俗所吸引，对罗汉们的真诚请归不为所动。罗汉们也很执拗，以致相持不下。观音大士心想：留住他们扶持自己，也不违我佛懿旨。于是，她取出杨柳净瓶，蘸一点甘露在一

青石湾

个罗汉的头上，谁知其渗透力如此之强，一个连锁反应，其余的十七个罗汉几乎在同时都变成秃头粗腰的"和尚头"——一连十八座光秃秃的土山，从此，就有了"十八罗汉山"。

此刻，"十八罗汉山"正静静地沐浴在一个灿烂的秋阳晨曦中。它东面是起伏不平的丘陵，剪影似的村落正袅袅腾着缕缕紫色的炊烟，它西面是巍峨雄伟的雪峰山脉。那里是野猪、豺狼、獾子、狐狸、老鹰，五彩斑斓的锦鸡和野鸡们的世袭领地，也是人类童年的摇篮。

坐了一天的火车，两天的公共汽车，从距此几千里远的大都市风尘仆仆地回到故乡，寻找童年的影子，寻找往昔的岁月，也在寻找生育自己的胞衣之地——生命的根。此刻，他正站在清亮亮的蓼水河畔，看着映在河中缤纷的彩霞，心中油然升起一股游子归来时酽酽的久违的乡情。

山，没有记忆，河也不会留影，它们根本认不出这个曾在它们肌肤上度过不幸而又幸福童年的放牛娃了。只是漠然地望着他，漠然地照着他。其实，即使它们有记忆，能留影，也绝对认不得他——二十个春秋，昔日那个穿开口裤、骑在牛背上的放牛娃，现在已成了一个文质彬彬、脸上佩戴着一副瓶底似的眼镜的白面书生了。但这个人却永远也不会忘记这青山绿水，二十年，即使是三十年、三十五年、四十年乃至百年之后，这青山，这绿水的影子仍然清晰如初，永不褪色。看着多次在梦中出现的山，梦中流着的水，他感到它们是那么遥远，恍如隔世，然而又是那么亲切，那么熟稔，似乎一切就发生在昨天。于是，悠悠的乡情像汹涌的浪潮，心似沸腾的大海，两只镜片一下连成一堵高高的白墙，把他挡在千里之外……

他不由自主地朝青石岭走去，一切都显得若有若无，如实如幻，恰似"贾宝玉神游太虚境"，恍恍惚惚、踉踉跄跄地走……

哦——找着了！找着了！

是这个石头！是这个石头——这个牛头形的大怪石！

他在自语，又似乎在冥思。他似乎很累了，坐下来休息片刻，很兴奋又很犹豫地伸出手开始不停地翻着石隙里那些干燥、坚硬的黑土，一会儿露出一块平坦如砥的青石板，用力把青石板挪动个位置，然后小心翼翼地从里面摸出两个物件——一对短粗尖锐的黄牛角。

二十年！整整二十年了！

他捧着它俩，它俩对着他，相对无语，欲哭无泪，只有他的心中波涛翻滚，久久不能平静。

秋风，故乡清爽的晨风夹着江南秋日特有的稻草香味，轻轻地拂过，丝丝醇香的干草味儿钻入鼻翼，令人心旷神怡，五脏六腑都荡涤得清清爽爽，轻轻松松，三天的长途旅行所带来的疲劳一下子都消逝得干干净净。

二十年来，千百回思念故乡，千百回梦回故乡，祖父的坟是个沉甸甸的原子核，那么这对牛角尖则是核外两个最活跃的电子。

哦，今天终于又见到了你俩——心爱的牛角尖，自己梦绕魂牵的宝贝。

"哞——哞——哞——"

蓦然，几声牛叫从河对岸的青山中传来。他循声望去，只见一大群牛：黄的、黑的、褐色的、花的，从那羊肠小道上游下来，又很规矩地从浅水滩上缓缓地涉水而来……那些调皮的放牛娃则走捷径——抓住山中的楠竹，像荡秋千一样从这根荡到下一根，又从下根荡到更下一根，最后一个个像奥运会的跳水运动员一样，跳进清亮的蓼水河中……

在很远的下游，一个个乌黑的小光头钻出水面，一个个亮着黑红色结实的小膀子，像一群刚出巢的小鸟儿，欢叫着向青石湾划近，划近……

"哦——那就是我的童年，那就是我和伙伴们的影子。"他在心里一阵惊喜。谁说山没有记忆？谁说水不会留影？那就是！那就是！那就是！

故乡有一句俗语："三岁看大，从小看老。人从小养成的习惯是难以改变的。"真的，对此，他是深有体会的。自从八岁那年，他被送给省城一位不能生育的表姨做儿子，就再也没有回过青石湾。但是对于青石湾，他仍然习惯称呼：我们青石湾。虽然往昔那浓重的湘西乡音早已被普通话校正得一干二净了，但自己的另一些习惯仍然顽固不化地保存着。比如，不喜欢吃牛肉，特别是黄牛肉，因为它那股腥臊味，他一闻就会倒胃、打嗝、晕头，更不用说吃了。不管你用炖，还是用煨、炒，而且还佐以葱、姜、蒜、花椒、火锅料等，他还是能从那浓浓的菜香味中闻出牛肉中那种

第七章　青石湾的天空

哪怕是在一锅菜中仅含的几个腥膻的分子。因此，每次去做客，只要桌上摆有一盘牛肉，那么，尽管面前摆有满桌山珍海味，他也会觉得索然无味，食欲全消，于是，他只得胡乱地扒吃几口饭便匆匆离席，逃之夭夭。这往往让主人莫名其妙，令他的养父母尴尬不已。事后他也常感到羞愧难当，屡次想改，却又总是改不了，最后只得顺其自然。

再如，他喜欢闻青草味儿，嚼草根，嚼嫩草芯儿。在读书时，他与同学逛公园，同学们大多喜欢在繁花似锦的花坛徘徊，他则喜欢选一个幽静的草坪，躺卧在萋萋的芳草上，顺手扯一两根白嫩嫩、甜津津的草芯儿放在口里衔着，悠然地看着天上的白云，看黛色的远山，心儿便随闲云飘逝……

人们都说花比草好，花香比草香有味儿，但他一直认为花香不及草香。花香太浓、太烈、太俗，闻久了会令人醉醺醺、昏头昏脑的；而草香则是淡淡的、凉凉的、醇醇的，清淡中透出丝丝甜味儿，让人久闻不厌，清爽宜人。要问这种怪癖是何时形成的，他自己也很难答出确切的时间，不过，敢肯定的是，这与他童年时放牛那段岁月有关。

他的童年是不幸的。刚刚两岁时，他在冥冥中便经历了人生中最大的一桩悲事——父亲早逝。一年后，正逢饿殍遍野的"苦日子"，他的母亲——一个年轻的寡妇实在熬不过，只得抱着他改嫁了，两年后，鳏住的祖父担心继父看不起孙子（因为此时母亲又生了儿子），就接他回青石湾，从此，爷孙俩相依为命了。

父亲没留下一点东西，连一张相片或画像也没有。因此，"父亲"对于他来说，只是一个神圣的字眼，一个伟大的象征，一个遥远的梦，一朵缥缈的云，一个虚幻的精神寄托。每当看到同龄的伙伴骑在他们父亲肩上逛街或看戏时，他便想起了自己的父亲。特别是看到人家父子在一起游戏其乐融融时，他更羡慕不已。他问爷爷，于是爷爷就开始讲述那不知被他复述了几百遍的童话：你爸长得黑，喜欢吸烟，牙齿倒是白白的；爱剃光头，胡子倒是留得黑黑密密的；手粗脚长，浑身是劲儿，力气很大，一口气能从离家一里地的青石岭上掮回一块两百斤重的青石板；他虎背熊腰，手脚却是蛮勤快的，地里的活儿样样在行，犁田打耙更是村里响当当的一号人物。二十世纪五十年代末，在青石湾这样的小山村里，高小毕业就被称为"秀才"。可惜后来因公殉职……

爷爷讲到这里，往往就讲不下去了，只是在不停地唠叨，不住地自责：你爸要是能多读点书就好了，是我害了他，早先不让他读书……说着说着，苍老的爷爷两眼痴呆呆地望着十八罗汉山脚下那一大片朱红的荒岭，两行老泪汩汩地从眼角溢出，漫流在脸上那深深的皱纹中，灌满凹沟，尔后，滴在他的小脸上，小嘴里，酸苦酸苦的。

许久，爷爷才从悲哀中醒过神来，然后就扯起衣角给孙子，同时也给他自己拭干眼泪，还边拭边说："楚娃，你一定要记住，以后你爷爷死了后，你就要你兰二表叔找一个能供你读书的好人家。记住，一定要攒劲读书，等你成了一个知识人后，要记住到我的坟上告诉我，那时我就安心了……"

当时，他只有四岁多一点，只听懂爷爷要他读书，其他的一点也不明白。他爷爷就抱起他，让他坐在爷爷那干柴似的脚杆上，并用那松树皮般的老脸紧贴着他的小脸，嘴角仍然在不停地嗫嚅，似在祈祷，更多的是为孙子担忧。

爷爷六十多岁时开始为队上放牛，到此时已放了十多年了，别提他是多么关心爱护牛了。那时，队上没有牛栏，队里的十多头牛就分散在十多户放牛人的屋里。因为山高路陡石头多，怕出事，青石湾这一带大多是养黄牛。爷爷放的是一头十多岁的母黄牛，它是队上年龄最大的一头牛，队上的牛差不多都是它的子孙，可以说它是当之无愧的"牛太后"。在爷爷的精心饲养下，它倒是不显老相。它的毛色黑里透红，好似披着一匹锦缎，光亮闪目，体形修长、匀称，有一副憨厚而清明的面庞，一双大眼睛熠熠生光。谁一见它都会误以为它在注视你呢。

家乡有句俗语"养牛如父，用牛如虎"。它的用意是：养牛时，要像父亲对待儿女那样细心；用牛时，要像老虎对待别的动物那样凶猛，心慈手软不得。爷爷也许真的是懂得它的含义，也真正像一个老父亲对待儿女那样对待老牛。他把牛看成是他的命根子。别人的牛犁田回来，把它一关了事，最多也不过是给牛挂两把稻草。他可不，每次待牛犁田回来，大家都散工休息了，爷爷就牵着牛来到凉风习习的河边，给它梳毛，冲洗身上的污泥，然后就让它在河滩上自由自在地吃草。于是，爷爷往往忘记了回家煮饭。这时，楚娃肚子饿了，他嚷着回家。他爷爷就会摸着他的头，笑呵呵地说："小孩家吃饭是一阵风，黄牛吃草能做工。别吵，别吵，等一会儿我们就回家。"

有时实在饿了，楚娃就在草滩上扯几根嫩草芯儿，放在口里或咬或嚼或吸。甜甜的草汁浸入喉咙，凉丝丝、甜津津的，比饭都好吃。这时，他就天真地说："爷爷，我也要变成一头牛，天天让你看着，吃这甘甜的青草，行吗？"

爷爷听了就会笑着骂道："憨宝，爷爷会老的呢，你才这么大，爷爷怎能天天照看你呢？以后你长大了，我还要靠你照看呢。"

对于爷爷的话，当时还只有五岁的楚娃似懂非懂，他天真地认为爷爷是万能的，不会死也不会老的，永远是自己的好爷爷，会永远保护自己的。然而没过几年，也就是在他八岁读二年级的那一年，爷爷的牛老了，爷爷也一下子老了。

本来一方水土养一方人，青石湾四周是山，满坡的青草，满山的灌木、黄茅以及青松、杉树，又不像远在十几里外的雪峰山中有野猪、豺狼的骚扰，因此这里成了牛儿们的乐园。春天的田野里，河滩上的草率先萌发，到处是嫩嫩的绿草，人们就让牛儿们尽情享受芳草的甘美；夏天来了，天气热了，平地的草深了、老了，庄稼也长起来了，为了避免畜生糟蹋，人们把牛儿们赶上山。此时，山里的绿意正浓，草儿正甜。早晨人们把项上戴有铜铃的牛儿赶进山里，任它们在山里吃草、追逐、嬉戏，一切顺其自然，傍晚才让散了学的小娃子们赶回家去。这时，山间就响起一阵阵欢快的铜铃声……

你想，此情此景，牛儿何愁不壮，不肥。难怪当时来买牛的外地人都赞叹："买牛不过罗汉山，十八罗汉牯牛赛罗汉。"因此，他们面对膘肥体壮的牛儿，出价也很大方。为此，青石湾还算是富庶之乡，就是在三年苦日子中，青石湾也未曾发生过饿死人的现象。这一点可以从田家爷孙俩仅靠爷爷那一点可怜的工分养活，并能供小楚上学，而且一年也未欠队上资金就看得出来。

可是，那时上头派遣下来的工作组干部却要社员们大力积肥：在村内挖茅坑，掘阴沟，刨地皮；在村外刨田埂，刨草坪，刨草坡，最后连四周的矮山也被刨得黄黄的一大片一大片的。这就苦了牛儿们了，因此，牛瘦了，牛少了，最后只剩下几头用来耕地的牛了，贩卖耕牛这项营生被彻底根除了。

那时，每家每户每天都不可缺少柴。当时，村里人一般要翻几个界，到苍苍莽莽的雪峰山中去寻柴，后来"十八罗汉山"的灌木、树枝也不准村民私下砍了。可饭是不能不吃的。于是，人们白天在队里做工，晚上就到"十八罗汉山"上偷柴——砍灌木。开始只是一两个人偷偷地砍，心还是悬着的，生怕被别人发现。后来偷的人多了，偷的次数多了，人们也就心照不宣、心安理得起来，最后竟然发展到成群结队来了。不出两个月，十八个本来早已"还俗"的罗汉们又在人们的柴刀下"皈依佛门"。

田埂上的草刨了，山上的草刨了，灌木砍光了，哪里还有放牛的地方？爷爷那一帮老人们在放牛时常对着光秃秃的罗汉山叹气："唉，地光了，山秃了，牛没处放了，这又是造的什么孽呢？"

肥积得多了，人累得够呛，可秋后的收获却并不如人意，收入比往年不增反减，一个工作日挣不到两毛钱，一年的口粮不过五箩（三百斤）。乡亲们背着工作组干部，聚在一起骂天骂地骂人……

这一年，爷爷的牛又怀牛犊了，因为吃不饱，活儿累，结果早产了，生下的犊儿干瘦干瘦的，队上又没什么粮食给母牛补身体，因此，牛一下就变老了，不到半年，就成了皮包骨头，最后，像一盏没油的灯熄灭了……

队上把牛肉分了，楚娃与爷爷共分到了四两肉。爷爷把牛肉煮好后，就说自己不舒服躺到床上让他一个人吃，可楚娃老是吃不下，看到那碗灰黄的牛肉，他似乎又看到老母牛那双屎巴巴的大眼，发着灰黄的光，心儿就是颤颤的，喉咙像卡上了一口浓痰，总想呕……

楚娃把牛肉放进锅里，走到房里，发现爷爷哭了，嘴里连连唠叨："这是造的什么孽？造的什么孽？"楚娃抓住爷爷的手，冰凉凉的；摸着爷

青石湾

爷的额头，也是冰凉凉的。八岁的楚娃好似被马蜂蜇了一下，心里弥漫着一股从未有过的恐惧。这时，爷爷喉咙里吃力地吐出几个字："楚娃，把你兰二叔……叫来。"

兰二叔是他的表叔，与楚娃家不过十来步远。楚娃立马朝外奔，边走边喊："二表叔，二表叔，我爷爷叫您。"

兰二叔听到他的叫声，急急忙忙从家里出来，直奔楚娃家，一到他家就往爷爷床前走，走近床边，赶紧抓住爷爷的手说："大舅，您怎么了？"

爷爷挪动一下身子，紧紧地抓住兰二叔的手，浑浊深陷的双眼遽然发出两束寒光，呼吸艰难地说："老二，我怕是不行了，你表侄就托付给你了，请你给他找一个好人家，一定要能供他读书的才行。记住记住啊！"

兰二叔一边用力地点点头，一边把楚娃拉近床边，让他也拉住爷爷的手。楚娃听话地抓紧爷爷的手，顺势跪在床头，不住地流泪……

爷爷看着可怜的孙子，想到从今以后只有他一个人孤苦伶仃地留在世上，一股强烈的悲哀涌上心头。两股浑浊的老泪从他的眼眶汩汩而出，他哽咽着："楚娃，你很聪明，以后要听二表叔的话，努力读书，将来有出息，再来……看我，再也……不能照顾……你……"说着说着，爷爷的手一松，他的头颓然歪向一边……

爷爷，慈祥的爷爷，温和的爷爷，大山般巍然屹立的爷爷，您是孙子的天，您是孙子的地，您是孙子的一切，可现在您再也不管我了，再也不爱我了，再也不帮我了，我将怎样活下去呀！爷爷啊爷爷，您为什么要死呢？为什么要死呀？爷爷啊爷爷，您醒醒吧！您醒醒吧！我一定不再调皮了，我一定不再惹您生气了，我一定不再偷懒了，我一定不考第二名了，我保证下次又考第一名。爷爷啊爷爷，您醒醒吧！您醒醒吧！

楚娃哭呀，喊呀，拜呀，可就是不见他爷爷起来，他才知道爷爷真的永远离开了他，床上的那个爷爷再不是平时与他装睡，与他玩游戏，与他刮鼻子逗乐的爷爷了……

这情境正如爷爷灵堂前所写的挽联：一夜凄风摧祖竹，三更苦雨泣兰孙；风起云飞，室内犹闻劝学语；月明日暗，堂前似听唤孙声。

三天后，在兰二叔的主持下，在众乡亲的帮助下，爷爷被葬到高高的青石岭上。

十天后，小牛犊也死了，乡亲们把它剥了，分了，楚娃不肯要牛肉（因为吃不下），只要了那对短短粗粗尖尖的犄角……

在以后的半年中，兰二叔拒绝了包括楚娃母亲在内的十多户想收养楚娃的人家。因为，这些人家的条件都不太好，有的仅仅想靠他延续香火，不可能供楚娃继续上学。后来，兰表叔不知从哪里得知楚娃的一个在省城工作的表姨没有生育，就请人写信让她来青石湾一趟。半个月后，表姨和表姨夫从千里外的省城专程来到了青石湾。因为多年没有孩子，在城里看过几个孤儿，最后都因种种原因不能如愿抱养，他们早就心灰意冷。这次来到青石湾，他们夫妇俩本来并不抱多大希望的，只是多年蛰居城市心情烦闷，想到乡下看看，也可散散心。

然而，当他俩一见楚娃，看到那羞怯但很乖巧伶俐的孩子，听到他虽很小声但很有灵气的话语，竟然有点不相信眼前的事实了，他俩对楚娃都有一种似曾相识、一见如故的感觉，更想不到夫妻俩几乎不约而同地产生了一种前所未有的冲动：这是上苍送给他们的儿子，这次一定要尽一切能力抱养成功。

等到知道抱养的唯一条件是能继续供孩子读书时，他俩竟有点愕然了，以前在城里，有一次想抱养一个孩子时，对方曾提出要上万元的牵线费。想不到在这穷乡僻壤的小山村，竟有如此古风纯朴，如此真诚，如此侠义的乡亲。他俩喜极而泣，当即给兰二叔一千元人民币。

兰二叔毅然拒绝："表姨，表姨父，你们要是能真心领养楚娃，请你们收好这一千元。我是受楚娃爷爷的临终托孤，他要我一定帮楚娃找一个能继续供他读书的人家。如果要给钱的话，我就不让楚娃走了，留在山村我是不会让他受苦的，我也有能力养大他，但楚娃是我们村里最聪明的孩子，我不敢耽误他的前程。因此我才千方百计找到你们，请你们来呀。我可不是用他来卖钱的呀。"

这对想子心切的夫妇听兰二叔这么一说，才不得不收好那一千元钱。他们要兰二叔把楚娃的母亲和继父喊来，并把青石湾全村的父老乡亲召集来，大宴父老乡亲，并留下五百元钱要兰二叔为楚娃爷爷修好坟墓，还给

楚娃母亲一千元，让她好好培养小儿子，并让她放心，他们会很好地教育楚娃的，等以后楚娃成人了，一定让他回青石湾看望亲人。在离开青石湾的前一天，楚娃认为带一对犄角到城里去不好，就把它们埋在离爷爷墓地不远的一个石窝里。

二十年，整整二十年了。

楚娃捧着这对犄角，泪流满面地跪在爷爷墓前，哭喊道："爷爷，我回来了。"

山风吹着燃着的纸钱，纸钱飘飞在他梦绕魂牵的故乡青石岭的上空。他对着静默无言的"十八罗汉山"暗暗地诉说："爷爷，爸爸，兰二叔，青石湾所有的亲人啊，我，当年的小楚娃现在已是一名光荣的人民教师——在省城一所大学教书。兰二叔，您现在还好吗？我没有辜负您的期望，您已完成了爷爷的重托，我回来看您了！啊，青石湾，我亲爱的故乡，我的亲人啊！"

2. 亲人相见

田小楚从爷爷的墓地——青石岭上下来，想来好好凭吊自己的父亲，远远望去，发现那红壤上立有一旧一新两座红砖瓦房。旧的那座是西北东南走向，那墙壁已是破烂不堪，窗棂的木条已成黑褐色，也是有一根没一根的了。他推测是一座二十世纪六十年代集体的猪栏屋——但没听到猪的叫声，肯定早已弃用了——上面大门敞开，似有人在走动，莫不是上面还住了人？

田小楚走近，想上楼去，发现楼的这端无路可上，于是，他就朝上面那幢新房走去。这幢新房是近几年才修建的，红砖墙壁很亮，是一幢六排的平房，像是一个小学校，他走上去看到墙上挂着一块牌子，上面书有"青石湾乡农业技术培训学校"，想不到这偏僻荒凉的小山上还有一所名字响当当的学校，看来自己的故乡真是变化不小哟。回想起当年父亲在这片红红的土地上挥汗如雨，最后竟然把满腔热血都泼洒在这里，心里对它就肃然起敬了。啊，这片红壤真是一块热土啊！

这时，一个穿着朴素但很整洁的年轻人提着水桶从那座旧楼的大门口出来，田小楚看到他那英气逼人的面庞——特别是那对似曾相识的浓浓的剑眉——竟突然涌起了一种莫名的亲切感。于是他问："同志，你是这个学校的老师吧?"

年轻人站住了，看了他一眼，点点头说："是的。你是……"

"我刚从长沙归来，二十年了，回老家看看。"

"今天回来的?"

"不，昨天到了县城，在那儿待了一宿。归心似箭，今天坐早班车赶回来的。"

"你的老家在哪?"

"就在十八罗汉山的田家湾。"

"田家湾? 你，你的亲人是……"

"小兄弟，你就是青石湾本地人吧?"

"嗯，就在田家湾隔壁的石家大院。"

"啊，石家大院? 那你知道一个叫石敬县的人吗?"

"石敬县? 没有啊。只有一个叫石静轩的呀。"

"啊?! 对，对，对。是石——静——轩，石静轩。他有个儿子叫成伢子。你知道吗?"田小楚说着说着竟然一下激动起来，说话都有一点结巴了，文静的白脸都涨红成猪肝色了。

那英俊的年轻人呆住了，不由得仔细打量起眼前这个人来：三十来岁的样子，长而窄的脸上白净无须，瘦高的个子，穿着一身崭新、笔挺的青色西装，打着领结，温文尔雅，还有那副酒瓶底厚的眼镜，让人一看就是从大城市来的知识分子。

"你知道吗?"田小楚见年轻人不回答他的话，激动的心情一下降到了冰点，不由得又一次发问，生怕自己所要找的亲人发生什么意外。

年轻人许久才回过神来，缓缓地问："你是他的什么人?"

"我是他的继子。"

"侄子? 你姓石还是姓杨?"

第七章 青石湾的天空

青石湾

"侄子？不，是继子，继续的继，继子，他爱人头婚的儿子。"田小楚担心年轻人听不清自己的话，耐心地解释道。

"那你叫……"年轻人用异常缓慢的语气试探地问。

"田小楚。"

"田小楚?!"年轻人不敢相信地问，"田小楚?"

"是的，田小楚。"

"大哥，我就是成伢子呀。我爸爸就是石静轩，我母亲叫杨满妹。"

"啊——你就是成伢子，我的弟弟成伢子?!我，我，我终于找到你了!"田小楚激动地上前紧紧抱住了弟弟，热泪盈眶地说："成伢子，我的弟弟，我终于找到你了，找到亲人了，找到了梦绕魂牵的家——有亲人的地方才是家。母亲现在还好吗？爸爸呢？你奶奶呢？二十年了，整整二十年了，我终于回来了。"

这时，新教室里出来三个老师：龙、彭、邓，石哲成就高兴地把自己分别了二十年的哥哥介绍给他的三个同事。田小楚与他们握手，他仨则真诚地为他们兄弟久别重逢表示祝贺。作为学校领导人，老龙立即给石哲成放了一天假，并给他调好了课，让他陪哥哥回家。

一路上，两兄弟亲密地交谈，有说有笑。大哥问了哲成许多有关家里的事，哲成都一一作答了。他告诉哥哥，奶奶早已去世，爸爸母亲身体还好，大妹二妹都早已出嫁生子了，现在都在广东打工，家里还有一个小妹妹，才十五岁，正在读初三，明年要上高中了。自己已经结婚了，并有一个可爱的小男孩，妻子就是兰家湾的。

大哥一听是兰家湾的，赶紧问："弟媳是哪家的女？"

"我岳父叫兰望筠。"

"兰望筠，那他与我表叔是一个族的。"这时，大哥已把家里的情况了解得差不多了，于是他就谈起了自己这二十多年的情况：八岁那年他随表姨夫妇来到省城，表姨他俩对他很好，视为己出，尽心尽力地培养他，因为他当时不会说普通话，本应读二年级的他只得又从一年级重新开始上学。从此，他小学、初中、高中一个劲地读下去，都是一帆风顺，且成绩一直名列前茅。一九七六年他二十岁高中毕业，因为那时兴推荐，表姨他们只是普通工人，没什么门路，他就只得在家待业。还好，第二年冬季便恢复了高考制度，他便以优异的成绩考上了北京大学，尔后又考上了研究生，分配在省城一所大学当教师，过了两年又上北京读了两年博士生，现在已回到大学当导师，还未正式上班，于是他就征得表姨的同意回来了。

"那表姨父呢？"哲成打断了大哥的话。

"他呀，早在三年前得脑出血去世了，表姨这两年身体也总是出问题，她怕我找不到，本来也要来的，可我说只要到了家乡，我肯定凭印象也能找到我爷爷的墓，找到亲人，要不问一问也能问得到的，谁知这么快就遇到了你，因为你与爸爸太像了，特别是这对粗粗浓浓的眉毛，我一看就有一种莫名的亲切感。"大哥为自己今天的寻亲顺利而备感欣慰。

不知不觉，两兄弟就来到了石家大院。

远远地，哲成看见母亲在院门口洗衣，他让哥哥慢走几步，自己则奔跑着回家。母亲见他这么急匆匆的，就说："成伢子，今天有么事，怎么不上课？"

"嗯，有喜事，喜事，天大的喜事。"哲成乐滋滋地对母亲说。

这时，父亲也从屋里出来，说："成伢子，有么喜事？也讲给我听听，也让我高兴高兴。"

"来，你们看看这个人。"哲成说着就把大哥拉到两位老人身旁。

两个老人对视一下，然后，眼睁睁地看着眼前这个戴眼镜的年轻人，看他那文质彬彬的斯文相，推想可能是石哲成的上级，但也不敢贸然称呼，面面相觑，不知他葫芦里卖的什么药。

这时，大哥突然走上前去，跪在母亲身前，大喊一声："妈——"

母亲一时还未回过神来，手忙脚乱地扶住戴眼镜的年轻人，仔细地打量起来。

大哥见母亲还未认出自己来，就哭着说："妈，我就是你的大儿子田小楚呀。"

"什么？你是田小楚？你真的是小楚？慢点慢点，我看看你后脑勺下有一个小痣吗？"说着，她就伸出手来，田小楚赶紧转过身，低下头让母亲寻找。

青石湾

"啊——你,你真的是小楚呀,我的儿子呀,我的心肝,我的宝贝呀……"说着说着,她竟然大恸起来,田小楚也禁不住大哭起来,石父也在一边默默落泪,石哲成一手扶起母亲,一手拖起哥哥,让他们坐在凳子上慢慢细谈……

二十年漫长的岁月,在母亲原本光洁的额头上刻下了深深的痕迹,无情的风雨把母亲的黑发漂白了,生活的重担把母亲挺直的背压弯了。田小楚为自己的母亲伤心,母亲则为自己的儿子欣喜。在她的记忆中,儿子仍然还是一个牙牙学语的孩童,现在一下就成了一个顶天立地的男子汉,而且变得文质彬彬,斯斯文文,一点也没有他父亲那么威猛粗壮的架势,以致她乍一看,根本看不出自己心目中儿子的影子,现在仔细端详发现,他与成伢子(除了眉毛,成伢子的眉毛浓)倒是有几分相像,那种斯文,那种姿态,那种语气,真像是一对嫡亲兄弟。也许这就是成伢子所说的读书人气质,对,是气质。自己虽然很内疚,但看到儿子在城市里变得有出息了,她又是高兴的,她从心底里认同田家爷爷当初的决定是对的。如果当初依自己的感情,把小楚留在身边,从石家的经济状况来看,肯定培养不出一个大学生,更不用说是博士生了。想起成伢子小时候受的苦难,她更是为小楚庆幸,他遇上一对很好的养父母,可惜他养父去世了,要不她一定要当面去感谢他,幸好他养母还在,否则真让她连个感恩的地方都没有。以后,一定要让小楚把养母接到乡下来,好好地谢谢她。

下午,石哲成又陪哥哥到田家湾去。其时,兰家二表叔早已过世,田小楚又是一阵伤心。兰表婶已年过七旬,田小楚给了她一千元钱。兰家人虽然经济贫困,但他们无论如何也不肯接受,后来还是石哲成他岳父兰望筠出面才勉强接下来,并说是给表叔整修坟墓的费用。后来他们一行又来到兰二表叔的坟前,田小楚直奔到那坟前,猛地双膝跪下,喃喃地哭诉道:"二表叔,我回来晚了,未能赶上您有生之年回来看您,我好遗憾啊。二表叔,如果没有您,就没有我的今天。本来我想,我读了博士之后再回来,您老应当还健在的。谁知老天不公,让您早早地离开了人世,现在让我们叔侄俩阴阳两隔,酿成我终生的遗憾。我知道青石湾的男人性格豪爽,都爱喝两盅,我本想回来与您老喝个痛快,我们叔侄俩来个一醉方休，现在我只得孤饮独醉了。"说完，他就从包里掏出一瓶从省城买回的国家名酿"湘西酒鬼酒"，打开瓶盖，把酒全部倾倒在墓前……

三天后，田小楚要回城了，母亲很是不舍，送了一程又一程。田小楚安慰母亲，他会时常回来的，等到以后结婚生子了，他还要接母亲去带小孩呢。最后只有石哲成送哥哥到城里上车，临了，田小楚还特地把他省城家里的电话告诉了弟弟，如果以后遇到难题就让他打电话找他。

3. 岳父仙逝

这一年，兰父身体每况愈下，虽然不再天天上班了，但学区也时不时要应付上级的检查：期中、期末的常规检查，或者是普九达标检查。他只得把工作关系又转回青石湾镇学区，学区主任看在他的面子上，把哲成调到了雪峰小学。

一天，石哲成正在上课，兰玉婷骑着自行车气喘吁吁地来到教室外，停好车，站在窗外向哲成招手。哲成一见就停下课，走到教室外，问："玉婷，什么事？"

兰玉婷上气不接下气地说："我爸又晕倒了，已经叫人送到县人民医院去了，我哥嫂在那里服侍，说是情况非常不好，我们快点去吧。"

"好的，我向学校请个假，马上去，我骑自行车驮着你去。"石哲成又走进教室对学生交代几句，就匆匆地向校长办公室奔去，恰好校长就在门口，见他一脸的焦急慌张，便问："小石，有么事，这么急匆匆的。"

"我岳父重病在人民医院住院，我妻子来学校叫我快点去，请您帮忙调了最后一堂课吧。"石哲成急急地说。

"什么？兰主任住院了。那快去吧，我立即去帮你守班，让他们自习做作业。"校长很仗义地说。

石哲成很感激地说："那就麻烦校长您了，我走了。"

"好的，你骑车去县城，要注意安全啊。"校长说着，见玉婷匆匆地走近石哲成想跳上去，就赶紧劝阻道，"小石骑我的车吧，你们两口子骑一

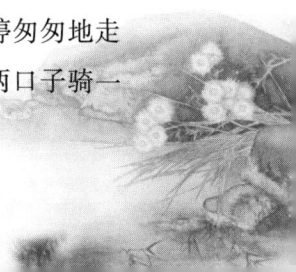

部单车走那么远，太累了。"

"那就太好了，校长谢谢您了。"说完他就与兰玉婷各自骑上自行车走了。

到了医院，兰父已进了抢救室，听兰玉婷哥哥介绍，兰父这次晕倒是因为脑血管破裂，病情很是严重，家人们都守在抢救室门口，焦急地等待着，企盼着，希望着……

石哲成的心急得都快要跳到嗓子眼了，心口堵得厉害，似乎快要窒息了。他茫然地看着那群穿着白大褂的医生、护士们进进出出，忙忙碌碌的身影，脑海里就把几年来与岳父交往的点点滴滴像放电影似的一一浮现出来：但愿好人一生平安！爸爸——我可敬的好岳父。一个多么慈祥的父亲啊，一个多么睿智的老人，一个多么善良的长者。您是我心中的一座高山，您是我事业的一盏明灯，您是我人生的一座丰碑。爸，我的好岳父，我尊敬的泰山大人，您不能走啊，您不能走啊！岳母不能没有您，您的儿女不能没有您，我也不能没有您啊！在教学上，我需要您的指导；在事业上，我需要您的帮助；在人生征途中，我更需要您的导向啊……

"爸爸——"突然，兰玉婷一声凄厉的哭声打断了哲成的沉思，他急急地奔到抢救室门口，只见两个护士推出用白布罩着的铁架床，缓缓地朝太平间走去……

石哲成轻轻地掀开白布，看着岳父早已失去血色的脸，眼泪像两股泉水般涌了出来，喃喃地说："爸，我来迟了……"

4. 雏鹰起飞

兰父去世了，按上级政策，兰玉婷可以接班补员，这对兰石两家可是一件因祸得福的事儿。兰兄对此事表现出异常的热心和认真，他一反常态，对石哲成特别地客气，并主动提出要石哲成帮兰玉婷在乡下办好相关的手续：打证明，转户口，办粮食手续等一系列很烦琐的事，他自己则拿着这些证明，到县里很快就给兰玉婷办好了补员转正手续。可兰玉婷文凭太低，需要在县进修学校学习两年，获取中师文凭才可以上讲台。兰兄是知道自己妹妹的知识功底的，他就让妹妹读幼师专业，开始县教委抓政工的肖主任不同意，一定要她学中师，以后出来教小学，兰兄则要求他批示她学幼师，以后好进县幼儿园。这五年中，他从当年的一个小科员已晋升为副局长了，县教委办公室的卞主任是他的铁哥们儿，在他们的共同努力下，兰玉婷的事便解决了。石哲成和兰玉婷都很高兴，为美好的明天而欣喜若狂，当晚他俩又一次度过了一个激情飞扬的夜晚。从此，他俩只有星期天才能相会了。

两年的时光对于一对恩爱的小夫妻来说是很漫长的，可因为生活的顺心，时光似乎又变得很短暂。这两年，兰玉婷因为是学幼师专业的，整天又唱又跳，她似乎又回到了快乐的少年时代。她几次代表县进修学校到县里参加文艺会演，都获得了一等奖，成了县里的红人，县电视台经常请她录制节目。因此，她一毕业就被分配到县幼儿园。在县幼儿园的一年时间里，她把三岁的儿子带在身边，石哲成在节假日里时常去看妻儿，一家三口经常相聚，和和美美，生活别提有多甜蜜了。一年后，兰玉婷调到县电视台当了节目主持人，成了一个万众瞩目的电视主持人。从此，小夫妻见面的机会就更少了，还在青石湾当民办教师的石哲成时常很窝火，心中也隐隐地感到兰玉婷对自己的疏远，对家庭的淡漠。因为家里没有安装电话（当然也装不起），她也从不给丈夫写信，石哲成只有每晚在电视上，才能看着那无限风光的妻子，当然心中时常被一种巨大的自卑感笼罩着：她是一个光彩照人的电视主持人，自己却还是一个默默无闻的小学民办教师。他想改变自己的处境，但是一连几年，他都没有机会参加民师内招考试，上级领导已忘记了他们一九八五年以后参加工作的这一大批民办教师。

他每天既当爸又当妈，带着儿子上学，自己上完课、批改完作业还要辅导儿子做作业。儿子这时已四岁多了，开始上幼儿园了。兰玉婷因为要外出采访，是没时间带儿子的，因此儿子也与她越来越生疏了。她星期天想带儿子上城里去玩，因为石哲成抽不出时间陪，儿子也不大愿意去，这令兰玉婷很烦恼，责怪石哲成把儿子教坏了，搞得她们母子俩成了陌路人。石哲成有口难辩，心想：你在城里快活起来就不想回来，儿子都把你

青石湾

当外人了，你还怪我，真是"猪八戒倒打一耙"，无理取闹，太不讲良心了。石哲成星期天还要帮家里做责任田，父母一年老似一年，都已六十开外了，小妹已考上大学，每年要交一笔不少的学费，全靠石哲成那点工资。兰玉婷因为要交际，要上镜，动不动就买那上百上千元的服装。她自己的工资难以应付，就问石哲成要，开始一两次，石哲成还能拿出来。后来家里经济实在支撑不起了，石哲成就说："玉婷，你能不能节省一点，家里的老账还没还清呢，妹妹正在上大学，我还是民办教师，一个月仅仅一百来元工资，你叫我怎么办呢？"

兰玉婷一听就发火了："俗话说，'嫁汉嫁汉，穿衣吃饭'，你一年给我买一两套衣服就嘻嘻嚷嚷，真是不可理喻。"

石哲成一听她这么说，更是火冒三丈，说："我不可理喻?! 你才不可理喻呢。你整天在外面打扮得花枝招展，风光八面，我一年到头在家里辛辛苦苦，当牛做马，苦心经营这个家，既要教书，又要带孩子，还要做责任田。你为家里做了什么?"

"我没做什么? 我有我的工作，我是对得住家里的。那年我还没过门，就给家里六千元修房。我没做什么吗? 你这几年总共还没有挣到六千元呢。"

"好，好，你给了家里六千元，我记住了，你不能总拿这个当作你从家里拿钱的借口吧。你现在比我的收入要高好几倍，可你还经常要从家里拿钱，你叫我怎么办呢? 你总不能让我去卖血还你的那六千元吧。"

"嫁给你，真是倒了几辈子霉。"玉婷从家里气冲冲地往外走，小声地骂了一句。

可这偏偏又让石哲成听到了，石哲成更是怒发冲冠："嫁给我，你真是倒了几辈子霉。你当初瞎了眼，我是不肯与你这富家小姐谈恋爱的，你为什么要自己送上门来? 我才不稀罕你这个金枝玉叶呢。"

兰玉婷一听石哲成揭了她的老底，自尊心受到了很大的伤害，丢下东西，反转身揪住石哲成寻死觅活地哭喊道："好，好，我是自己犯贱上你们石家的门，从此我就自己从你们石家出去，再也不回来!"

"你滚吧，越远越好，我本来就看不惯你这富家小姐的做派。"石哲成也给她甩去了一句比原子弹还伤感情的话。

"看不惯我的做派？我还看不惯你穷光蛋的做派呢？一个死不幸运的民办教师。"

从此，兰玉婷再也不回青石湾了，石哲成也不上城里找她，夫妻俩走上了冷战之路……

过不了多久，从城里传出了兰玉婷与电视台几个编导的风流韵事，石家的父母很烦躁，后悔当初不该逼儿子娶了这么个嫌贫爱富、招蜂引蝶的女人。心地善良的石哲成不肯相信曾经对自己一片痴情的玉婷真的会一下变得如此之坏，也许是因为玉婷这几年走得太顺遭人妒忌，别人在造谣诬蔑吧？

5. 月季之缘

为了让自己浮躁的心平静下来，石哲成把儿子给父母带，自己则一心待在学校，让文学的天空熏陶自己的心灵。

石哲成喜欢宁静，每到一个学校，他总是喜欢拣僻静的房子住，因为它能给人以幽雅和恬静。人在这宁静的空间里，潜心做学问或信手涂鸦而不至于妨碍别人；他也喜欢花草，花草会给人以温馨和乐趣。每有空闲，他便侍花弄草，聊以解除因教务繁忙而带来的烦恼，让浮躁的心得以平静。然而，这种既宁静又有花草的宿舍实在难觅，往往是二者不可得兼。只有在雪峰小学，他才终于实现了这一夙愿。现在想来，那一年的岁月是他人生中最惬意的。

这一年，他从青石农校调到雪峰小学，学校当时有两间空房：一间是在新修的教学大楼的第二层，地板是水磨石的，墙壁是雪白漆刷的，天花板是棕色的木板装饰的，整个房间的布局，光线明暗的协调在学校算是最新最豪华的，这堪称是一间舒适的宿舍；另一间则是一间简陋的平房，建国初期修的。房内，墙壁上石灰斑驳，光线灰暗，窗棂是木质的灰褐色的，早已看不出曾经涂过什么颜色的漆了。这座矮矮的平房静静地伫立在

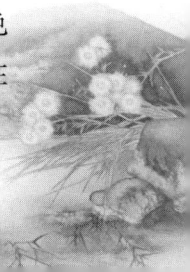

校园的最后面，离学校后面的围墙只有十步之遥。房间里有两扇门，一扇与教室相通，另一扇朝后墙开。房后有一个一米多高的土坡，坡上有一兜繁花灼灼的"花中皇后"——月季花。花正对着窗口，在房内能随时观赏花的姿容，而花对房内的光线又没有多大妨碍。另外，房里的墙壁上贴有几幅淡雅素净的盆景画。整个房间的布置让人置身于花草之中，忘身于尘世之外。这真是他多年来苦苦寻觅未能如愿的理想之所。

"小石，这里太冷清了，你还是住楼上吧，那里舒适、明亮多了。你的机会好，别人想住还住不到呢。"老校长关切地对石哲成说。可是，石哲成谢绝了校长的好意，满心欢喜地搬进了那简陋的平房。校长看到他高兴的情形，疑惑不解，最后摇摇头，背着手踱着方步默默地走了。当时，校长心里骂道："这小子不识好歹。"

从此，石哲成的人生中最惬意的一段岁月便在这所陋室里，伴随着窗前那兜温馨的月季花开始了。在这以前，石哲成曾读过宋代田园诗人杨万里的《腊前月季》：

只道花无十日红，此花无日不春风。

一尖已剥胭脂笔，四破犹包翡翠茸。

别有香超桃李外，更同梅斗雪霜中。

折来喜作新年看，忘却今晨是季冬。

当时，他曾怀疑此诗的真实性，认为杨万里把月季花美化了，夸张了。此刻，石哲成才知自己错了。原来月季花不仅花大色美，月月开放，四时不绝，而且时有暗香袭人，叫人赏心悦目，心旷神怡。

每当旭日迎窗之时，石哲成就发现：朝阳照户，花影洒窗，疏疏密密，摇曳多姿，宛若一幅水墨丹青，栩然动人。花影映墙，景随日移，象因风变，千幻万化，令人赞绝。在月色融融之夜，看书写作倦了，他便从后门走出房间散步。此时，只见月华清辉泻地，花影层叠，参差交错，枝动则舞影婆娑，扑朔迷离，别具朦胧诗意美。

在那夏雨之夜，石哲成平躺在床上，只听房外雨打月季，其声清妍，时如山泉铿然泻落；又如莺言燕语，清韵可听。翌晨，只见残红狼藉，枝倾叶斜，又有花枝挺立，柔艳著雨；二者错综交织，竟有"斜斜复整整"的趣境；然而一到正午，月季又繁花朵朵，令戏蝶流连翩翩曼舞，更有游蜂嗡嗡似在轻歌。如此美妙之境，令人忘身于尘世之外，不知秦汉魏晋了。

一日，石哲成在市报上看到了一篇散文《校园那一畦月季花》，其情其境竟与他的月季花极为相似。经石哲成千方百计打听方知作者即为这月季花的前任主人刘思懿老师。据说，刘老师曾是雪峰小学的一个"笔杆子"，文学功底十分了得，教学上更是响当当的角色。只是因为做人耿直，言语直率，对专横霸道的封建家长式的校长时有冒犯，时逢"聘任制"方兴未艾，被校长调到本市一所最偏僻的村小去了。听了此事，石哲成便立即给刘老师写了一封热情洋溢的感激的信，最后几句写着：您走了，可您把美丽的花留下了，谢谢您赠予了我一间美妙的房间和一畦美丽的月季花。

不久，刘老师给他写了回信，信中说："不用谢我，其实该庆幸的是那畦月季能逢上你这么个爱花的主人。"

此后，他俩多次通信，围绕月季谈花，谈世事，谈文学，谈人生。信中，石哲成曾戏称他俩是因花为媒而成了忘年之交。

可惜好景不长。弹指一挥，两年过去了，石哲成因为看不惯校长那种专制的工作作风，几次顶撞了他，最后也落得个与刘老师同样的下场。

一年后的春天，镇联校举行"青年教师教学比武公开课活动"，听校领导介绍说，雪峰小学新来的小王老师的语文课上得顶呱呱，组织全校教师去学习取经，他便有了重游故地的机会。一到雪峰小学，看到了"故居"和那畦月季花，没想到小王就是"故居"的现任主人，真是挺有缘的。来到"故居"，看到房间布置仍是老样子——墙壁仍然挂着那几幅盆景画，一股久违的亲情便油然而生。

小王得知石哲成是故地重游，很兴奋，先是发烟后是泡茶，忙得不亦乐乎，让哲成有了宾至如归的感觉。这样看来，自己与刘老师"花为媒"的情谊将再一次延续下去。可是当石哲成顺手打开后门时，才知自己刚才

青石湾

的美梦是何等的荒诞和幼稚。原来他梦绕魂牵的月季花早已荡然无存了，只剩下一个寸草不生的黄土坪。顿时，石哲成的心似坠入冰窟，失望、伤痛、悲哀、无奈漫及全身……

良久，他才缓过气来，于是问："月季呢？那蔸四季开花的月季呢？"

想不到这位颇得领导赏识的"教改新秀"竟然十分轻松地说出了一句让石哲成丧气之极的话："刨了。晚上从后门出去玩，这蔸花碍手碍脚的，一不小心就刺伤手……"

唉，刘老师辛辛苦苦培育出来的，又与自己相依相伴度过两个美妙春秋的月季花，竟被这么个不识好歹的小子几锄给刨了，气得石哲成当时肝火上升，恨不得抢起拳头狠狠地揍他一顿，然而老师的斯文却让自己忍而又忍。最后，石哲成一言不发、垂头丧气地走出了"故居"。

事后，石哲成特地到三十公里外的刘老师家向他谈起此事，他竟然出乎石哲成意料的平静，他似乎早就料到那蔸可爱的月季花会有如此可悲的结局。他洒脱得很："这个是很自然的，不值得为之伤感。"可石哲成却一直没有他那么高的境界，仍然为月季愤愤不平，骂那个小王是一个有眼无珠的无知之人。

刘老师叹了口气，说："你要知道，世上许多美好的东西到了无知人之手，遭遇不幸是难以避免的。你想，那蔸月季花于我于你，它是蔸绝美的花，所以，我们欣赏它，保护它，赞美它。可它到了别人眼里却是一蔸碍手碍脚的乱蓬蓬的刺。你想，谁愿意天天与刺相伴呢？"

哦——也是，也是。至此，石哲成似乎有点开窍了。

6. 温馨月夜

又是一个桂花飘香的夜晚。往年的此刻，石哲成的心该是多么宁静，多么舒坦。然而，此时此刻，他却再也宁静不下。因为，在他心爱的书桌上正摆着情人的信笺和一片血红的枫叶。

月夜，红枫的思念

两年，整整两年了，
我每天在掰着指头过日子……

你走了，不知不觉地，从此再没回来。
早知你是要走的，却还把缕缕情丝系在你的身上。
明知你是要走的，为啥要闯进我干涸的心野。
充当一个暂时的浇灌者，只播下爱的种子，
未待开花就又匆匆地离去，永不再来？
你可否知道，我心野的幼苗即将枯萎。
没有谁能使它重获生机，
除非是你——我心爱的后羿。
明知你不会再来，我却还在痴痴地等待奇迹的发生。

在每个有月亮的晚上，我常对着夜空发呆。
嫦娥在那寂寞的长夜。
思念泪水汇成银河。
后羿是你嫦娥是我。

没有月亮的晚上，我对着漆黑的夜空，
幻想着他们的约会，
把希望寄予黑暗中夜游的风。

今晚又是一个月圆的月夜，
我把一片殷红的枫叶寄给你
把一颗相思得滴血的心献给了你
……

第七章　青石湾的天空

青石湾

　　现在，已与她分别整整两年了，先前那颗被爱情之火燃烧的心早已冰冷。可是，就在两年后的今夜，面对窗外这皎洁的月光，面对这张发黄的信笺，这片血红的枫叶，石哲成的思绪又一次回到了那个清风徐徐，月光融融，富有诗意的秋夜。

　　两年前的今夜，那该是一个多么美妙，多么温馨的月夜啊！

　　傍晚，彩霞红火了一片，点缀着匆匆降临的夜幕。

　　石哲成骑着"凤凰"牌自行车飞一般地从二十里外的云山小学回家，途中经过留下他恋情的小学——青山小学时，车速不由自主地减慢了。

　　很远，他就望见金碧辉煌的校门口，白悠悠的透着一身火红绿光的她，从霞光中钻出来，凝立在银白的车路边。展现在眼前的倏然成了一个红白交替的世界，他心绪霎息变得混乱不堪，在来的路上，他总希望能奇迹般地看到她那娇美、丰腴、可爱的身影。可是真的当奇迹出现时，却已慌乱得不知所措。

　　"回家？"她看到石哲成时一脸的惊讶。

　　"嗯。"石哲成下了车。

　　"歇歇吗？"她那双明亮的大眼睛荧光一闪。

　　"时候不早了，还有五里地呢。"石哲成的脸一阵潮热，小声地回答，身子却不由自主地推着车子随她走进了校门。

　　星星亮了，月亮也升上来了。空旷的校园寂静极了，宽阔的操场里只有几只小小的萤火虫在上下飞舞，像是在打着灯笼寻找什么。校园的一切变得朦胧、神秘而富有诗意。

　　石哲成与她面对面坐在教学大楼前的桂花树下，桌上摆着两杯君山银针茶，冒着热气，像一长串逝去的岁月，袅袅娜娜，悠悠扬扬，凄凄婉婉。

　　他俩谁也不说话，空气中凝聚着一股难熬的沉默，石哲成都有点窒息了……

　　"今天是周末，你们学校的人都回家了？"良久，石哲成才喃喃地打破了沉默。

"嗯。"她小声地回答道。

"那小宇呢?"石哲成又问。

"今天跟他奶奶回去了。"她仍然很小声地回答。语气中透露出一种忧郁、愁苦与无奈。想必她近来活得很累,本来心里涌起了许多话,但是到了嘴边又吞下了。

于是,又是一阵难熬的沉默。

两个月前,可不是这样的。那时,他俩可以整整地谈它一个下午,甚至一个星期天。学校、家庭、学生、孩子;过去、现在、未来;文学、社会、生活……

一个暑假的分离就把两人变得如此尴尬,这虽然是早有预料的,但石哲成仍然受不了。

是的,他俩都在回避着最敏感的话题,虽然石哲成远道而来所希望的就是将心里话跟她一吐为快,而理智却死死地操纵着他的神经中枢,令人思维枯竭,口齿迟钝。

茶凉了,他俩的对话还在遥远的天宇徘徊,石哲成本想小心翼翼地解释他为什么要求调离这所自己仅待了一年的温暖舒适的完小,而要到远在雪峰山深处的偏僻的云山完小去。但理智却告诉他:不行,不行,绝对不行。因为,此刻的自己不再是风华正茂、风度翩翩的少年了,她也不再是纯情似水,天真烂漫的少女。现实的枷锁已不许两人像那些情窦初开的少男少女一样罗曼蒂克、无所顾忌地表明心迹,只允许把心事深深地埋在心底,最后让它自生自灭。否则,将会把两人卷入感情的漩涡,坠入痛苦的深渊,甚至祸及双方的家庭。因为此时的她已是一个四岁男孩的母亲,石哲成也是一个四岁男孩的父亲,如果稍有不慎,就会"一失足成了千古恨"……

当然,石哲成永远也忘不了相亲那天,天气绝好,秋日灿烂,也许是出于新奇,或是山月兰这个名字有一种文静素洁高雅的美,石哲成心中莫名其妙地兴奋起来,一扫落选后的沉闷。相亲是在离家五里地的"相亲亭"进行。他和父亲坐在古香古色的亭子里,带了大约二十分钟,就见媒

青石湾

人带着一个身材窈窕、俊秀伶俐的姑娘从前方款款而来。那身姿极像了他心里印象最深的一个叫龚雪梅的女同学。姑娘走近了，只见她身穿一件米黄色衬衫，一条浅绿色长裤，她那端庄的鹅蛋脸上，柳眉、大眼，微呈弧形的刚劲鼻梁露出男性般的风采，然而，她那发育得很好的隆起的胸脯和曲线优美端正的身姿，又洋溢着一种女性特有的魅力。看见她，哲成心中就涌起一股热流，心中那个静如止水的心湖一下泛起层层涟漪……

石哲成想起了六年前那个艳阳高照的上午，那个让青石湾许多对青年走进婚姻殿堂的"相亲亭"，以及雪峰山深处那段"雪中奇遇"，乃至因奇遇而引发在"相亲亭"上的美好情愫。这可是让石哲成蒙羞的记忆，不堪回首却不由自主要去回首的记忆。多么可怕的社会审美偏见哟：奶油小生——高仓健——小白脸——安全感，让当时多少桩美满的婚姻"流产"了。

现在这一对当时相亲"流产"的女主人公已在悔不当初了。她恨自己那时"有眼无珠"，只看了一眼就掉头而走，让唾手可得的幸福如云烟般散了。后来，自己接班补员当了教师，苦苦寻找自己的爱情，都未能如愿，最后经人介绍才与蓼湄中学那个身材魁伟的体育老师——自己心目中"高仓健"式的男子结为夫妇。谁知现实与理想是有很大落差的，自己精心挑选的男人原来是一个金玉其表，败絮其中的"花花太岁"，是一个不学无术，只知吃喝玩乐，浑浑噩噩、不求上进的人。更让她恼火的是：她爱看书，爱写诗，有时到书店买几本书，他都不高兴，说是浪费。她与一些诗友办诗刊，举行笔会，他也冷嘲热讽，有时甚至成为夫妻间口角的"导火线"，想不到一个如此粗犷的彪形大汉竟然这么小家子气，她真是瞎了眼了。

本来，石哲成和山月兰后来各自成家生子，且又"天各一方"，两人之间是不会产生什么故事的。谁知命运就爱捉弄人，六年后，石哲成被调到了山月兰所在的青山小学。

新来乍到，石哲成人生地不熟，小心谨慎，恰如林黛玉进了贾府，不敢多说半句话，不敢多迈半步路，对于心存芥蒂的山月兰，也是绝少交往，视若路人。

一天，他到男同事小苏的房间，看到一本名为《春潮》的油印刊物，吃了一惊："苏老师，这本书你是从哪里弄来的？"

"我们几个诗友闲着无事，闹着玩的。"小苏似乎有点害羞，喃喃地说。

石哲成顺手翻了几下，认真地看了几首，这些诗虽然谈不上有多高的艺术性，但大多充满真情，就赞叹了几句。后来发现诗刊中未印有作者姓名，就问。小苏解释说这是为避免不必要的麻烦。石哲成则认为诗歌不像叙事性文章，有故事情节，容易引人误解，其实只要不是恶意诽谤别人，也不会有事的。诗歌只是写出了一个人对生活的真实感受，不必如此谨小慎微。小苏说："也是，也是，以后添上就是。小石老师，看你如此在行，想必也是一个文学爱好者啰。你有兴趣参加吗？"

"行呀，要办哪些手续呢？"石哲成很高兴地说。

"只要到山月兰那里填个表，交五元会费就行了。"

"山月兰？"石哲成心里猛地咯噔一下，想不到她还有这一手，一个干事风风火火，说话大大咧咧的"女强人"，竟然还能静下心来写诗呀，"哦——我现在还没有这个能力。"

"别谦虚吧，从你刚才的谈话中，我发现你对文学其实是很有见地的呢。"小苏老师很有诚心地劝说着。

石哲成担心言多必失，弄出什么漏子，就赶忙告辞走了。要知道文学是他一生的最爱，他在高中时就经常在校报上发表习作呢，当然那些文章现在看来根本算不上文学的。这几年他也稀稀疏疏发了几篇豆腐块式的文章，但长一点的文章虽然写了几篇，可就是发表不了，他对自己的文学功底并不自信。其实他心里是极想加入那个圈子的，与文学青年们在一起多多磋商，肯定会增添见识，提高文学素养。可是一听要到山月兰那里去办手续，也就只得打消了这个念头，看来还得继续"单打独斗"了。当然，文学本来就是一种寂寞的事业，只有耐得住寂寞的人才能到达成功的彼岸，怕什么呢？

石哲成一直不明白，他不管走到哪里，人们都不谋而合地把他称之为"洋娃娃""孩子王"。小孩子们都喜欢与他亲近，爱到他房里玩，缠着他

青石湾

讲故事，调到云山完小后，情况仍然如此。

一天傍晚，本校老师的小孩子都到他房里来听他讲童话。他就抱起那个最小的——山月兰的孩子，胖胖的小宇。这一天，他讲的是安徒生的《丑小鸭》，他边讲边提问边解释。他们听得津津有味，以至到了亮灯时分还不肯回家。

忽然，门口闪过一个人影，抬起头，他才发现是山月兰站在门口，笑眯眯地看着石哲成和围在他身旁的一群"小故事迷"——用现在的话就是一群"小粉丝们"。显然，她是来找她那经常"失踪"的小宇的。石哲成停住了话头，把小宇递给她，她不接，让小宇自己站着，她的双眼却盯住石哲成书桌上的那几本厚书，满是惊讶地问："你也喜欢雪莱的诗？"

石哲成轻轻地点了一下头，哦——原来她发现了桌上的《雪莱诗选》。

她拿起诗集，随手翻开，小声地念道："白天，我心中有一个太阳。"

"夜晚，我心中有一个月亮。"石哲成随口念道。

"你？"她蓦地绯红了脸，两眼闪着亮光，蓝晶晶地微含一丝愠怒。

石哲成这时才意识到刚才那句诗句嵌有她的名字——山月兰中的"月"字，脸也倏地发起烧来，不好意思地低下了头。

于是，他俩共同创造了第一次难堪的沉默……

"叔叔，接着讲呀。"四岁的小宇奶声奶气地打破了沉默。

石哲成立刻定下神来说："石叔叔今天不讲了，你们大家回去吧。"

小孩子们很听话地走了。

山月兰抱起孩子走了几步，就又回过头来问："能借给我看看吗？"

"可以。"

三天后，她拿起诗集走进石哲成的房间，他竟然变得手忙脚乱起来。她被他的窘态逗乐了，嗔笑道："你真是一个永远长不大的洋娃娃。"

石哲成随口说："你则是一个天生的女强人。"

"女强人？别讥笑我了。"她问，"还有什么书？"

"有呀。"一提到书，石哲成就缓解了尴尬，于是他顺手掠开了书架上的布幔，把一长串排列得整整齐齐的文学名著展现在她的眼前。

"想不到你有这么多呀！"她满是惊讶地说。

"想不到你也是这么爱书！"石哲成更是兴奋异常地说。

"书是我的第一生命。"

"这么说，想必你也有很多啰。"

"不多，仅十多本诗集。"

"十多本？难怪你办起了诗刊。"

"你怎么知道？"

"偶然听说的。"

"感受如何？"

"新奇、诧异、佩服。"

"不至于吧?!"

"真的！"

"你有兴趣参加吗？"

"我怕还不够格！"

"别谦虚了。"

……

话题就围着文学及文学社无休止地伸延下去。转眼间，天色不知不觉暗了下来，书上的字迹变得模糊起来，石哲成伸手拉亮灯，她似乎明白了什么，白皙的脸上泛起了一抹潮红，赶紧拿起一本《泰戈尔诗选》和一本《红与黑》走了。

望着她那丰满可爱、富有魅力的背影，心中那种由来已久的芥蒂开始消融，父亲那时的眼光真准——这女人耐看呢。六年多的岁月没有掠走她稍许美丽，反而增添了些气质。想不到她这种有男人般风采的女人焕发出来的魅力比娇小女子更是妩媚万分……

随着时间的推移，他俩的交往不断频繁，石哲成对山月兰的了解也不断加深。慢慢地，他知道她后来找的那个"高仓健"式的男人，是金沙镇蓼湄中学的一个身材魁梧的体育教师，并不是她理想中要寻的那种人。他不学无术，整天沉迷麻将、纸牌里，好赌成癖。因此她的婚姻当然并不尽如人意，虽然刚毅的她从未向人透露半点痕迹，其实心里比一般人都要痛苦、寂寞、空虚。

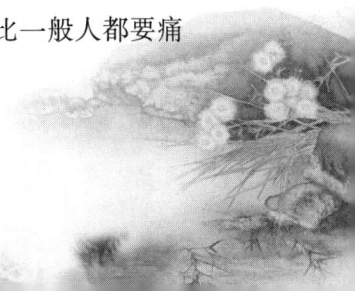

第七章　青石湾的天空

后来，石哲成加入了她创办的"春潮"文学社，在共同探讨文学的过程中，他俩相互发现对方都非常热爱文学，对文学都有自己独到的见解，且有很多相似之处。在组织文学社的活动中，石哲成发现山月兰有超强的组织能力。文学社二十五个成员中，既有教师、营业员、乡干部，也有邻近村子里的农村青年。大家对她的领导是言听计从，服服帖帖，因而文学社办得很红火，定期出刊，定期举行笔会，有时还组织外出旅游。石哲成也受益匪浅，创作热情异常高涨，一改往日那种自由散漫，想写则写，想停则停的创作习惯，每天坚持写诗一首，一个星期写一篇散文，一个月坚持完成一篇万字左右的小说。不知不觉，他愈来愈觉得生活的充实与满足。这一年，他与山月兰都加入了县作协，有资格参加一年一度的县作家协会举行的年终总结大会。

半学期后，石哲成盘点一下自己的成果：三十多首诗歌、十多篇散文还有五篇小说。可因为他不够自信，加之字写得不太美观，除了诗歌和短小的散文外，长一点的小说他还从未向公开刊物投寄过。山月兰知道后，就给石哲成打气壮胆："你的小说立意新，语言美，结构奇。该向公开刊物试试身手了。"

石哲成悲观地说："我的字太差劲，短的文章还不要紧，太长的文章寄出去恐怕不会有人肯看的。"

"孔夫子不嫌字丑！何必如此悲观呢？"

"可问题是编辑们都不是孔夫子啰。"

"也是。"她低头沉思了一会儿，说，"那么，我找一个人给你誊写吧！"

"哪个肯呢？大家都是很忙的呀。"石哲成仍然很悲观。

"车到山前必有路，自然会有的。这不用你操心。"她那双亮晶晶的大眼睛一闪一闪的，颇为自信地说。

于是，石哲成拉开了抽屉，从那堆叠得整整齐齐的文稿中，找出自己最满意的一篇《故友柳十三》递给她。她望着那堆文稿，很是惊讶地说："你真行，想不到你写了这么多。"

石哲成说："这可是我五年来的心血呀。"

"五年，你都写了五年了？"她诧异道。

"其实还不只五年，高中时我就经常在校刊上发表习作了。只是成人文学与少年习作不同，前年我曾投过许多，后来只有十来首诗和几篇很短的散文发表了，上了两千字的文章都是泥牛入海，杳无音讯。"

"别灰心，是金子终有发亮的时候。我对你是很有信心的！"

短短的一个星期，她就把一叠誊写得工工整整的文稿送到石哲成的手中。那娟秀的字体把自己的文章装扮得爽心悦目，美丽动人，石哲成从心底感激她。

"这么快，写得真好！谁写的？"石哲成抚摸着精致的文稿，就像爱抚着自己心爱的儿子，心底涌起了阵阵爱心。好惬意，好满足，好幸福的感觉。

"一个自愿帮忙的人！"她抿嘴一笑，低下一头馨馥，藏着一脸娇羞。

看到这种情形，石哲成完全明白了。他欣喜若狂，情不自禁地抓住山月兰那双白皙柔软肉感的手，忘形地握住："你真好，我真不知该怎么感谢你呢？"

她本能地把手抽回去："区区小事，哪还用谢呢？"说完，就轻盈盈地走了。

石哲成痴痴地望着她那丰韵绰约、素静文雅、洋溢着青春活力的背影，心中涌起了一股热浪……

以后的几天里，焦躁和烦恼、自卑和自责时时刻刻侵扰着石哲成的心。白天，他想见又怕见，对了面又躲避，不见面又寻找，矛盾重重，心绪烦乱；夜晚则躺在床上辗转反侧，睡梦的柔纱不肯降临。往往就是这般从深夜折磨到黎明，再从黎明折磨到深夜。

是的，石哲成明白自己已陷入了一股感情的漩涡不能自拔。

此时，他才深深感到六年前那次相亲未成是他此生最大的遗憾，也是他后来一系列痛苦的源头。就在这深深的懊丧、深深的痛苦中，石哲成终于给她递上了第一首神圣的情诗。

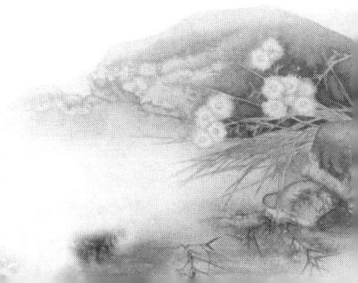

青石湾

赠你——心中的月亮

你

似男非男

刚劲是你的风采

温柔是你的内涵

干事风风火火

说话抑扬顿挫

既有男人的刚毅

更具女性的浪漫

见你　仰慕崇拜

读你　醉梦迷蒙

思你　神魂颠倒

我多想

赠予你痴男的思恋

抚慰你冷漠的心情

润泽你干涸的心田

我多愿

赠予你温馨的情丝

充实你空虚的生活

温暖你孤独的心灵

——一个曾令你失望的洋娃娃：太阳

6 月 20 日

　　此后，石哲成的心全部投入到无穷的希冀中，等待着她的恩赐，等待着她的回音。把她的回音当作自己维持生命的源泉，救命的灵芝草……

然而，第一天过去了，不见她的回音。

第二天过去了，不见她的回音。

第三天过去了，仍然不见她的回音。

第四天过去了，还不见她的片言寸纸。

第五天他终于彻底地绝望了。

这天散学，石哲成把自己牢牢地关在那间破旧的房间里，靠听《篱笆，女人与狗》中范琳琳的歌声来打发这孤独难熬的时光。

生活是一团麻，

那也是麻绳拧成的花。

生活像一根线，

也有那解不开的小疙瘩呀！

生活是一条路，

怎能没有坑坑洼洼。

生活是一杯酒，

饱含着人生酸甜苦辣。

喔呵呵……

生活像七彩缎，

那也是一幅难描的画。

生活是一片霞，

却又常把那寒风苦雨洒呀！

生活是一条藤，

总结着几颗苦涩的瓜。

生活是一首歌，

吟唱着人生悲喜交加的苦乐年华。

呵呵呵呵呵呵……

生活是一条路，

怎能没有坑坑洼洼。

第七章　青石湾的天空

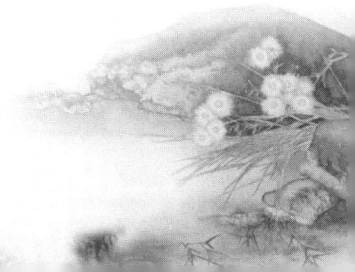

青石湾

生活是一杯酒，

饱含着人生酸甜苦辣。

喔呵呵……

    歌声如泣如诉，恰如他此刻的心境。歌声能把一个人带入那寂寞、孤独、矛盾又充满凄风苦雨的天地，坠入痛苦、绝望的深渊！直到那盘磁带听完了，石哲成才从那悲怆的境地醒过神来。于是，他站起来，想到水架上拿块洗脸帕拭泪，猛地发现门缝里有一张粉红色的明信片，立刻拿起一看，心中禁不住一阵狂喜。

    这张明信片的正面印有一行金黄色的哲理名言：痛苦中最高尚、最强烈、最个人的痛苦是爱情的痛苦。

    它的背面则写着一首隽永的诗：

回你——心中的太阳

是你——

是你启开了我即将闭塞的心门

是你融化了我早已冰封的心灵

是你激活了我早已沉静的心湖

是你点燃了我早已泯灭的爱情

和你相见，我会低下高傲的头

和你对视，我会变得慌乱无比

和你相处，我会感到欢喜快乐

和你相爱，我会获得幸福充实

也许，我会改变我傲慢无比的性格

也许，我会改变我藐视人生的心态

也许，我会对男性有一个重新的认识

也许，我会对爱情有一个重新的选择

——你的月亮

6 月 24 日晚

　　啊，多俏丽清新的文笔，多炽热真挚的爱情。看着看着，石哲成高兴得狂跳起来，幸福笼罩了他的全身，激情在他心里沸腾起来。此刻，他觉得自己是世上最幸运的人，能得到一个如此可爱的女人的爱情，真是无上的荣光，无上的甜蜜，无上的惬意。

　　在享受了片刻欢娱的时光后，石哲成就兴致勃勃地从抽屉里拿出一张精美的明信片，欣然写下一首诗：

龙凤和鸣

偶然也非偶然地
我听到你的回音
出乎意料也并非出乎意料地
我听到了凤的和鸣

从此，这爱不再是
一厢的情愿，单方的相思
从此，这爱不再是
戏人的魔鬼，吮血的蛛精

它是人性复苏的结果
它是爱神觉醒的春芽
它是人生追求的犒赏
它是男欢女悦的源泉

我赞美这人间的真情

我欢呼这人间的勇士

——你的太阳

6 月 25 日

信，石哲成用同样巧妙的方法送给她。翌日早晨一起床，他就发现了从房门下面塞进的一张明信片。背面写着：

再回你——我的太阳

我不愿看到你有丝毫痛苦的面容

我不愿看到你那稍带哀怜的目光

我更不愿你被"情丝"所折磨

如果你退却而不觉遗憾

我会理智地处理这一切

——因为爱是顺乎人性

任其自然的真情表露

如果你觉得爱得其所

我会在所不辞

——你的月亮

6 月 27 日晚十二点

这一天对于石哲成来说，也许是他一生中最难熬的一天。白天十二小时他好似度过了十二年，真是度日如年。这一天四万三千二百秒，石哲成可是一秒一秒数着度过的。

这天他有四节课，这四节课也是他教书后最难熬的四节课。为了打发时间，他领着学生们大声地朗读课文，想让学生那洪亮的读书声来冲淡他心中的焦灼、心中的喜悦、心中的幸福和心中的浮躁。

好不容易熬到了放学，石哲成就守在学校的厨房里等着吃饭。可刘师傅才刚刚淘米，他就动手给刘师傅选菜。刘师傅感觉有点不对劲，就说：

"小石老师，今天你怎么了？往日喊你吃饭都三喊四请的，今天怎么才刚放学你就来等饭吃，莫不是碰到了饿死鬼了？"

石哲成的脸霎地红了，一下被人看出了心事，好比去做贼，刚刚要动手，就被人抓了个"人赃两全"那么尴尬，那么难看，那么倒霉。石哲成讪讪地回到房间里，提着水桶又下来了，走到厨房，打满一桶热水朝公共浴室走去……

在公共浴室里，他一边脱衣服一边还在抱怨自己：你真是太幼稚，太天真了。心里就藏不住一点事儿，也是心里太没城府了，太不成熟了，太没涵养了。想着想着，他猛地把头栽入水中："呀，好烫啊！"他赶紧拧开墙上的自来水龙头，蹲下身子，低着头让冷水猛烈冲击着自己那充满激情和活力的光洁的身子……

"小石老师，吃饭了。"刘师傅在外面大喊大叫。石哲成这才抬起头，用洗澡帕把自己激动、兴奋、亢进的身子胡乱地擦拭几下，赶紧穿衣着裤，走出浴室。这时他发现厨房里已聚满了老师，大家已快吃完了……

夜幕降临了，校园里灯光辉煌，老师们又忙着在灯下备课、阅卷了。然而石哲成这晚却什么也干不成，心事重重。他感到自己站也不是，坐也不是，走也不是；看书不是，阅卷不是，写字也不是。他走下楼，想走向山月兰的房间，心中又害怕起来，思绪纷乱，悸动不已。阴谋与勇气缠绕在一起，难分难解，一塌糊涂。于是他又缩回房间，拉灭电灯，想静静地坐下，默默地待一会儿，可这时心却又振作起来，勇气油然而生，于是又走出房门，可就在他想拉上门时，勇气像受惊的鸟儿，一下又飞走了。

楼下，校园里月华如水，月光静静地照在铺了青石板的天井里，"庭下如积水空明，水中藻荇交横"，楼前的那排苍黑色的柏树静静地站立着，像一排侦察兵似的正在监视着自己的一举一动；而操场边那一丛丛月季花，则又像无数双山月兰的眼睛，在凝视着、焦盼着他。因此，勇气就像一群鸟儿，"呼"地一下飞来了，"呼"地一下又飞去了。没法，石哲成只得又退回房间，强迫自己坐下。此刻，他的头脑一遍空白……

"当——当——当——"熄灯铃响了，校园一下沉寂了许多，只有窗外如水的月华仍然在无声地倾泻……

青石湾

　　石哲成再一次拿起早上接到的那张明信片，再一次品味着上面的内容，这时他发现诗中那"理智"两字被她特别地圈上圆圈。莫不是有什么特别的含义？是忠告，是提醒还是……

　　理智！理智？这是多神圣，多可敬多可怕而又多么残酷的词语。世上多少事情是成也理智，败也理智，多少人被理智所害，多少人又被理智所救。格鲁希的理智让拿破仑兵败滑铁卢，周瑜因无理智三气而亡，司马迁受腐刑因有理智而著《史记》，秦始皇因无理智焚书坑儒而成暴君……

　　猛然间，石哲成记起了他刚看过的书中，一个文学大师对理智的阐述：

　　　　不要因为你的欲望而去粉碎纯洁的完美；
　　　　不要因为你的寂寞而去搜寻短暂的欢娱；
　　　　不要因为你的狂热而去破坏原有的宁静。
　　　　……

　　一刹那间，石哲成沸腾的血液降到了冰点，他想到自己一个"有妇之夫"对一个"有夫之妇"产生的这种"爱情"是多么危险啊！这该是关系到两个家庭幸福的大事呀。山月兰再好，也是别人的女人，要是时光倒回到六年前，那该多好！难怪人们常说，婚姻是一场赌博，你抓到了一手好牌，逢到了好的配偶，你就幸福，否则你只能将就着，甚至是痛苦一辈子。

　　这对于石哲成来说，是偏见、幼稚和轻率让他与幸福的姻缘失之交臂，这就应了那句古语：过了这个村就没这个店了。这是多么无奈的一件事啊。

　　第二天清晨，石哲成在上厕所的路上遇到了山月兰，四目相对，他发现她往日明净如玉的脸上竟然出现了两圈淡淡的黑晕。他心里顿时涌起一股酸楚，一阵怜爱，还有一丝惊喜，看来，昨夜失眠的不止自己一个人……

　　虽然自己与兰玉婷的家庭正处于冷战状态，可也不能在这时候加速现有婚姻的毁灭。孩子才四岁，他不能离开自己的母亲呀。最后，深陷情感漩涡的石哲成不得不狠心地借助"理智"这把利剑，斩断这根斩不断理还乱的红线，用冰水扑灭心中熊熊的欲火，靠意志制服心中那匹即将脱缰的野马。他还特地写了一个巨大的"忍"字贴在房间最显眼的地方，时时告诫自己：别再造次，另再造次！

恰好，过几天就是暑假了，石哲成打了报告，主动要求调离这所舒适的完小，调到十里外雪峰山中一所偏僻的云山村小去了……

夜深了，月亮已升上中天。校园的几棵老桂树花开正浓，如一片白色的轻云。月光便渗透在这一片片的轻云里。花香月色正搅得难分难解。不得不走了，他俩四目相对，互相回避一层薄薄的纸，突然它被久久郁积的感情濡湿。

夜风飒飒，冷飕飕的，石哲成缓缓地站起来，想告辞了。山月兰急奔几步，站到他身边，忍不住失声痛哭起来。石哲成一下慌乱起来，本能地伸出双手……

良久，她才止住了哭声，扬起脸，眼里盛满了晶莹的泪光。

许久许久，他才忧戚戚地说："以后，你……多保重！"眼中滚落两颗泪珠。

"我……我知道。"她把头深深地埋在石哲成宽厚的胸怀里，幸福地嘤嘤答道。

石哲成用手温情抚爱着她的秀发，恳求道："恨我吧，把我忘却吧！"

"不，我忘不了。我将永远记住今夜的月色。"她抬起头，泪水婆婆地说。

"我也将永远记住你，因为你给了我人间最美好的感情。"石哲成低下头深情地看着她，更是泪雨滂沱。

"以后，你回家要进校门，好吗？"她可怜兮兮地说。

"好的，我会来的。"他松开了手，给她拭去了眼泪，哽咽地说了一声："再见。"

她站住了，仍然是带着哭声，缓缓吃力地吐出两个字："慢走。"

"叮——"石哲成终于怅然地骑上自行车走了。许久，他才停住车，

青石湾

站稳，往回看，仍然看见那融融的月光下，那个白色的倩影仍呆呆地立在校门口，泪水又一次盈满了眼眶。他索性下了车，推着车缓缓而又艰难地向家乡走去。远处，不知谁家的录音机正在响着《篱笆，女人与狗》的歌声：

　　星星还是那颗星星/月亮还是那个月亮/山也还是那座山/梁也还是那道梁……

　　啊，两年了，为了使她那颗心早日恢复平静，石哲成再也没有进青山小学的大门。然而在今夜，面对窗外这融融的月色，醇醇的桂花清香；面对这情意缠绵的《月夜，红枫的思念》和这一片血红的枫叶，他的心再也不能平静下来。今夜该怎么回信呢？

　　哦——两年前的今夜，那该是一个多么美妙，多么温馨的月夜啊！

第八章　雪峰山上的苍鹰

1. 民师内招

已经当了八年民办老师，石哲成终于有了参加民师内招的资格（一九八四年以后参加教学工作的这一年才可参加民师内招）。他们这一类民办老师全县共四百来人，只有五名录取指标，竞争程度是相当激烈的。

这一年，他正在云山村小教四年级。这几年因为与兰玉婷的婚姻一直处于冷战之中，受家庭的影响，他的教学也处于低谷；也是因为村小的生源质量与中心小学的不可同日而语，他的教学成绩一直不够理想，在全乡统考排名始终处于中游。这个时候，民办教师也可评职称了，可他却因为统考名次不好，乡学区只给他评了个小教二级，为此，他特地到县城里找曾校长，向他询问了有关晋级的情况，曾校长告诉他：凡有大专文凭有五年教龄的小学教师都可以被评为小教一级。后来，他赶到镇学区反映情况，镇学区主任才给他发了申报初评小教一级的表册。石哲成想起了韩愈的《马说》："世有伯乐，然后有千里马。千里马常有，而伯乐不常有。故虽有名马，只辱于奴隶人之手，骈死于槽枥之间，不以千里称也。"这一次，他正铆足了劲想把教学成绩搞上去，可自己正处于人生最关键的转折点。民师内招消息一出，民办教师们纷纷请假去县进修学校复习。哲成虽然对自己的实力很有把握，但对考进前五名却不敢肯定了。

青石湾

报名的那天，他骑着自行车到县进修学校报名，本来他不想到兰玉婷那里去的，可母亲却让他去给儿子买一件衣服，而对买衣服这类事情他素来不太在行，他想到了兰玉婷，于是就去电视台找她。他赶到电视台办公室时，正是中午休息时，他到办公室找了一圈，兰玉婷的同事说她刚走。石哲成赶紧走到兰玉婷的住处，掏出钥匙想开门，可钥匙与那锁根本就不配套了，看来是她换了锁。于是，他就上去按门铃，可按了许久却仍然无人开门。他想这女人到哪儿去了呢？于是就在门上写了一句留言：玉婷，今天上午我来找你，想与你一起上街给儿子买一套衣服，可我未能找着你。见字就到你办公室前找我，我等到三点钟才走。

于是石哲成就向电视台办公室走去，县电视台大院里空空荡荡，无一人影，他便在办公室旁的一个楼梯的台阶上坐下，两眼时不时向大门口望。大约过了半个钟头，门口隐隐约约似有脚步声响起。他抬起头一瞧，远远地，就看见打扮得花枝招展的兰玉婷正与一个高个留有长发的中年男子很亲密地从大门外走了进来，有说有笑的。那男子一手搂住兰玉婷的细腰，一手正往她嘴里塞卤豆腐，兰玉婷头一偏娇嗔地笑骂道："讨厌，人家不吃了，你还要喂，真烦人。"说着就抢起那男子手中的卤豆腐塞进那男人的口里，那中年男人顺势咬住那块卤豆腐，翘起嘴角往兰玉婷嘴边靠近，兰玉婷就张开口咬住卤豆腐的另一端……

石哲成看着那一对打情骂俏的轻薄男女，怒火中烧，一阵恶心，真想当即冲上前揪住他们狠狠地揍一顿，但他最终还是强忍住满腔怒火，心想，难怪她现在再也不想回家，原来她在外面真的有人了。自从她调入电视台后，自己耳朵里时常听到有关她的风言风语，他还不肯相信呢，以为是别人在造谣，想不到眼前的她真的已变成这样了。他压住心中的怒火，非常平静地走上前去，对还在卖弄风骚的玉婷狠狠地丢下一句："够了，兰玉婷，你真是一个天才的演员，一个多变的博爱者，一个多情的女人，今天，我才彻底地看清了你。兰玉婷，你记住，你要为你今天的行为负责，我会成全你们的爱情的！"

"啊——"兰玉婷这才从甜情蜜意中醒悟过来，她见石哲成正怒气冲冲地走向大门，才知自己不检点的行为已经被丈夫撞见了，一下呆住了……

翌日上午，石哲成便向法院提出了离婚申请。

一个同样参加民师内招考试的同事劝石哲成说："小石，你就不能等过些时候再申请离婚吗？那样你就可有五分优惠分，这样你的胜算不是更大些吗？"

"等？我一刻也不能等了。离婚越早越好，我才不会靠一顶'绿帽子'给自己加优惠分呢。"

"你肯定会后悔的。"

一个月后——在石哲成参加民师内招考试的前一个星期，石哲成走向了法庭……

在法庭上，双方都同意离婚。五岁的小孩归男方，女方净身出户。只是后来兰玉婷提出石家树新房时她从兰家拿了六千元给了石家。石哲成一时为难了：家里的旧账还未还清，哪有这六千元呢？当日只得休庭。

第三天，六爷爷从界里回来，听到石哲成离婚的消息，就赶紧找到他询问情况。石哲成把自己夫妻感情不和，兰玉婷早已瞧不起自己及石家的情况述说了一遍。六爷爷见其真的无挽回的希望了，就对石哲成说："长痛不如短痛，夫妻不和，相互折磨不是好事，好合好散，大可不必伤感。"

石哲成为六爷爷的话所折服，说："六爷爷，你真是我的好爷爷，您与我想到一起来了。"

六爷爷说："好在你还年轻，人生还有很长的路要走，不要沮丧，我们石家的男人是打不倒的。成伢子，有什么困难，尽管说，六爷爷当鼎力相助。"

哲成说："爷爷，谢谢您，没什么。我会自己解决的。"

坐在一旁的石母说："那一年，玉婷从家里拿了六千元帮我们家里树屋，前天法院逼着要还。家里还有几千元的老账，这让我们到哪儿去找呢？"

"这个——你们不必着急，我这里还有一张五千多元的存折，哲成你先去取了吧，应应急。"说着，他就从怀里掏出存折，递给哲成。

"六爷爷，这可使不得，每次都是你帮我，我，我不能再要您的了。"石

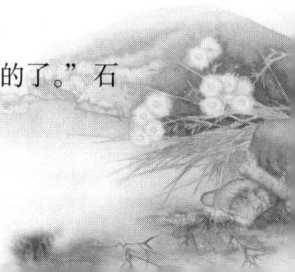

第八章 雪峰山上的苍鹰

哲成推开六爷爷的手说。石母也连声说："六叔，这个来不得。我们家的事会有办法的。您老的钱，我家再也不能要了，上次树屋的钱都未还给您呢。"

"侄媳妇，别再说你家、我家，其实我早就把成伢子当成我的亲孙子了，你这么一说倒把我们爷孙俩说得生分了，拿着吧。别让这件事耽误了成伢子的前程，过几天他还要去参加转正考试呢。"

不得已，石哲成接住六爷爷的存折，解除了与兰玉婷的婚姻。

七天后，他非常平静地走进了民师内招的考场。

考试结束后的第三天，正好是他的妹夫刘绘锦30岁生日，在广东深圳龙华设宴请客，于是他抽空奔赴中国南方最开放的城市——深圳。参加妹夫的宴会后，本来想立即回家的，可学生们得知后，立即组团力劝他多待几天。其时，他有不少学生在深圳扎下了根，已成了改革开放的弄潮儿，其中那个消息最灵通的学生刘洪早已办起了一个"蓝牙"制作厂，龙会财也拥有了自己的公司，大学毕业的几人则成了特区的公务员或外资企业的高级白领……石哲成在学生们的陪伴下，尽情地陶醉在南国最美丽的特区：登临地王大厦，畅游梅沙海湾，参观蛇口海港，欣赏世界之窗，沉醉深圳书城……

2. 深圳奇遇

离开深圳的前一天上午，哲成想买几本书回家，就在深圳书城里找书，突然一句熟稔的乡音传入耳里。他抬起头，循声望去，发现有一个头发有些花白的中年汉子正用带有浓重青石湾口音的普通话与一个青年女子在商量着买书。那口音好亲切，那背影似曾相识。于是，他拿着书靠近那个男人，这时，只见那汉子抱着一叠书正朝自己走来，他一下惊呆了，不禁喊了一声："啊——云子哥?!"

"哎——"那汉子应声而答，手上的书一下全掉在地上。那年轻女子一下呆住了，不知发生了什么事，两眼死死地盯住那汉子，喃喃地说："爸，您怎么了?"

这时，石哲成赶紧走上前去握住他的手："云子哥，您不认识我了？我是成伢子呀。"

那汉子也激动得不能自持，嘴唇不停地哆嗦着说："你是成伢子，你真的是成伢子？"

"是的，我是哲成——成伢子呀。"石哲成仍然很激动地对云子哥说。

那汉子拉着石哲成对那青年女子说："来，兰妹子，你来。这是你哲成哥。"尔后又对石哲成说："这是你小兰妹妹呀。"

石哲成很兴奋地喊道："小兰妹妹，想不到你也这么大了。"

那青年女子则是很茫然地看着她父亲和石哲成。也难怪，小兰外出时才三岁多一点，现在已离家近十五年了，当然印象相当模糊了，更何况她父母的婚姻一直还未能公开呢。为此，她们全家人的户籍还一直留在青石湾，只是担心世俗的不理解，才不敢也不好意思回家办理。

一会儿，云子哥让小兰先回家，硬是把石哲成拉到一个大餐馆，要与他聚餐，聊聊家常话，因为十五年未回老家了，他太想知道老家的事情了。

喝酒的时候，云子哥问了许多有关家乡的情况，话语中饱含了一股浓浓的乡愁。他说自己好想回家看看，可就是不好意思回去。石哲成告诉他："自从你和香香婶母女俩失踪后，青石湾的乡亲就猜想你已与她们生活在一起了。乡亲们都在为你们祝福呢，根本没有你所担心的乱伦之类的说法，其实您与香香婶可以说是最让人羡慕的一对，你俩没有血缘关系是可以名正言顺地结婚的，老家的亲人也时时刻刻在牵挂着你们一家人呢。"

"真的？我与香香结婚没有人会笑话吗？"云子哥看着石哲成诚恳地问。

石哲成肯定地说："改革开放都十二年了，人们的思想早就没有当初那么封建了，结婚自由，离婚自由，大家都自由得很了。告诉你，我这次也是因为与妻子兰玉婷离婚了才出来散心的。"于是他就原原本本把自己与妻子的婚姻过程说给云子哥听，让云子哥听得唏嘘不已。于是，他决定把石哲成带回家，让石哲成也去劝劝香香，好一起回老家补办结婚手续，办好身份证。因为在深圳打拼的十多年间，因为没有身份证遇到许许多多

的挫折、麻烦和误解。路上，他也把他与香香的奇特爱情故事从头至尾向石哲成述说开来……

3. 奇特爱情

云子又与麻叔在一起喝酒了，那一年，他俩经常在一起喝酒。

麻叔是一个单身汉，那年他已四十岁了，之所以没有老婆，主要是因为家里穷。这年，他跟人到湘西做毛货生意，腰包渐渐鼓了起来，就有人给他提亲，他却不屑地说："老子走南闯北，哪样的娘们没见过，稀罕个鸟。"

云子这年二十六岁，也是光棍一个，经常到麻叔家，是因为想随麻叔一起去界里收毛货，可麻叔是一拖再拖。

麻叔的房子低矮、潮湿、阴暗，透出一股浓浓的霉气。他常年不在家，无人收拾，家里乱得一塌糊涂，地上垃圾缠脚，瓦椽下蜘蛛网交错，尘埃丝悬，一派破落之相。麻叔的桌子是祖传的，又大又沉，贼黑贼黑的亮，闪着如豆的煤油灯光，时明时暗，屋内阴森森的，像个土匪窝，邪气得很。

他俩隔着桌子，喷着酒气，粗着嗓子说话。

"老子走南闯北，啥样的娘们没见过，稀罕过——"麻叔打个饱嗝。

"我想跟你去收毛货，麻叔。"云子红着脸，讨好似的望着麻叔那张凹凸不平的麻子脸说，"一辈子待在这个山旮旯，我……全都报废了。"

"等阵子，毛货生意好做了，就带你出去，云子你别急。"麻叔涨红着脸，伸着满是牛筋的长脖子，睁大牛眼望着云子那张因喝了酒而红光满面的方脸，说："香香那婆娘怎么不肯嫁人，你晓得吗？云子。"

"不晓得，麻叔。"

"香香那婆娘不错，云子，你想吗？"麻叔贼亮着血红的双眼，盯着云子。

"哪里话，她是我婶子，我怎能想她呢？麻叔。"云子厌烦地避开那双贼眼，不悦地说。

"可你堂叔死了，她会再嫁的。就不是你的婶子了。"

"还是的，麻叔。"云子狠狠瞪了他一眼。可麻叔似乎没瞧见，继续自言自语地："你叔死的时候太年轻了，才三十出头。那病也真玄，刚吃了午饭，和我在开玩笑，一只手还拿着根竹枝在剔牙，往后一倒就没气了，打瞌睡似的，真怪。"

"是，真快，我堂叔死得真快。"

"可惜了，那婆娘好白净，一身肥肥嫩嫩的，像是水豆腐做的，好水灵，灯草毛毛都弹得血出，都三十岁的人了，还像个黄花闺女般的嫩。云子，你口馋吗？"麻叔涎着脸边讲边咽着口水，硕大的喉结一上一下，咕咕怪响，令人作呕。

"她是我婶子，麻叔。"云子愤怒地打断了麻叔的脏话。

"鸟，婆娘是没辈分的，皇帝老子都搞他的小妈呢。你堂叔死了，她就不是了。"

"不！"云子愤愤地站起身，又重重地丢下一句，"她还是！"

香香守着如豆的油灯正在认真地纳着鞋底，长长的，大大的，显然是双男人的鞋底。

"咚，咚——"门外突然传来两声短促的叩门声。

"哪个？"她放下鞋底，站起身，袅袅娜娜地朝门口走去，"是云子吗？"

沉默，门外是一阵可怕的沉默。

香香一下恐惧起来，已抓住门闩的手停住了，转身又走回原地坐下，继续打鞋底，然而此时，她的心情却再也平静不下来了。心悸、恐怖、孤独时而搅扰着她空虚的心灵，总担心有什么不祥会降临。双眼骨碌碌地朝房内搜索，发现床后有一根扁担，赶紧拿起它撑紧门，熄灯，上床用被子紧紧裹住仍在悸动不已的身子。

"窸窸窣窣"，讨厌的老鼠又出来捣乱了，香香用手猛敲床沿，房里复归一片寂静。

这一夜，香香失眠了。

青石湾

鬼见凹的土质好，鬼见凹的红薯长势好，满凹满凹的绿。凹里平时很少有人来，即使是大白天，也寂静得有些怕人。凹边的山里，树黑压压地挤着，莽莽苍苍，树荫遮天蔽日，阴森森的，让人产生各种可怕的联想。

香香在地里给红薯松土、锄草，见四周无人，心里不禁一阵阵发怵，不敢朝四周看，只得埋头苦干，不停地猛锄，不一会儿就气喘吁吁，汗流满面，多想要一个伴为自己壮壮胆。这时，她突然发现麻叔扛着锄头笑眯眯正朝这边走来。香香的心一下松懈下来，她笑着说了一声："麻哥，你也来锄地？"

"嗯。"麻叔点点头，站住了，眼睛直直地盯着香香那丰挺的胸部和浑圆的粉颈。

香香心头一惊，就低下了头，再也不理睬他，只是埋头狠命地锄地。

"你要我帮你锄吗？"许久，麻叔才开口说话。

"不用！"香香断然拒绝。此刻，她才记起这鬼见凹并没有麻叔的地。于是，刚刚放松的心弦又霎时拉紧了，心里不由得又是一阵发怵。

"反正闲着无事，让我来帮你锄吧。"麻叔涎着脸，小声地说，"都两年了，你的那块地也都快荒了吧。"

香香懂得他话中的含义，因为这种情况她曾遇到好几回了。她就更加不睬他，锄得更加起劲。麻叔自讨没趣，可还是赖着不走，于是，他就提着锄头进了红薯地，与香香并排锄起地来。

"香香，你的心好硬，比石头还硬，真的不肯让我帮你锄吗？"许久，麻叔又说了一句双关语，"我虽然没有云子年轻好看，可我比云子有钱，我会让你快乐……"

"闭上你的臭嘴，谁稀罕你的臭钱，给我滚！"香香拄着锄柄对着他，一言不发地怒视着他。麻叔以为他的话起了作用，恬不知耻地说："打是疼，骂是爱，不打不骂那才怪。香香，你好乖态，好白净，好水灵，我巴不得你天天骂我呢。"麻叔边说边向香香靠近。香香冷笑一声，把锄柄往下一压，那柄便结结实实地弹在那张丑陋的麻脸上，密密匝匝的麻凹竟然一下给填平了一大半。

麻叔气急败坏地骂了一声："竟敢打老子。"说着便忍痛往前一扑，想抓住那个又香又辣的小娘们报复一番。谁知又被香香扫了一脚，绊了个"狗啃泥"。

"哈哈哈——"香香顿时爆发出一阵爽朗的笑声，整个阴森森的鬼见凹都充满快乐的空气。香香扛着锄头，颤着那一身水豆腐一般嫩的肉，款款地走了。

麻叔爬起来，用脏兮兮的汗衫拭去满嘴的血泥，望着那个可恨而又可爱的背影，恼羞成怒，咬牙切齿地说："总有一天，哼，总有一天。"

香香丈夫是个独子，本家人丁不旺，三服之内别无男丁。云子是他出了五服的唯一的侄子。自从丈夫死后，村上好心人就热心为她寻找合适的人家，可香香却总是说"不急不急"。平时有什么重活就只喊云子帮忙，云子见她孤儿寡母的也很乐意帮忙。春耕秋收云子便揽括了两家所有男人做的重活儿，香香则常常帮他做些缝补浆洗的细活儿。因此，他们两家倒也红红火火，日子过得像模像样。

虽然村里常有些风言风语，可他俩除了白天干活在一起外，也没见有什么伤风败俗的举动。加之村中有些人思想比较开放，见他俩一个光棍，一个寡妇，想从中凑合成一家的也不乏其人。因此，村里人大多见怪不怪，风言风语也就自生自灭了。

这一天，云子又为他香香婶做了一下午煤球，搞得满身黑汗。黄昏时，他便跳进青石河中畅游起来，污垢、疲劳一下被清凉的河水荡涤得一干二净，全身肌肤有说不出的轻松舒畅。当然，他每次帮婶子做了事都会有这种妙不可言的感觉。

晚饭时，他婶子特地到代销店买了一瓶挺贵的"邵阳开口笑"，做了一盘香喷喷的芹菜炒牛肉丝，引得云子胃口大开，食欲大增。他很兴奋，但有点过意不去，说："婶子，你这样太破费了。"

"哪里话，云子，你别客气，喝酒吧。"香香给云子筛满一杯酒，自己则端着饭碗在左侧坐着陪他。

云子拿起杯子，轻轻地抿了一小口，咂巴着，惊喜地叫道："真香，婶子，我还从未喝过这么香的酒呢。"

青石湾

"真的吗？代销店的老刘让我买它，还说什么，这是我们市里刚在北京获得金奖的好酒呢。"香香满心惬意地说，白皙的脸蛋笑成一朵十月的粉芙蓉。

"婶子，你也尝尝。"云子到碗橱里拿了一只杯子，给他婶子也倒了半杯。

"我从来不喝酒，云子，你喝吧。"婶子放下碗，边说边接住酒杯，匆忙中，一软一硬的两个手指搭在一起。香香心里如触电般地涌起了一股幸福的柔情，脸上洋溢着少女般的粉红，口里喃喃地说："云子，难为你了。"

婶子的声音真好听，柔得像雪峰山上的山泉，比清脆的泉声还好听。人也长得蛮乖态，虽然生过孩子，三十岁的人了，还像个黄花闺女一样水灵灵的。小叔也真是，扔下这孤儿寡母的，一伸腿说走就走。麻叔说得对，那病也真玄，只一眨眼工夫，轻轻往后一倒，便再也站不起来了。

桌上点着一盏煤油灯，黄晕晕的，朦胧神秘，富有韵味。两杯酒下肚，云子有点飘然起来，话也多了："婶子，小兰妹妹呢？"

"今天早晨到她外婆家去了。怎么，你不喝了？还有大半瓶呢。"香香见云子放下酒杯，想去盛饭，就起身轻轻地把他按坐在座位上，随即又给他倒了一小杯，"喝完这一点，我给你去盛饭。"又用手轻轻地拍了一下云子结实的肩膀，说："坐好。"云子感觉一股柔情沁入胸怀。

"好，我喝，我喝。"云子眼睛有点朦胧了，看着动作轻盈的香香，似乎看到他的初恋情人——哲成的堂姑，那个苗条清秀的可人儿。现在她不知怎样了，要是晚几年，也搞责任制，那她父亲就不会棒打鸳鸯了……

"怎么啦，云子，你怎么不喝啦？"香香看到满面红光的云子痴呆呆地望着自己出神，心里不由得又泛起了一股春潮。

"哦——我，我喝，我喝。"云子收回自己的思绪，举起杯子一饮而尽。也许是酒喝多了，身体发热，他顺手脱下那件汗衫，露出两块铁疙瘩般的胸大肌，胸肌上有一层细细的茸毛，在极力张扬着男性的雄健，然后端起饭碗，说："婶子，过几天，我，我去收毛货呢。"

"好呢，你去吧。"

"麻叔上次说要带我去，他还说要找找……"

"别听他胡说，云子。"提起麻叔，香香就全身起了鸡皮疙瘩，因此她赶紧打断了他的话头。可云子这时却再也关不上他的话匣子，他仍然顺着自己的思绪，滔滔不绝地说下去："哼，麻叔他现在在青石湾算得上是一个人物了，人家见过世面，赚过大钱，我早就想与他出去了。一辈子待在这个山旮旯里，我，我……全毁了。"云子说着说着，舌头就有点不灵便了。

"云子，云子，你以后别跟他混在一起好吗？他不正经，我知道，云子。"

"不，婶子，他对你可好呢。他心里总想着你，他说，他走南闯北，见过的女人千千万万，可……可他心里只有你。婶子，我想，我想，他迟早会娶你的……"

"不！不！云子，你别说了！我才不会上他的当呢！"香香看到平日寡言少语的云子一口气说了这么多，既怨恨又怜爱地看着他，心想，我的心思你怎么就不懂呢，我可是一心只向着你呀，可你这个榆木脑袋，怎么这么不开窍呢！想着想着，不由得伤起心来，泪水就止不住地流，她只得从兜里拿出手帕拭起来……

云子见他婶子哭了，才知道自己刚才的话伤着了婶子，心里很沮丧，怪自己多喝了几杯，把不住自己的嘴，满口胡言。他一时束手无策，眼睁睁地看着婶子哭泣，想伸手为她拭泪却又不敢，正懊恼自己无能，因此重重地叹了口气，不想竟把如豆的油灯也吹熄了。

屋里霎时一片尴尬的漆黑。

"不要紧，桌上有盒火柴。云子，你帮我拿出来吧。"黑暗中，香香的声音变得异常快活。

云子本能地伸手去摸……

"啊——"云子浑身一惊，呼吸一下急促起来。原来，他摸到的不是火柴，而是香香那细腻如油脂的温热的手臂，它像一块超有魔力的磁铁，把云子的手吸住了，接着，另一只肉乎乎的小手也搭上来，贪婪地抚摩着云子刚劲厚实的大手……云子雄性的血液顿时直往脑门奔，浑身像着了火，烈焰熊熊，嗓子眼干得冒烟……

青石湾

香香全身酥软了，顺势倒在云子那赤裸的胸怀中，用她那滚烫、肉感、湿润的嘴唇不停吻着云子那毛茸茸的、充满刚性、热血奔突的大块头胸肌，贪婪地吮吸着久违的男人气息，口里不停地讷讷道："云子，云子，你真好，我喜欢你，喜欢你，我天天盼你来，你不来，有时来了却也像个大傻瓜，一点也不理会我的心，我好爱你，好爱你哟……"

在香香那柔情蜜意的撩拨下，云子沉睡了二十六年的情欲苏醒了，激活了，焕发了，青春的激情像刚关进铁笼的猛兽一样四处奔突，原始的生命之火被迸发、点燃，成为熊熊的烈焰；生命的旗杆在勃发、挺拔、昂扬……整个身子像一触即发的火山。冥冥中，海天相接，天地一片混沌。他只觉得自己像在沙漠中困居多年的人突然走到一个山清水秀的水乡，坐在一艘随意漂流的汽艇上，惬意漂流……

在长久的昏眩中，他感到一种从未经历过的愉悦、畅快和满足。

……

兴尽酒醒时，他才明白自己冲破了心底的防线，潜藏在心灵深处的恐怖遂然扩张开来，让他有如罪犯那样不得安宁，他认为自己干了一桩奇耻大辱的蠢事——侄婶乱伦。这在旧社会可是要遭沉潭淹死的。云子害怕了，一股寒气从脚底升起，沿脊椎骨直冲脑门，恐惧弥漫全身。于是，他轻轻地移开仍酣睡在自己身上的香软尤物，套上裤子，跳下床想逃。

干涸了三年的心田终于被男性的雨露滋润，正沉醉在美梦中的女人随即惊醒，当即便以迅雷不及掩耳的惊人速度紧紧抱住云子："云子，云子，你别走，别走，我爱你，我不能没有你，你不是劝我嫁人吗，就让我嫁给你吧。我知道你好，还是一个黄花崽，我是一个寡妇，与你不般配，可我，可我控制不住自己，我爱你，爱你……"说着说着，她竟然伏在云子赤裸的胸膛上嘤嘤地哭起来。

云子被她哭得六神无主，坐在床沿上，用双手狠命地捶打着自己的头。香香赶紧抱住他的头，急得恸哭起来："云子，云子，你别打了，别打了，我知道你嫌我大。可我只比你大四岁，我太爱你了，我不能离开你。云子，你不是老早就想出去吗？你就带上我和小兰走得远远的，想到哪里就到哪里，都随你，反正我跟着你，服侍你，为你生儿育女……"

"不！不！"云子悲痛欲绝地说，"你可是我的婶子！我不能呀！"

"你叔死了，我就不是了。"

"不，你还是！"云子突然又狠命地捶打着自己的头，"我该死，我该死，婶子，我对不起你，也对不起叔叔。"

"不，云子，别打了！"香香又一次抱住他的头说，"是我对不起你。我不该爱你，不该勾引你。"说完，她给云子披好衣服，再一次在云子的脸上深深地吻了一阵，尔后，便在他宽厚的肩膀上狠命地咬上一口，最后猛地把他推出家门，斩钉截铁地说："咱们两清了，云子，你走吧，走吧！"

随即，只听得"哐"的一声，香香关上了大门。

月华如水，清爽的夜晚，秋虫唧唧地叫个不停。云子孤零零地立在空空的天井里，摸着还隐隐作痛的肩膀，心里涌起了一股前所未有的空虚。

翌日，香香到娘家接她女儿兰兰，从此再也没回过青石湾。

三日后，云子也在青石湾失踪了。

4. 特区卤香

那一年，云子哥拿着大队秘书开的证明书，带着香香母女俩，翻过雪峰山脉来到贵州一个叫凯里的小县城，靠打豆腐、卖豆腐挣钱度日。凯里是一个少数民族聚集区，那里民风淳朴，人们古道热肠，待人很真诚，很实在，让人有一种相亲相爱的温情。虽然他们生意做得还算顺利，但那里经济非常落后，他们挣的钱仅够糊口。第二年，香香给云子生了一个大胖小子，取名就叫凯里。有了小生命后，一家人的生活就有点吃紧了。这时，小兰要开蒙上学了，香香只得把她送回老家，寄养在外婆家。四年后，他们从报上知道沿海成立经济特区，改革开放搞得热火朝天、轰轰烈烈，云子就带香香母子来到广东。云子在惠阳砖厂当民工，香香则在砖厂旁摆了个小摊，卖些民工所需的生活用品，有时还帮那些年轻的民工洗洗衣服，挣几个小钱补贴家用。一年后，香香发现砖厂的民工大多数是从湖南、四川两省来的，他们有一个共同的嗜好——爱吃麻辣食品，而广东人

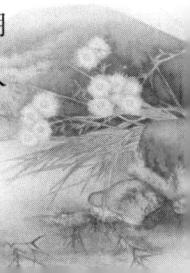

却喜欢吃甜食。并不是广东不种辣椒，可那辣椒硬是与老家的不一样，连红彤彤的老辣椒都像小时候吃的辣椒糖一样，甜丝丝的，这让思乡嗜辣的民工们很是恼火。香香就特地从娘家购买了许多干辣椒，带到惠阳制作成食品：辣酱、辣椒豆豉、辣椒酸菜、辣椒鸡丁、霉豆腐等许多她能制作的一系列辣椒食品。生意出乎意料的好，她的收入也因此远远超过了丈夫。于是她就让云子辞工与她一起经营那个小商摊。那时，广东沿海正在大兴土木，修建高楼大厦，砖厂多如雨后春笋，云子想到这些砖厂的大量民工都喜欢吃麻辣食品，而老家武冈卤菜又是一种赫赫有名的辣食品，自己何不借武冈卤味这一传统食品的威力，在广东这片神奇的热土上为自己打开一片蓝天，创下一项大业呢？香香听他这么一说，很兴奋地说："是呀，我怎么就没有想到呢？小时候，我最爱吃武冈城里的卤菜呢。那时我有一个表姑在城里开了一家卤菜馆，后来不知她到哪里去了。"

"那我让你回老家去学做卤菜，行吗？"云子试探地问香香。

"行呀，我认识一个姓安的老乡，她在惠阳制衣厂，她娘家老叔就是武冈有名的安记卤菜第十代传人呢。"

"那太好了，明天你就与她联系吧，让她帮你写一封信给她老叔，引荐引荐。"

"好的。"

一提起武冈卤菜，首先就得说起被称为"楚南胜地"的云山了。神奇秀丽的云山矗立于武冈县城南五公里处，海拔近1400米。这座历史悠久的宗教名山是湘西南的佛教中心，又是道教七十二福地之一。云山之所以叫云山，皆因这山上云雾蒙蒙，霞光迷离，倍增了山的深邃与神秘。深山必有老林，老林必生神奇。林间遍地有奇花异草，其中有起死回生的中草药，它们或能消炎解毒，或能健脾开胃，或能滋阴壮阳，或能抗老养颜、延年益寿。还有"天然香精"巴岩香、"香料之王"满天香、"满身生香"山苍子……

武冈卤菜历史源远流长，它有着一个遥远的传说。相传秦始皇为求长生不老，遣卢生、侯生入东海求仙丹。卢、侯二道心里很清楚，世上只有治病延寿之丸，并无长生不老之丹，于是"明修栈道，暗度陈仓"，遁居云山。他俩深居简出，尽心钻研，就地取材，用宫廷饮食之方，结合炼丹的中药配方，开始配制豆腐等食品的延期食用秘方。这算得上是武冈卤菜最早的历史了。但除了传说，卤菜究竟始于哪个朝代已无从考证，不过卤菜作为人际往来的礼品，则历代相传。据武冈县志记载，乾隆皇帝下江南时曾品尝过卤菜，之后武冈卤菜就被列为清代贡品。

俗话说"一方山水养一方人"，早在一千年前，勤劳聪明的武冈人民就知道从云山上采集那灵草仙药，选用大茴、小茴、桂皮、公丁、母丁、桂皮、八角等二十多味纯正中草药作卤味材料，以猪胫骨熬成浓汤，将卤制品连同中药卤味放入，武火烹煮约半小时，至七成熟，取出卤味材料和卤制品，滗干水分，阴干，再与卤味材料放入浓汤，文火熬煎。如此反复，至少三次以上，使卤味缓缓渗入食品，直到卤制品油光发亮，香气回旋为度。时间太短，卤味不能浸入，达不到卤味的目的，时间太长，则使卤制品形体糜烂不成块状而影响食用。卤制出的成品含有丰富的维生素、蛋白质等多种营养成分，食用后能强身壮骨，养颜驻容，延年益寿。卤制成品用中药防腐不含任何化学成分，无论冬夏，十五天内不用采取其他防腐措施，不会变味变质。

武冈卤菜在湖南可谓远近闻名，尽人皆知。所有卤制品均以农产品为原料，主要有卤豆腐干、卤豆腐丝、卤猪血丸子系列；卤鹅肉、卤鹅掌、卤鹅翅系列；卤牛肉、卤牛肚、卤牛肠子系列；卤猪耳、卤猪肉、卤猪脚、卤猪尾系列；卤蛋系列等。卤制品不含任何化学成分，堪称绿色食品中的珍品。所有卤菜雅俗共赏，老少皆宜，既可作家常小吃，又可作大宴席上的重头菜。卖卤菜者绝对是做卤菜的，必有一家作坊，且各具特色，其技艺和秘方从不传给外人，因此外乡人无法从独特的色泽、味道上进行仿制。在家庭里，也是传男不传女的，传男一般也是只传给长子。因此，武冈城里的卤味各家不同，就是仿制了也不地道不正宗。行家里手只望其色泽，闻其香味，品其卤味，就能道出正宗与仿制孰高孰低来。云雾缭绕的云山中有的是奇花异草，中草灵药，制卤者只要根据家传的药方，利用自己掌握的中草药知识，想方设法改进卤汁配方和卤制工艺，在卤汁中加

青石湾

入几味增色、增香、增味的中草药，就可让自家的卤味风味独特了。

香香拿着那个老乡的介绍信，回老家武冈拜城里一个久负盛名的卤菜传人为师，学习制作卤菜。每天，她来到那卤菜作坊，帮师傅把各类肉块的毛拔净，放进开水里煮熟，然后捞出来，缩干水，再倒入用大茴香、小茴香等十几种药材配制成的卤水中熬煮，有的卤水一下子难以浸透肉块，还要熬卤两遍三遍……这样卤味就做成了。卤水黑而油亮，从里面捞出来的豆腐、鸡、鸭、鹅等全都失去了原色，变得黑不溜秋的，总不让人相信这种不干不净的东西竟是誉满江南的武冈卤菜。然而，当你轻轻一吸那卤香，有的如醇酒出窖，香味扑鼻，待你轻咬些许，细细品味，香气入喉，顿觉满口生津，令人胃口大开，欲罢不能，定要让自己饱尝口福。香香很想快些学会这种神奇的技术，可一连学了三个多月了，天天做那卤菜作坊里的帮工，一分工钱不要，一个月还要出几百元的学徒费，然而那老人并不把最关键的方子告诉香香。三个月期满后，她回惠阳仿制出来的卤菜，徒有武冈卤菜的色泽，而无它那种香而不腻的独特韵味。云子想，如果这样下去会倒了武冈卤菜的名声，也会断了自己的财路。

后来，他特地与香香回到武冈城里打听，才得知香香的那个表姑曾经开过卤菜小吃店，生意很红火，是当武冈城里最有名的"陈记卤菜店"。十多年过去了，表姑无儿无女，被人送进了城郊的一个养老院，身体很差，精神也时好时坏。养老院的服务员对她很担心，正千方百计在打听她的亲人。云子陪香香到养老院把表姑接出来，表姑其时已是骨瘦如柴、病入膏肓了。云子马上把她送到县人民医院，花了五千多元医好她，经过半年多的疗养，表姑的身体康健了，她的精神也慢慢恢复了。当她了解到是云子夫妇给了她第二次生命时，感动得泣不成声，发誓一定要报答他们。于是，她凭那蛛丝马迹般的记忆，把她早年的卤菜方子回忆出来。经过云子夫妇多次验证，一个正宗的制作武冈卤味的方子出台了。云子不想掠夺她的祖传秘方，每次都是让表姑自己开方、抓药并让她亲自放进开水里。表姑多次要把方子告诉云子夫妇，云子都是婉言谢绝。表姑发火了，说："香香，云子，你们再也不要推辞了，如果没有你们相救，我现在也许已经见阎王了，现在除了你们，我再没有一个亲人了，你们就拿了我的方子吧，让我静静心，享享清福吧。"

云子说："表姑，方子还是您老拿着，以后您一次出去多抓几服药回来，给我们把握一下关键的地方就行了，我每月还是给您的银行卡上打上两千元，算是您老的工资吧。"

"我一个孤老婆子拿着那些有什么用呢，还是你们拿着，让我为你们看看家，带带孩子，就比什么都强。其实，我早把你们这里当成我自己的家了。云子，你从小就没了亲娘，以后，你就把我当成你的亲娘。真的，我早就把你看成我的儿子了。"表姑越说越激动，最后竟然泣不成声了。

"姑，从此以后，您就是我的亲娘。今天，我当着全家人的面发誓：以后，我一定把您当作我亲娘一样孝敬！"说完就大喊一声"妈——"伸出两只有力的大手把老人搂在怀中……

十年下来，云子的"武冈正宗卤味——香香小吃店"从原来的一个小商摊发展成为一个已拥有近百万元固定资产的"武冈正宗卤菜香香批发公司"，成为武冈特产第一个有一大批固定客商的批发公司。现在女儿小兰已是深圳大学的一名学生了；儿子凯里正在深圳的中学读高中，成绩很好，而且遗传了云子的音乐天赋，笛子吹得特别好，曾作为中学生代表在深圳电视台演奏过，就要考大学了；妻子香香已是近五十的人了，可一点不显老，乍看还像一个三十多岁的少妇呢；老娘（表姑）的身体越来越好，现在还经常到深圳公园里去参加城市老人聚会，慢慢融入了大都市的生活，简直就像一个城市的退休干部呢。至于那卤菜作坊，请了几十个民工帮忙，他现在在深圳还拥有几个分公司。

石哲成听了云子哥的述说，为他的坎坷人生唏嘘不已，更为他的事业成功、为他的公司红火而高兴，并为他以后幸福的生活而祝福。只是对于他的公司名称总是用香香的名字而不用自己的名字而感到困惑。云子哥告诉他："这样做就是担心老家的人看到我的名字，会容易找到我，这会让我难堪。好在现在出来打工的都是一些后生子，没几个还记得十七年前的那个叫田方云的人——你的云子哥了。虽然我无时无刻不在关注老家青石湾的事情，但从不敢对武冈老乡说自己的老家是在青石湾。"

石哲成说："云子哥，我记得有个作家说过：一个不敢面对现实的人

是会被人看轻的，一个不敢提及故乡的人是懦弱的，这样的人的人生是悲哀的。云子哥，你这样做其实是多虑了，不是您的风格。这次，我建议您带全家回老家，这样就会打开困惑了您多年的心结，让您的人生少一份遗憾，多几份精彩。"

"好的，成伢子，我就听你的。"云子哥终于下定了回老家的决心。几天后，云子哥这只从雪峰山飞出的苍鹰终天回到了故乡的怀抱，见到了久别的乡亲，重温了久违的乡情……

5. 录取坎坷

石哲成从深圳回来，八月十日是民师内招成绩公布的时间。石哲成对自己这次考试并不抱太大的希望，在考场上发挥得还算正常，语文、数学考得很顺，只是政治因为考前心情不好，好多基础试题都记得不牢，答题时很不顺利，估计政治成绩不会太高，恐怕想考前五名还是有点困难。

八月十日早晨，石哲成与几个同为民办教师的朋友一起骑自行车来到县进修学校，还未走进学校大门，就见一身光彩照人的山月兰从进修学校门口走出来，远远地，她一见石哲成就喊："石老师，恭喜你了，你的文化成绩考了个第一名呢。"

"真的?"石哲成很兴奋地问，说着就下了车。

"当然是真的。难道我还会骗你吗?"山月兰朝他睨了一眼，石哲成只感到有一缕温柔的凉风拂面而过，心里不由得涌起了一股久违的激动。他问道："山老师，你今天也有兴趣来看榜呀?"

"哦——我这半个月正在县进修学校参加校长培训班呀。"山月兰解释道。

"哟，你高升了，才当了一年乡中心小学校的教导主任，就要当校长了。什么时候请客可不能忘记我呀。"石哲成一改往日的严肃，与山月兰玩起了幽默来。

"今天该请客的是你呀，你怎么学起猪八戒来了?"山月兰很是兴奋地与他说笑起来。

"看来我当年叫你'女强人',还真的是说中了。"石哲成看了一眼满面春色的山月兰继续玩起幽默来。

一提起当年,山月兰心中涌起一股柔情,她朝石哲成睨了一眼:"'是金子终会发光的',你现在不也是应了我当时的那句话吗?"

"亏你还记得。"石哲成心中又是一阵激动,"你真不愧是一个'女强人'呀。"

"那哪能忘呀,那是一段多么值得回忆的美好日子啊。"山月兰说着说着似乎一下回到了那个温馨的月夜,回到那一段绚丽多彩的日子。不知不觉,他俩便一起来到公布栏前,山月兰快步挤进人群,在栏前兴奋异常地指指点点,哲成也随之兴奋起来,他终于看到自己那令人满意的分数:语文88分,数学100分,两科皆列全县第一,只是政治不够理想,才78分,教龄分8分,总分274分,列全县第二(并列),比第一名少了一分。

"石老师,你应该是总分第一名的呀,怎么漏加了教师配偶的5分优惠加分呢?"山月兰不解地看着石哲成,"你家玉婷不还是教师编制吗?"

"别提她了,我与她早就没关系了。"石哲成一提起兰玉婷就心烦,他很快就打断了山月兰的话茬。山月兰有点不相信,抬起头看着哲成,想从他的脸上找出一些答案。可她看到石哲成的脸都变青了,也就不再开口,心中却似波涛汹涌的海洋,久久不能平静……

三天后,县教委公布了入围名单,全县民师内招的指标共分为三类情况取录:一九八○年年底以前的为第一类,共录取二十人;一九八○年以后的为第二类,共录取十二人;一九八四年年底以后为第三类,仅录取四名,石哲成列此类的第三名(第三类的前五名除石哲成外皆为教师配偶,属优先取录对象,且全为女老师)。让他想不到的是,他的名字后面赫然写有两个字"待查"。于是,他走到教委办公室想找个熟人问问究竟。他找到三年前有过几次交往的卞主任,那卞主任说:"可能是你的计划生育情况未填清,或者是教龄待查。"

"那么,为什么我们第三类前五名只有我要待查呢?"石哲成很委屈地说。

青石湾

"你都三十岁了，婚姻栏里婚否你都没有填，这不用待查吗？还有，在这个时候，好些未婚的民办老师为了加那五分优惠分，都赶着在考前与当老师的人结婚呢，谁还像你这般傻，急着要与当教师的配偶离婚呢？"卞主任振振有词地说。

"当时，我正在与妻子闹离婚，我不知什么时候得到批示，不好填呀。"石哲成解释道。

"那你就回家拿离婚证来吧。"卞主任说。

石哲成赶紧骑车回家拿了离婚证，立即又赶到县教委办公室，那个卞主任说："离婚证拿来也没用，这并不能证明你计划生育没问题，谁知你是不是搞假离婚呢？你还是去镇学区和镇政府打好计划生育证明来，最好要有女方单位的证明。"

第二天上午，石哲成到镇学区和镇政府打好了计划生育证明，然后到兰玉婷单位找领导开证明，不知是兰玉婷事先打了招呼有意阻拦还是怎的，一个关键人物也找不到，结果证明开不来，这可把石哲成急得都快流泪了，听那卞主任说第二天就要截止办理一切手续了，没法，他只得急匆匆地赶到教委办公室。可是，这时已是下午四点半了，听人说卞主任刚离开了办公室，到外面办事去了。石哲成赶紧往回走，在县政府大院门口，他看到了正要骑摩托车外出的卞主任。他追上去，大喊道："卞主任，等一等。"石哲成把自己的证明递给他，他说："你明天再来吧，我今天没空。哦，你一定要把女方单位的证明拿来才行。""女方单位就在你们县教委管辖的教育电视台，你又不是不知道，她进电视台还是你帮的忙呀。我家离城里三十公里呢，我来一趟城里不容易呀。卞主任你就给我帮帮忙吧。"石哲成苦苦地央求道。可那铁石心肠的卞主任硬是不接证明，仍然是面无表情地跨上摩托车，一溜烟似的走了。

石哲成骑了一天的自行车，事又没办成，人都搞得心力交瘁，已经没一点力气骑车回家了。他就推着自行车慢慢往回赶，这时他来到了城郊的一座石拱桥上。他索性坐在石桥上歇一会儿，两眼茫然地望着涛涛的赧水。其时，晚霞映得江水一遍彤红，就像过年杀猪时喷了一地的猪血，让人烦躁，让人忧虑，也让人绝望……

石哲成实在想不通，自己考了个第一名，被排到第三，难道这还不够？难道硬是要把我挤出前五名的行列吗？不，不，我一定要想方设法保证自己顺利被录取，明天我再来，一定要把那电视台的领导找到！

想到这里，他强打精神，骑上自行车往家赶……

石哲成回到家已是天黑时分，他骑得满身臭汗，又累又饿，因此一到家就像一个饿死鬼似的，拿起碗盛了两大碗饭，三下五除二就全部下了肚。父母看到他这副饿相，很是心疼，却不好问他的情况。等他停下来，才开口问。石哲成这才把这一天的情况慢慢地向父母叙述一遍。

母亲听了后，就说："莫不是玉婷他哥在搞鬼？那一年，玉婷转正不是全靠那个卞主任帮的忙吗？"

父亲赶紧打断母亲的话："别乱猜疑别人，我想兰家人不会如此下作、如此阴毒吧。"

母亲不服气地说："害人之心不可有，防人之心不可无。我看得防着点儿。唉——当初就不该与兰家结亲，到现在，我才知道养女攀不得高门，养子也攀不得高门的。是我害了成伢子呀……"说着说着，她竟然又哭了起来。

石哲成被母亲哭得心如乱麻，脑海里是一片空白，不知如何是好。自从与兰玉婷离婚后，母亲时不时因为一点不顺心的事就搂着孙子哭泣，弄得石哲成劝也不是，不劝也不是。其实他早就不怪母亲当年的逼婚了，他倒怪自己的优柔寡断，对爱情的不勇敢，对婚姻的不果断。这时，石哲成的小妹插嘴道："大哥那年不是留下了电话号码吗？现在遇到了这么大的事，怎么不打电话告诉大哥呢？"

"是呀。我怎么没想到呢？还是大学生妹妹聪明。"石哲成恍然大悟，顿时来了精神。

"当局者迷，旁观者清嘛。"小妹调皮地朝哥哥眨眨眼睛。

石哲成拿着换洗的背心、短裤，到后山的青石湾码头游泳去了……

第二天，石哲成到学校给哥哥田小楚打了电话，恰巧是哥哥接的。石哲成就把自己的情况原原本本向哥哥诉说了一通，特别是把那条"变色龙"卞主任对待自己的态度强调了一番。哥哥说："弟，你别着急，县委

的常务副县长陈志刚是我大学同学，待会儿我给他打个电话，让他给那个卞主任说说，肯定就没事了。"

果然，上午，石哲成不去电视台了，直接骑车到县教委办公室，那个卞主任正在埋头整理文件，他把自己的证明递给卞主任，那个卞主任一见是石哲成，竟满面堆笑地对他说："小石，你的证明给我吧，没事了。"

"那女方单位的证明不用打了？"

"嗯，不用了，有陈县长为你说话，这下你尽管放心回家等录取通知吧。"

石哲成这下吁了一口长气，几天来那颗卡在喉咙上的心终于回到了原位。这时，他一下瘫坐在县教委办公室的椅子上，呆呆地看着眼前这个满面堆笑的卞主任，回想起同是这个卞主任，昨日还是一副冷若冰霜、拒人于千里之外的可恶嘴脸。

半个多月后，石哲成真的就顺利地接到了师范民师班的录取通知。

一个月后，石哲成迈进了师范的大门，开始了一年紧张而又充实的民师生活。

6. 民师生活

民办教师进师范学习，大多是仅仅为了把那个"泥饭碗"镀成"铁饭碗"，没几个是真来学知识的。一来，他们大多经过了十年，甚至二十年的从教生涯，基本能胜任小学教师这个工作；二来，他们中大多三十好几甚至四十来岁了，记忆力衰退，家庭负担重，因此在学习期间，往往心系多端：家庭、父母、孩子、妻子，放在学业上的精力不可能太多。因此他们学习不专心，只希望早日从这里走出去，不想耗费过多的时间在这里。想当初还未转正时，是多么希望自己能早日进来，现在又是如此急切地想出去。这真如钱钟书在《围城》中所说的那样：外面的人想进去，里面的人想出来。这时，还是一个星期上六天课，每逢周末，民师班的学生就人心浮动，归心似箭，早早地把书籍搂到寝室里，把衣物清理好，拿好回家的东西，到教室里挨时间——心不在焉地听课。有的民师生则编出各种理由，到班主任或班干部那里批假，有的甚至冒着被老师发现罚操行成绩的风险，悄悄地溜走。开始只是离校远的人这么做，上课的老师也是睁一只眼闭一只眼，不闻不问；后来则是大部人都这样，校长在民师班学生大会上三令五申地强调要大家遵守校纪校规，可仍然是没多大进展；最后，学校妥协了：每周星期六，民师班只上半天课——上午四节课，下午放假。

石哲成可不是这样，因为爱好文学，喜欢写作，他可是准备用这一年的时间多看些书，多见见世面，长长见识。他发现这所师范学校里桂花树特多，进校不久就到了八月中秋了，学校的桂花便开起来了，整个师范学校都被浓浓的桂花清香包围起来。在这种充满诗意的氛围中，石哲成认为这是学习的大好时机，而且学校的图书特别多，这也是原来的高中学校所不能相比的。因此从进入这所学校的大门起，石哲成就做好了要把这一年过得比别人更加有意义，做一个不一样的民师生的准备。他要把早年失去的岁月捞回来，把知识补起来。每个星期，他都要到学校图书馆借一两部文学名作，如饥似渴地从书中吮吸精神食粮。

当时学校普师班办有一个文学社：红枫文学社，指导老师是一个与石哲成年龄相仿的年轻老师，姓黄，在全国大大小小的杂志上发表过许多文学作品，是学校最年轻的也是最早获得高级讲师职称的老师。石哲成就叫上隆回县的廖建华、袁愈辉，洞口县的李胜保，绥宁的龙宪智，新宁的罗斌等几个志同道合的同学，到黄老师那里提出申请。黄老师见他们年龄与自己差不多，就劝他们说："文学是一种寂寞的事业，你们大可不必像小青年一样参加学校的文学社，只要自己多看书，勤写作，就会在实践中提高的。"

石哲成就说："文学是人学，更需要的是生活，我们是想向您学习怎样带领学生享受生活，怎样从生活中发现美，为我们以后回到乡村学校创办文学社积累宝贵的经验。"

那个年轻的黄老师见他们很有诚心，也就接受了他们加入文学社的申请，让他们与那些年轻的师范生一起学习、写作，进行笔会。可同班的民师生就不大理解了，笑道："你们都老大不小了，还喜欢与普师班那些小

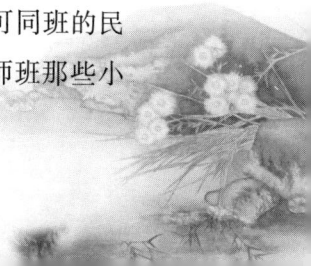

娃娃们打打闹闹，你们的脑袋怕是进了水，真是太天真了。""一期还要交四十元的会员费，怕不是有钱花不完，自找麻烦，自讨苦吃。"

石哲成他们对同学们的冷嘲热讽毫不在乎，仍然是我行我素，一如既往、热情地参加文学社的活动。黄老师常常利用周末时间，带着文学社成员去登楚南胜地云山，观铜宝古刹，游狮子水库，探法相洞天，揽崀山胜景，阅南山草场……大半学期过后，他们相互促进，相互鼓励，相互探讨，文学水平有了很大的提高，相继在省市报刊上发表了小说、散文和诗歌，竟然成了民师班里的"明星"。那些普师班的小娃娃们则是对他们崇拜得要死，纷纷前来民师班认识他们几个，并向他们请教写作。

转眼就到了年底，县里要召开一年一度的县作协会议了，石哲成也接到了山月兰特地送来的通知。他就向班主任请了假。下午，石哲成与山月兰在县新华书店会面，尔后，就来到一个餐馆。山月兰请他吃了晚餐，就一起来到一个服装店，山月兰给石哲成买了一套西服，石哲成一定要自己出钱。山月兰说："哲成，我知道你身上肯定没带多少钱的。你一个月才那么点工资，这次转正读师范又交了几百元的学杂费，孩子要用钱，家里的开销大。不要犟了，这套衣服就算我借钱给你买的吧，以后等你得了稿费，再给我买一身总该行了吧。"

石哲成听她这么说了，就只得收下这套价值两百多元的西服，这可是他平素想都不敢想的奢侈品。这时，他见天色不早了，就说："我该回学校去了。"

山月兰说："到宾馆里坐坐吧，我早已在那里订好了房间。我俩难得一见，我想与你谈谈呢。好久不与你谈文学了，真的让我好怀念那一年与你在一起的日子啊。"

石哲成也心有同感地说："是呀，时间过得真快，想不到眨眼就是三年多了。"

于是，他俩边走边说，来到了宾馆。石哲成从未到过宾馆，更不用说是住宿了。刚进门时，他很不自在，担心熟人碰见，山月兰却很大方地挽着他走进房间。一进门，山月兰给他倒了一杯开水，也给自己倒了一杯，然后打开电视机，一边谈话一边看电视。山月兰问了他近几年的创作情况，石哲成就告诉她：前年在《大众卫生报》上发了一篇千字文《本地桔》，在宝庆《新花》杂志发表了一篇短篇小说《故友柳十三》，在市报上发了五首小诗，还在县里的内部刊物发了几篇散文。山月兰为他的进步而高兴，石哲成就问她这几年写了多少作品，山月兰连说："很惭愧，很惭愧。这两年因为调到中心小学当教导主任，教务繁忙就没心思看书，写作则更少了，仅仅在县里的内部刊物发了一首短诗《红枫的思念》。"石哲成记得这就是前两年山月兰寄给他的那一首，于是，他就随口小声朗诵出来：

你走了，不知不觉地，没有再来。
明知你是要走的，却又把缕缕情丝系在你的身上。
明知你是要走的，为啥又要闯进我干涸的心野。
充当一个暂时的浇灌者，只播下爱的种子，
未待开花结果就又匆匆地离去，永不再来？
你可否知道，我心野的种子已经干枯。
没有谁能使它重新发芽。
除非是你。
明知你不会再来，我却又在痴情地等待。

听着听着，山月兰激动得热泪盈眶，于是也小声跟着石哲成朗诵起来：

在有月的晚上，我对着月亮和星星痴想，
月亮和星星被情所系共度那寂寞的长夜。
却总也走不到一起，只能在各自的轨道上运行，
他们的眼泪汇成银河。
这，或许就是你和我。

没有月的日子，我对着深邃的夜空，
设想着月亮和星星约会，

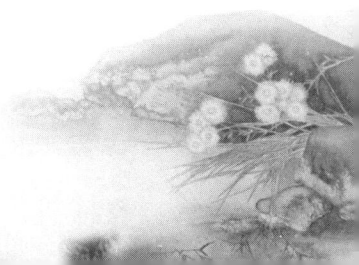

把深深的思念寄予黑暗中夜游的风。

如今，又是一个月圆的月夜，
我把一片殷红的枫叶寄给你
……

最后，山月兰竟然伏在石哲成宽厚坚实的肩膀上泣不成声。石哲成一时也情不自禁地用手轻轻拍着她的后背，山月兰抬起头，一双泪眼痴痴地望着英俊的哲成，那粉红的嘴唇便贴了上去……

第九章　杏坛纪事

1. 牛刀小试

　　一年时间眨眼就过去了，石哲成从师范出来了。其时，那个王校长因几年来青石湾乡中心小学的教学成绩持续滑坡，已被调往另一所乡中学当副校长，山月兰当上了校长。她本想把石哲成安排到青石乡中心小学，可石哲成不想当"吃回头草"的马，情愿回村小去。恰巧，青石湾乡要进行九年制义务教育达标，初中扩大招生，他因为有大专文凭就被分配到青石湾中学。

　　初到乡中学，石哲成接手的是一个二年级班，兼班主任，上一个班的语文和两个班的地理，另加两节自修课，共十四节课，课时比教小学少。起初，他认为乡中学的学生素质好，肯定比乡农校的学生容易教，好管理。谁知过了一个星期后，他才发现自己一下子似乎不会教书了。他小学那一套行之有效的教学方法到了中学竟全然变了样，行不通了。

　　当年在乡农校教的初中并没有什么技术含量，学生少，课堂纪律无须过多操心，只是没几个喜欢读书的，上课没两个敢举手回答问题的，只要老师照本宣科地把教案宣读一遍就行了，让学生抄好段意，然后把课后作业讲一次，或抄到黑板上就可以了。

　　在乡中学情况则完全不同了，每班学生多达六十多人，聪明的学生也多，爱出鬼点子的也多，与老师对抗的诡计更是千奇百怪，防不胜防，非得用非常手段不可。他把"快速阅读""好花共赏"等活动从小学原封不动地移植到乡中学，可学生就是不肯响应，即使动起来了，也是马虎了事，应付一下。石哲成很苦恼，顿时怀疑自己的教学能力。他看到与自己一起进来的那几个年轻大学生是那么自信，那么得心应手，好生羡慕。心想，要是自己能有他们那样的能力该多好啊。真是草台班的比不上正规军呀。

伴随着这种苦恼、自卑和失落，他熬到了期中考试。考前他想，自己班这次肯定是全年级倒数第一名了，心里很害怕，所以他迟迟不敢去看期中考试的成绩排名。后来还是一个与他一起进来的刘伟鸿老师告诉他："成哥，你班语文考得不错吧，平均分数在全年级排名第三（同年级七个班），全校唯一的最高分90分还是你班的呢。"

"真的?"石哲成说着就长长地吁了一口气，至此，半学期来压在他心头的巨石才总算落地了。

这一学期，神州大地的中学语文教学都大张旗鼓地掀起了学习魏书生的活动，学习他独创的让学生自觉学习的好方法。学校指派了两个语文老师去市里学习，听说魏书生老师亲自来了，石哲成极想去观摩学习，可学校有许多老师都有这个要求，当然是轮不到你一个初来乍到的人了。

一个星期后，学习的人回来了，他俩现买现卖地上了两堂公开课，又把带回来的光盘播放给全校老师观摩、讨论、学习。这时，石哲成才明白自己从小学带来的教学方法并没有过时。自己那些"快速阅读""好花共赏"等活动碰巧体现了魏书生老师的教学理念，完全可以放心地进行下去。只是因为自己接手的是初中二年级的班，学生早知道你是一个从小学调上来的老师，心存蔑视，不太听从管教，只要以后把自己的能力充分发挥出来，学生自然而然就会慢慢听你的。想到这里，石哲成释然了。于是，他到新华书店买了有关魏书生教学经验的书籍、李慎西的教育书、杨初春有关愉快作文教学的书，认真地学习，并把从省市党报的教育副刊上剪下来的对教学有益的知识和方法编辑成册，平时多加学习和实践。他还到学校图书室借来教育杂志，摘抄下那些有用的东西，并在教学中大胆地运用。慢慢地，他掌握了较为丰厚的教育理论和语文教研中的各种学说，也弄清了当代语文的教学现状和国内外教改动态，为自己以后的教学和创作打下了牢固的理论基础。

从此，他把自己的教学班作为教改的"试验田"。首先用自己在写作上的特长打响了教改的第一炮：为了提高学生的写作水平，他仍然坚持写"下水作文"；为了打开学生的思路，他坚持一题多练；为了提高学生全面的写作能力，他还摸索出了"作文教学全程序系列化"。此外，他还创立了"兴趣、能力、生活"三结合的写作指导法……

这一学期期终全校统考，他班的语文平均分跃居全年级第二名。第二学期学校进行了作文竞赛，每班六人参赛，全校同年级共四十二名学生参加，取十个名次，结果他班得了四个名次，前两名也全部被他班的学生夺得。

这一下引起了校长的注意，校长特地到石哲成的房间，与他一席谈话，想不到经常在市报副刊上发表小说散文的作家"阿成"原来就是自己学校的石哲成老师。于是，他当即要求石哲成创办学校文学社，并取名为"青石中学雪峰文学社"。

石哲成一听校长要他创办文学社，很是兴奋，当即满口答应。第二天便在学校张贴了征稿启事。一个星期后，一张散发着浓浓油墨香的创刊号就出来了。校长对他这一举措很是欣赏，在全校师生大会上号召学生们踊跃投稿，要把"青石中学雪峰文学社"办得更好，让它早日走出高高的雪峰山，走向全国，走向全世界……

不到半年，校文学社的学生习作相继在县报、市报上发表了，这给学生们以极大的鼓舞。因此，文学社越来越红火，学生们的习作真的如校长所愿，走出高高的雪峰山，走向全国……

2. "博士"老曾

提起文学社就不得不说说老曾了。他是石哲成同学中最用功的学生。

第九章 杏坛纪事

青石湾

他俩同窗五载，他当班长，石哲成是学习委员，整整六年，关系一直很好。后来小学毕业后，老曾上了青石湾中学，石哲成则上了青石湾"五·七中学"。读初中时，神州大地上如雨后春笋般地涌现成千上万的准演员，一年四季都在红红火火地搞文艺宣传。他们这些初中生幼稚好动，爱唱爱跳，大家都怀着一颗火热的心，投身于这滚滚潮流之中。只有曾班长是"两耳不闻窗外事，一心只读圣贤书"。平时，他很少看戏，也难听到他哼一两句歌，更不用说是上台表演了。

转眼间就到了高中，火红的十月一声炮响，神州大地到处莺歌燕舞。正处于花季年华的高中生们更是欢天喜地，乐乐颠颠，粉墨登场。唱歌的，跳舞的，玩乐器的，写诗投稿的，谈情说爱的……由于大家学不专心，浪费了黄金岁月，也荒废了学业，因此高考时，都名落孙山，唯有曾班长以优异的成绩考入宝庆师专中文系，开辟了母校应届生考上大学的先河。老曾至今一提起此事就会"欣欣然而面露喜色也"。

老曾从师专分配回母校已有十年，当时，母校已撤高中，仅设初中班。为了发扬光大老曾那种刻苦钻研的精神，老校长特地召开全校师生大会，像欢迎英雄似的欢迎老曾——母校新时期第一位大学生学成归来，报效母校。并号召全校学生们向曾老师学习，为母校争光。那激动人心的场面，确实令人艳羡，也令人嫉妒。

老曾不愧是科班出身的，他工作负责、踏实，抓的班级更是令人佩服。学风好，班风正，学生个个都循规蹈矩，极少出乱子。他班上的学生上课鸦雀无声，坐的姿势也与众不同：一律抬头、挺胸、收腹，都初中生了还像幼儿园的小朋友，双手贴在屁股后面，悄无声息地听课，该做笔记时也就行动一致，拿出钢笔"沙沙沙"地写一阵。然后放下笔，把双手贴在屁股后，继续听课。其情形就像军人出操，整齐划一，步调一致。课间，他班的学生仍然是秩序井然：雨天，在礼堂里打球、游戏；晴天，则在大操场上锻炼、运动。课间十分钟，极少像别的班学生那样高声地唱，大声地喊，狂然地跳。这也让老校长很受感动，他五次三番、三番五次地在大会小会上表扬老曾。老校长有句口头禅："科班出身的与草台班的就是不一样，不-样就是不一样。"每逢此种情况，老曾脸上的肌肉便会一颤一颤的，嘴角常不经意地流露出三分羞涩、七分得意。而别的年轻老师则大多露出七分尴尬，三分不屑。这样连续三年，年终评比，老曾成了学校优秀教师、优秀班主任的"专业户"，其先进事迹还上了市报呢。

石哲成初中毕业后，休学两年，然后以社会青年身份参考，竟幸运地考入县中，高中毕业后几经波折方成"孩子王"。八年后，他参加了民师内招，成了正式公办老师，这才进了青石湾中学。此时，老校长已退休五年了，教育界发生了巨大的变化，提倡素质教育、教学改革，注重发掘学生的个性培养，老曾那一套就不怎么行得通了。石哲成看出老曾在学校混得并不咋样，不过石哲成发现老曾变化很大：性格开朗了许多，人也变得非常健谈。老曾经常在办公室里侃侃而谈，别人只要有耐心就行，无须插嘴，也插不上嘴，他会滔滔不绝、随心所欲地调侃，直至到办公室没有一个听众为止。对此，有人曾这么说：他是语文教研室的"博士"，古今中外，天文地理，三教九流，无所不知，无所不晓。

"昨晚的新闻联播看了吗?"他手握一个古朴的青瓷茶杯，很悠然地走进办公室。石哲成没吭声，当然答也是白答——自从与老曾在一起，石哲成便无须看新闻联播了。

老曾的口中的"新闻联播"比主持人播得还要精彩，他删繁就简，并加以评论、发挥，让人一听就直往你心窝里去。

老曾说自己是一个逍遥派，常说："一天一壶茶，活到九十八。"那句"关上小楼成一体，管它冬夏与春秋"更是他办公桌上的座右铭。其实，他并不是一个四大皆空的禅者，私下里他最关心的还是困扰他多年的职称问题。也难怪，八十年代末评上的中教二级，至今已是整整十年了，这怎不叫老曾心生怨气呢？

那年夏初，一年一度的晋升机会来了。基本条件降低了，无须如往年那样三年两优，只要按项打分，择高的上报。老曾一听满心欣喜，赶紧请年轻的校长打开档案室，翻出学校近四年来的统考成绩。根据上级定下来的条条框框，依次给自己和对手估分，整整花了一个上午，他才从档案室出来。其时已是满脸沮丧，后来竟然连报表都不上交。石哲成试探性地问：

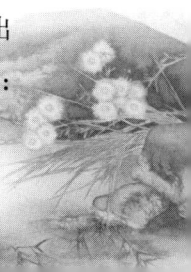

青石湾

"你这次是蛮有希望的，任职时间长，分数肯定不少，怎的不填表呢？"

谁知石哲成话音未落，他便火气十足地说：今年，优秀倒是不要求，却又是什么学生特长加分，学生作文比赛得奖也给老师加分，学生文章登报也加分，学生体育比赛也加分，学生唱歌比赛获奖也要加分，乱七八糟的一大堆。反正没有我们这些扎扎实实、规规矩矩、一心一意教书人的份儿，我如今总算看透了，看穿了……"

平心而论，老曾确实是正规正矩、扎扎实实教书的，为了让学生们专心致志地读书，一般是不愿意让学生参加什么活动的。然而每年统考，他似乎总不太走运，班上成绩年年是中不溜秋的。而同年级的另外一些班主任，平时工作并不见得怎样扎实，只是鬼点子多，成立了音乐兴趣小组、数学奥赛小组、体育特长小组、美术爱好小组等。学生们唱唱跳跳，玩玩乐乐，学习并不怎么扎实，可统考就是考得好，这就更让老曾牢骚满腹："教书一年功，不如考试十分钟"。他总认为自己班考得不好是别人班的考风不好。

那一年，石哲成刚进青石湾中学，因为他经常有文章在报纸杂志上发表，校长就授意创办校文学社，石哲成便立即行动起来。老曾在母校待的时间长，又是语文教研组组长，石哲成想得到他的支持，于是特地把文学社创刊号的稿件给他看，并请他帮忙发动一下他班的学生。他竟然把头摇得像只货郎鼓，说："办文学社，你真的相信能提高学生的写作水平？加入文学社学写作，投稿，从小就培养学生追名逐利思想，这不让学生偏科，把他们引入歧道才怪。老朋友，恕我老同学直言，你还是不要赶这个时髦了。"

当即，石哲成被老曾的几句"直言"说得灰头土脸，好不扫兴，一腔热血让他一盆冷水泼得降到冰点，差点让校文学社"胎死腹中"。好在石哲成生就一个犟脾气，只要自己认准的事，从来就不在乎别人说什么。还好，文学社办得还算红火，学生的热情很高，经常有学生习作发表在省市级报刊上，给全校学生鼓舞很大，有许多学生毕业后还写信来赞扬：校文学社是培养我们的文学摇篮。三年后，学校文学社还被评为全国百家中学生优秀文学社呢。石哲成也因为文学社工作成绩斐然，在进入中学的第三个年头便晋升为中教一级，这让老曾更加想不通：你一个民办教师出身的人，才教了三年中学，在青石湾中学屁股还没坐热，就晋升为中教一级，我一个正牌的师专生，教中学都十多年了，还待在中教二级，真是气死我也。

又过了三年，晋级的条件宽松了许多，老曾的中级职称终于得到了解决。这一下，老曾高兴了，可他发现自己的工资仍然没有石哲成的高，他心里又认为这是不可理喻的，常学诸葛亮"好为梁父吟，每自比管仲乐毅……"他与石哲成更加疏远了，即使两人头碰了头，也总要石哲成先打了招呼，他才稍许点一下头的。

3. 雄鹰折翅

教学的成功让石哲成增添了自信。两年后，县三中公开从乡镇中学招录优秀教师，石哲成心想，自己的课堂教学比较好，曾在县青年教师教学比武中获得过第一名，教学效果也好，所教的毕业班语文成绩还连续两次进入县先进行列，另外校文学社曾在县报上开辟了两次专刊，应该说是小有名气了。于是，他就对山月兰说了，山月兰非常支持，并说她要到县教委为他活动活动。

试教课是在县三中的阶梯教室里进行。全县参加面试的语文教师共有十四位，先抽签排序，然后是抽讲课文，每位只有一个钟头的准备时间。因为抽讲课文只讲初中一年级的几篇精讲课文，为了公平起见，凡是参加面试的教师不准进入教室听别人的课。

石哲成抽到第二号，课文是初一年级上册的散文《枣核》，这篇课文是哲成平时最喜欢的散文，他根本不用做什么准备就可以把它讲得很生动，他曾用它在学校进行了一堂公开课，反响很好。为了突出老华侨的思乡之情，他给课文设计了一个心形的板书，中间是一颗椭圆形的"枣核"，四周画有圆滑的曲线，曲线有四点，分别写有"索""见""说""议"四字，讲课时就围绕这四字讲述，这样不仅能使课文内容清楚明了，也一下抓住了文章的主题。开讲前，他打开了录音机，张明敏的《我的中国心》

响彻了整个教室，也就在这充满深情的歌声中，让同学们很快就走进了课文，走进了一个老华侨的心灵，去静静地吟听他那一股思恋故土的心声……

这次正好可以在原有基础上发挥一下就行了，他对此是很有信心的。

轮到他上场了，当他满怀信心地走进课堂时，才发现教室里空空如也，只有几个评委坐在教室前排，这让他大失所望。平时上课，他的最大特点是双边活动搞得好，他能用简短的几句话点燃学生的激情，让全体学生都动起来，师生互动很和谐。这下可好，教室里学生没有了，互动对象没有了，自己该怎么把握课堂呢？学生可是课堂的主体呀，主体没有了，正如一部戏，老师只是一个导演，一个指挥，演员才是主体——表演者呀，导演的意图是靠演员表演才能发挥出来。这下可好，老师成了光杆司令，既要当导演又要当演员，这怎么行呢？还好，他算得上是一位"洞庭湖上的老麻雀——久经风浪"的了，在镇学区的教学比武上曾连续两次勇夺冠军。他这时只是愣了几秒钟，就反应过来了，于是就把那几个评委以及那空空的座位看成是一个个天真可爱的学生，一如既往地按自己的课堂设计，有条不紊地演示出来……

最后，他用"这几颗小小的枣核饱含一个老华人的思乡之情，一颗小小的枣核其实就是一颗沉甸甸的爱故国，爱故土，爱民族的心啊！"结束了这一堂试教课。

评委们都相对而视，露出了满意的微笑。至此，他才知道自己这堂课达到了预期的效果，于是他就像放下千斤重担似的，迈出了教室大门……

第二天，山月兰帮他到教委打听到了分数——87分，排第二名，而县三中需要进三位语文教师。

听到这个令人振奋的消息，石哲成情不自禁地伸出那双有力的大手一把搂住同样兴奋异常的山月兰。这可把山月兰吓得脸都变得煞白，她赶紧挣脱，跳开，骂道："你发神经了，要是让熟人看到，你让我的脸往哪里搁呀？"

石哲成一惊，睁大眼睛往四周一看，不由得吐了一下舌头，耸耸肩，摇摇头说了声："好险呀！"

一路上，两人都为刚才的失态而后怕，一同默默地走了很长一段路才把那后怕的心平静下来。这时，他俩才有说有笑地走到大街上去了。

然而，半个月后的情况却让他们大失所望，石哲成无缘进城任教……

4. 迟到对话

这一年，石哲成接手的是一个新生班，竟意外地逢到了送女儿前来报到的龚雪梅——他在读书岁月里所认识的印象最深也是最好的女同学。十五年前，石哲成曾与她在县中同学过一年。

她很美，可以说是石哲成十多年读书生涯中所遇到的最美的一个女同学。因此，一见面他就叫出了她的名字。她很是吃惊，也很是激动，于是，高中时一幕幕动人的画面再次浮现在脑海中……

那时，龚雪梅很大方，当时是班上的文娱委员，还是学校学生会的宣传部部长。学校里每年所举行的文体活动大都由她主持。她的形象美美的，声音甜甜的，歌声亮亮的。由此，她成了男生们追逐的对象，女生们心中的偶像。据说，她曾创下了一天收到二十封地址不详的信的纪录。

她很高傲，从未见她与哪个男生亲密地走过路。由此，更加完美了她在师生中的形象，激起了男生们的爱慕。每晚，她成了男生宿舍里谈论的焦点。班上那个高大英俊的体育委员曾信誓旦旦地对全寝室男生说："在毕业前，我一定要把她搞定，就是到她家做上门女婿也行。"至此，石哲成才知她家没有男孩，只有五姐妹，人称"五朵金花"。

那时，刚刚进入这个文科班的石哲成胆子很小，性格特别内向，一与女同学说话就脸红，不敢谈论女生，不敢看女生，更不敢主动与女生谈话。因此，他被大家称为"山巴佬"——也许班上的同学知道他是从雪峰山中来的吧。仅有一次，穿着一身雪白连衣裙的龚雪梅——学校最美丽的"校花"飘然而至，停在他面前。她是来向石哲成借一本英语书的，石哲成一时手忙脚乱起来，赶紧从书包里找出来递给她。当时，石哲成紧张得连气都不敢出，脸热乎乎的，都热到了脖子根。事后，石哲成真的好佩服

体育委员，他敢向全校最美的女同学发起攻击，而自己却胆小得连与她说话的勇气都没有。

当时，文科班学生的数学成绩普遍较差，石哲成作为班里唯一能考上八十分的学生，深得数学老师的喜爱。同学们一遇到难题都向他请教，石哲成倒也是来者不拒，乐意帮大家解决，成了同学们心目中的"及时雨"。有很多次下午上课时，石哲成发现课桌上有一张纸，上面有一个比较难的数学题，下面总要写一句特幽默的话语，比如："请帮忙解决一下这个难题——宋江大哥"。

"及时雨，哥们儿的地盘久旱无雨，特请降雨——让暴风雨来得更猛烈些吧！"

"'山巴佬'，我已迷路雪峰山中，请你给我指点迷津吧！"

……

后来，他发现请他帮忙的女同学居多，其中叫他"山巴佬"的属龚雪梅次数最多。他发现这个秘密后，仍然是一如既往地帮同学们排忧解难。当然，他也曾想学其他男同学那样给龚雪梅写个纸条什么的，可每次都是临阵怯场。

终于有一天，石哲成看到体育委员与她并排走着，并且有说有笑地从他面前经过。石哲成猛然发现自己那静如止水的心有种被针扎了一下的痛，一种世上最珍贵的东西似乎被毁坏的失落感油然而生！

可是，当石哲成第二次看见她与体育委员一起走过时，石哲成发现自己却解嘲般地笑了：我自己算哪一根葱呀，怎能吃他的醋呀。人家才是郎才女貌、天造地设的一对金童玉女呀。你一个"山巴佬"，靠什么与那英俊潇洒的城里人竞争呀？于是，他酸溜溜的心很快又恢复了平静，针痛的感觉也似乎慢慢地消逝了。

一个月后的一天，全班同学照毕业合影，体育委员特地选了一个好位置，站在龚雪梅身后，可她却在摄影师喊"准备，一、二、三"时与邻近的一个女生对换了一个位置，正好站在石哲成的胸前。顿时，一股温馨的女性气息紧紧环绕着他，石哲成一下觉得自己好幸运，好陶醉，好幸福……

相片出来了，她紧紧靠在石哲成胸前——好一副小鸟依人的模样，石哲成心中一下激动得涌起了幸福的巨浪。这当然也引起了许多男生的羡慕和妒忌，英俊潇洒的体育委员更是气得脸都拉长了一倍，扬言哪一天非揍石哲成一顿不可。当时，石哲成心中做好准备，静静地等候着体育委员的挑战。可是，那个慷慨激昂的体育委员原来也只是说说而已，并没给石哲成这个"山巴佬"表现"男子汉"豪情的机会。

然而，直到毕业离校时，石哲成也未能与她说上一句话，虽然他心里有许多话想对她说，可每次都因石哲成的优柔寡断而错失良机。

后来，石哲成与兰玉婷结婚了。婚后，兰玉婷帮他整理相册时，看到石哲成那张毕业合影，不大不小地把他损了一通，定要丈夫老实交代与这个美丽女子的浪漫史。得知石哲成从未与她亲密地交谈过一次话时，硬是老大不相信。

这年，石哲成竟意外地遇到了送女儿来报到的她。石哲成从报名单中得知她女儿的父亲并不是那个曾扬言要揍他一顿的体育委员，而是青石湾乡雪峰村的。他俩谈起往事感慨万千，最后，龚雪梅不解地说："那时，你为什么那样讨厌我们女生呢？"

石哲成一时语塞，心里想说："其实，我是很喜欢你的呀！"可话到嘴边却成了几个简短的："哪里，哪里呀！那时我真的是很喜欢，喜欢——给你们解决数学题呀，你不也经常叫我'山巴佬'吗？"

她满是疑惑、满是幽怨地说："那为什么照毕业相时，我特地站在你前面，你却是那么一副愁眉苦脸的样子呢？"

"呀，愁眉苦脸？哦——哪里哪里，我那时其实就是一副'山巴佬'相呀。"真亏她还记得。石哲成心里隐隐地涌起了一阵悸动。然而，石哲成此刻还能说什么呢？他只得用笑声来掩饰自己的尴尬了。

龚雪梅仍然不解地说："'山巴佬'？那是你误会了。我叫你'山巴佬'，其实是看你是一个憨厚老实、忠诚肯干的山里人样子，并不是说你傻呀。其实在当时，我们班有许多女生特别地崇拜你，你那时的文章写得那么好，次次是老师必念的范文。"

"哦——那我怕是真的误会你们了，我一直以为你们女生喜欢的只是

体育委员那种高大威猛、英俊潇洒的男生呢。"石哲成老实地说。

"哦——那真是误会了。那时你也真的是太自卑了，以为大家都像那几个城里人那样看不起你们从山里来的学生。说真话，我那年与我老公恋爱，看上他的不仅是相貌像你，还有就是他身上那股山里人的纯朴、憨厚、踏实的气质呢。"说着说着，龚雪梅那俊俏的脸上竟然掠过了一丝悲哀。石哲成有些不解，但又不好细问。恰好，这时又有新学生来报名了，龚雪梅就匆匆告辞了。

看着龚雪梅渐渐远去的背影，石哲成唏嘘不已：一个多好的女子啊，但愿她一生幸福快乐。

是呀，生活中有许多本该发生的美妙故事，却因自己的怯懦，或是对自己过早的否定而失之交臂，这怎能不教人心生感叹、悔意难当呢？

几天后，石哲成偶然得知，龚雪梅是高中毕业后就去广东打工，两年后认识了青石湾的小伙，嫁到雪峰山中来的，婚后一直与丈夫在广东深圳打工。不幸的是，去年秋天她当司机的丈夫出车祸去世了，她才回到婆家青石湾雪峰村来。这次，她打算送小女儿上了学，就又要出外打工的。难怪那天她俊俏的脸上竟然掠过一丝悲哀。

在感情方面一向优柔寡断的石哲成突然有了一种紧迫感。这天下午，他就随那女学生到龚雪梅家家访。家访后，龚雪梅送他走出村子。可就在龚雪梅即将转身回家时，石哲成突然喊住她，并任重其事地告诉她："龚雪梅，老同学，我今天来的主要目的是——我现在已与妻子离婚三年，家有一个八岁的儿子，很想给儿子找一个像你这样贤惠的妻子，你说行吗？"

龚雪梅一听羞红了脸，小声地说："老同学，这怎么可能呢？你现在已是一个满腹经纶、有头有脸的中学老师，可我只是一个卑微的打工女，一个还带着两个女儿的寡妇，我俩可不是一个层次的人。不行的！"

"龚雪梅，你行的！别拒绝我，好吗？其实，我高中就爱上你了，只是以为你看不上我这个'山巴佬'，才迟迟不敢和你说话，以致错失良机，让我俩走了许多弯路……"

"不行，别人会笑话你的，老同学。现在我已是两个孩子的母亲了，我又是一个不会丢下孩子的人，如果与你结婚，以后会产生许多麻烦的。你可要三思而行，别是一时的感情冲动呀。"

石哲成坚定地说："这个我知道，只要是重组的家庭，都会产生或多或少的矛盾，我会尽力处理好的，我会做一个好父亲的，我肯定会把你的两个女儿当作我自己亲生女儿一样的，请你相信我。本来这次对话已是迟到十五年了，我不想我与你的对话永远是'马后炮'。龚雪梅，你就给我这个机会吧！我会非常珍惜与你的感情的，我会给你幸福的。"

龚雪梅听后，很是激动又很遗憾地说："谢谢你，石哲成。可你为什么不在十五年前说这些话呢？"

石哲成勇敢地上前紧紧握住龚雪梅的手："现在是亡羊补牢，犹为未晚。雪梅，你是我一生都不能忘怀的'白雪公主'，我心中的女神维纳斯。你就答应我吧！"

龚雪梅放开他的手，泪流满面地说："这句话，你十五年前就该说了。为什么现在才对我说呢？这对你太不公平了呀！"

石哲成上前紧紧抱住龚雪梅，吻住她那灿如桃花的脸，坚定而又深情地说："不！雪梅，你永远是我心中最美的女人。我永远爱你，我俩明天就结婚！"

龚雪梅感动了，两股热泪像汩汩的山泉奔涌而出，她一时被突如其来的幸福击晕了，身子软得像一团棉花，瘫倒在石哲成宽厚有力的胸怀……

从此，石哲成结束了三年混乱无序的单身生活，他和龚雪梅一起共同谱写着人生新的乐章。

5. 文友文痴

婚姻的美满，家庭的幸福，事业的顺心，让石哲成省心了不少，这样就可以把更多的精力集中到写作上。一分耕耘，一分收获。他的教育教学论文每年会在全国教育核心期刊上发表，小说、散文也时常见报，教育随笔和教育时评更在全国各地四处开花，这些为他博得不少的名气。一年，

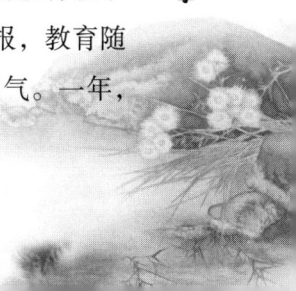

青石湾

他的两篇小说连续在省文学期刊上发表，在本市文化圈内引起了不小的轰动。年终，市宣传部、文联、作协召开年度表彰大会，石哲成作为获奖代表上台发言。石哲成刚从台上下来，一个穿着脏旧军大衣，留着长发，梳着大背头，脸如菜色的瘦高个中年男人热情向他伸出双手，并自我介绍道："石老师，您好。我叫伟，是您的校友，我也是在某中学毕业的。"石哲成一时很茫然。这时，"伟"拿出一本皱皱的朱红小本子，说："这是我的记者证。"顿时，石哲成恍然大悟："哦，你就是石里山那个疯……初中就写长篇小说的伟？"

二十多年前，全国各地学校里时兴办文学社，很多学生喜欢写作，中学生特别崇拜"首届中国校园十大诗人"马萧萧，踊跃加入文学社，背诗、写诗、投诗，幻想有朝一日也能像"我是萧萧马一匹"一样破格录用为部队干部，成为全国著名的"军旅诗人"。石哲成记得高中部文学社的辅导老师说："我校初中二年级有个叫伟的，本学期已经写出了一部长篇小说，二十万字。"当时，大家一听非常惊讶，皆"啧啧"称其为奇才。后来听人说，伟高中毕业后就参军了，一年后便成为原济南军区的连部宣传员，让哲成和文友们羡慕了好一阵子。

两年后，一个文友告诉哲成，他遇到了回家探亲的伟，伟已考进了部队文学讲习所，写作老师是《红高粱》的作者莫言和《马上天下》的作者徐贵祥。伟还说他自己当了军报记者，并拿出一本朱红色的记者证给他看。伟打算出一部诗集，争取进解放军艺术学院文学系……石哲成听后，艳羡不已，回顾自己十年来的创作艰辛：独自摸索的寂寞，无人指导的尴尬，不禁喟然长叹。

深秋的一个晚上，天气很冷，朦胧的月光下能看到不少白霜。石哲成与同事们到校长家喝寿酒，返校途中，前方有人在喊："立正！稍息！齐步走！一二一，一二一……"突然，前方的喊声戛然而止，一个黑影敏捷地跳过矮墙进了院子……"贼！"院里有人喊了一声。立即，院里几个人在喊："抓贼，抓贼啊！"石哲成与同事们随声附和："抓贼啊！"在这汹涌的声浪中，一个黑影又敏捷地跳出矮墙，同时有件东西掉在地上……石哲成跑上去捡起来，用手电筒一照，是件军大衣，里面有一个硬本子，摸出来，原来是本朱红色的记者证，上面模模糊糊有伟的名字。有同事便断定："这是石里山的疯子伟。"

石哲成不解地问："疯子伟？他不是在部队当记者吗？"同事道："退伍了！去年，师部正准备调他当宣传干事，指导员已找他谈过话，只等调令一到就上任。不巧遇到部队大裁军，伟也在被裁之列。"军令如山，伟只得落寞地回到乡下……一个月后，他父亲突然去世，母亲也伤心过度而大病一场。全家的生活一下陷入困境，后来，外出打工的妻子竟与人私奔了。他到广东寻找三个月，失望而返，不久就病倒了……再后来，他的神经便出了问题，逢人便拿出这本朱红色的记者证说："我是记者，过三天师部要调我去当宣传干事了，我的《红高粱》上电影了，我的《马上天下》得奖了，我的《高山下的花环》得金鸡奖了……"顿时，石哲成手上的军大衣变得沉重起来，他朝伟逃走的方向大喊："伟，伟——你的大衣，挂在树上！"许久，远处隐隐地传来歌声："日落西山红霞飞，战士打靶把营归……"石哲成在默默地祈祷：伟，但愿你能回来找大衣——霜降天的夜晚实在太冷了……

这时，伟又从军衣里拿出一本皱皱的打印诗集，递给哲成："请多指导。"哲成顺手翻了下，没细看，又退给了伟，说："今天没时间看。我在青石中学，欢迎你来，以后多交流。"

翌日中午，学校门卫打电话说："石老师，校门口有一个穿旧军大衣的疯子找你，被我拦住，他正在骂人。"哲成立即前去，远远地就听到伟在大喊大叫："你凭啥不让我进？我是个诗人，写《红高粱》的莫言是我的老师，写《历史的天空》的徐贵祥是我的哥们儿，这是我的记者证……"哲成对门卫说了句"这是我的文友伟"，便引伟进来。伟仍然愤愤不平："你们学校的门卫素质太差，竟然把我挡在门外，我递记者证给他，他连看也不看一下。要是当年，老子非一枪把他毙了不可。"

走进我的办公室，伟从兜里掏出张纸，说："这是昨夜写的，你帮我润色下，推荐推荐，找个地方发表。"哲成仔细看了一遍，发现伟的诗想

象丰富，用词怪异，思维跳跃性大，只是有点凌乱，若是能稍微整理下，说不定能得编辑赏识的。中餐时分，哲成带伟到教师食堂，说是吃个便餐，伟竟有点不好意思。哲成说没什么好菜，随便吃个便餐。他端了两个菜，打了一钵饭，伟刚接过就埋头呼噜呼噜地狼吞虎咽起来，但不吃菜。当哲成端上自己的饭菜时，伟的饭已消灭得差不多了，哲成便将自己的饭也倒进伟的钵里，伟这才抬头："你学校饭真好吃，像部队里一样，我已有十年没吃过了。"哲成说："别只顾吃饭，要吃菜。"伟就把菜全部倒在饭上，吧嗒吧嗒地吃起来。用餐完毕，哲成递上餐巾纸，伟摆摆手，顺势用衣袖抹了下嘴……哲成把诗输入电脑，修改一遍后投到市报上去，送伟出了校门，并告诉伟过一个月来听消息。

第三天早晨，哲成刚走到校门口，伟便喊住他。他很吃惊："不是让你过一个月再来吗，怎么今天就……"伟用黑乎乎的脏手搔了搔大背头，说："我想早点知道消息，看诗发表了没有。昨天我就来了，你校的门卫就是不让进，说你回家了，可我又不知道你家在哪儿。"哲成说："你咋这么性急，诗作在报上发表最少也要两周时间，杂志上发表更慢。回去吧。"伟讷讷地说："我从昨天中午后就没吃饭了。""哦，那里有个卖包子的，我帮你买几个去。"一个包子他两口就吞了，撑得脖子像鹅一般抽搐着，看到伟那种饿相，哲成又买了十个包子和一瓶矿泉水，用袋子装好。伟提着笑眯眯地走了。

一个星期后，诗作见报了，哲成特地到传达室找了两张报纸。可整整过了一个月，还不见伟来校。两个多月后，伟带来了十多首诗，并告诉哲成，他病了，到医院住了两个月。哲成把市报展开指给伟看，伟便一字一顿地读起来，兴奋得满脸红光，像个小孩儿，笑着说："这是我退伍后发表的第一首诗。谢谢你，你真是我的大恩人。"

哲成带伟到校外餐馆里要了一盘泥鳅和一盘猪杂碎。伟说："泥鳅真好吃！"哲成就叫老板又炒了一盘，包好让伟带回去。伟说："哪天我也捉两斤泥鳅来。"

第三天，伟果然带来两斤多泥鳅，一见哲成就问："诗发表了吗？"哲成摇摇头，说："这几首没上次那首感觉好，可能难发。"伟一听急了：

"咋办?"哲成送伟两本诗:《食指诗集》和《2009 年全国优秀诗选》,叫伟多看看、学学,提高提高。然后,哲成带他到校外餐店把泥鳅炒好了,吃了一些,剩下的包好让伟带回去,说:"以后别带泥鳅来了,我在学校不开私伙。诗作若发表了,我会帮你收好报纸的。"此后,伟的诗作也不见发表,哲成也不见伟到学校里来。只是听人说疯子伟一次跌倒在小河里,湿淋淋地爬上岸,一条狗对着他狂吠,被他一石头砸死了……

半年后,伟竟带来了一叠诗和一本厚厚的《历史的天空》,说书是徐贵祥赠送的。哲成打开一看,扉页上并无作者的赠言和签章,只有伟自己写的"此书系第六届茅盾文学奖获得者徐贵祥老师所赠"和"向老师致敬!向老师学习!向诗坛进军!征服湖南,冲出中国,走向世界!"伟指着那叠诗说:"这 118 首诗是我的力作,118 很吉利的,集在一起就像一捆重击炮弹,你帮我寄到《诗刊》上,我不信它在中国诗坛不炸出一个巨坑来,到时你帮我去找个出版社,我再请徐贵祥作序。"哲成说:"你直接寄徐贵祥好了,让他帮你推荐到解放军文艺出版社。"伟摆摆手:"这种小事不好麻烦他,等评奖时再找他帮传句话就 OK 了。"

由于伟来校太勤且多次与门卫发生冲突,校长特地找上哲成,说:"石老师,学校的安全是头等大事,近几年,国内发生多桩校园伤亡事件皆因疯子而起……你交友要小心,带一个脏兮兮的疯子经常到教师食堂吃饭,在校园里高谈阔论,成何体统?"

不让伟来?!哲成实在很为难,该如何向伟说呢?直截了当,当然不行,一旦伟的疯病发作起来,后果不堪设想;委婉提示,一个神经不正常的人又怎能听得出别人的言外之意?此后,伟到学校来,哲成碍于面子只得照常接待他:带他吃饭,帮他改诗、寄诗。终于,校长下了最后通牒:"石老师,别再把我的话当耳边风了,出了安全问题,学校可承担不起呢。"校长的话已说到这个份儿上,确实不宜执迷不悟了,哲成只得告诉门卫:"以后疯子伟来校,你就说我外出进修了。"

此后,大约有一个来月,伟不再来找哲成了,哲成的生活总算恢复了平静。可惜好景不长,一个周一的早晨,哲成刚骑车到校门口,伟就出现在面前:脏大衣湿透了,长长的头花耷拉在额头,全身冻得直打哆嗦,鼻

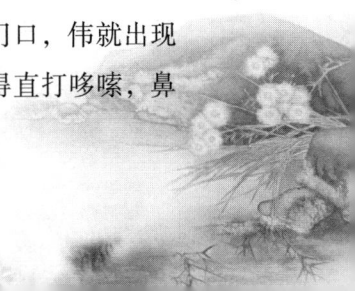

第九章 杏坛纪事

涕、口水像黏稠的鲶鲑须长长地直挂胸前……伟扯住哲成竟号啕大哭起来，恰似弃儿终于找到父母那般！哲成心中一阵哽咽，赶紧带伟到学校澡堂，给他找身衣服换了，并把他的脏衣裤包好、提着，带他到校外的餐馆……伟埋头呼噜呼噜地狼吞虎咽吃完两大海碗饭后，才幽怨地向哲成大倾苦水："我的'记者证'也丢了，想找你帮我补办一个，可不知你这个月到哪儿去了，我天天来找你，可就是找不到你。门卫又不准我进门。校长更凶，一见我就拿着警棍赶……这个月我心情很坏，百无聊赖，整天糊里糊涂，没半点灵感，一个诗人不写诗等于失去了整个生命。苦啊……"说着，伟的口水又滴了下来，像黏稠的鲶鲑腮长长地直挂胸前……哲成不敢讲实话，也不知道怎么安慰伟，只得违心地说："我要到省城学习一年，今天回来办事，以后别来校找我了……"好劝歹劝，伟才勉强相信了。哲成递上脏衣服包，伟接着，低着头慢吞吞走向田间，消失在远方……

半年过去了，伟没再来学校。

一年过去了，伟也没再来学校。

两年过去了，伟仍然没再来学校。

石哲成曾多方打听过，有人说伟已经死了，有的说他那在市里当官的弟弟把他送到精神病院去了……

6. 自立自强

白驹过隙，时光如梭。转眼间，十年就过去了。龚雪梅的两个女儿已经大学毕业参加了工作，石哲成的儿子也以优异成绩考上了重点大学。同事及亲友闻讯皆来贺喜，并异口同声地称赞："石老师，您真是教子有方，两个女儿大学毕业，儿子更是了不得，不到十八岁就考上重点大学。真令人羡慕，来日，一定向您讨教讨教教子之法。"

儿女们的成功，作为父亲的石哲成当然高兴、自豪，然而要说有什么教子之法、教子之方，他一时还理不出一个头绪来。两个女儿的成功大多是她们母亲的功劳，石哲成只是为她们创造了一个学习的好环境而已。再婚以来，哲成就让妻子在学校的学生食堂当炊事员，三个孩子全部住在学校。因为哲成课余时间从不打牌，也很少看电视，除了一日三餐给孩子们准备伙食外，其余时间就是看书、写作。榜样的力量是无穷的，哲成的正面形象无疑给了孩子们潜移默化的影响，三姐弟的学习皆很自觉、认真，成绩一直很突出。下午休息时，哲成就带着一家人到操场里或打球或散步或谈笑，其乐融融，曾成为学校的一大佳话。

儿女们的成功让石哲成受到极大的鼓舞，也很自豪。在农村，乡亲们看一个老师能力行不行，很少去关注你的学生统考好不好，名次高不高，更多的是看你的家教好不好，儿女有没有出息。儿女们让自己长了脸，可自己仍是一个中教一级教师，十二年原地踏步。当然，这是有客观原因的。于是，普通老师连去争取指标的兴趣都没有了。

教师晋级需要三证：普通话证（城市语文教师资格证要求达到二级甲等以上，其他科目只需二级乙等以上，农村教师可降一个等级）、计算机高级证和继续教育证，学校领导多次动员老师去报名考证，可就是没人肯行动。

这一年，县进修学校为了创收又大力动员普通教师去报名，青石中学只有几个还没晋升中级职称的年轻教师报了名。石哲成认为这几年自己的学生考得很好，自己数年获"县先进教师"称号，主持的学校文学社也红红火火，多次荣获省、市、县各级的学生征文奖和教师组织奖，给学校获得了许多荣誉，自己的论文也经常在全国教学杂志上发表。于是他就借到镇学区开会的机会，悄悄地向领导要一份晋升中教高级的打分表，自己大致估算了一下，分数比较高，只是不知这一年上面会给镇里分几个指标，心里底气确实不足。

他想：我还是去考证吧，有证至少还有机会，无证即使指标多也会失之交臂。于是，他就去与相好的同事商议，同事竟异口同声地说：普通教师想晋升中教高级是痴心妄想，去考三证的人真是吃饱了撑的，白费钱。

他与妻子商议，龚雪梅说："这哪用犹豫？去呗，别患得患失了。"

他说："去？可要用一千多元报名费呢。"

龚雪梅说："报名费千把元，就算白丢了，也不用后悔的，家里再穷

也不差这千把元。毕竟还可学到有用的知识吧，比如，考电脑高级证，你好几年前不是说要用电脑写作吗？等你学会打字，就用女儿大学用的旧电脑写作吧。你说晋升高级没多大希望，可终究还是有希望的。一个人不管做什么事，只要有百分之一的希望就要投入百分之百的努力。你当初那个'山巴佬'的蛮劲哪里去了？"

石哲成听了，勇气倍增，激动地一把搂住妻子说："雪梅，你真好。不愧是我的白雪公主，我这个'山巴佬'算是服了你！"

龚雪梅噗笑了："你当年就是吃了做事犹豫不决的亏，才走了许多弯路。"

石哲成连声说："老婆教训得是，我以后再也不会了。"

龚雪梅说："这才是我心中的'山巴佬'先生呢！"

这个暑假，他骑着摩托和几个年轻人天天赶往县进修学校学习。别人只报考一门普通话或计算机技术，他却报了两门，往往上午学普通话下午就学计算机。有时同时上两门，他就千方百计地找来那些年轻人的笔记看，看不懂的就缠着他们问个究竟，直到弄懂为止。有时那些年轻人被缠得不耐烦了，就说："你也是心思大，一回报两门，搞得自己顾此失彼，何苦呢。难道你就算准了今年会急着用吗？"

"我当然不知道，只是我不像你们年轻人有时间来学习呀，我来一趟城里不容易呢。"石哲成其实还有一个最让他说不出口的原因：他每天来城里学习，有许多相识但不明内情的老师就问他："难道你这么一大把年纪了还未晋升中教高级吗？"他也就顺坡赶驴地说："是呀，我都四十多岁了，还不去学，真的说不过去了。"他不敢对人说实话，是怕别人说他想晋中学高级是"癞蛤蟆想吃天鹅肉——自不量力"。青石湾学区自从有晋级指标以来，只有四人晋级中教高级，他们是学区的两个正副主任和两个中学校长，副校长和教导主任还轮不上呢。中学校长还轮不上，何况自己只是一个普通老师呢？多少回，石哲成想打退堂鼓，龚雪梅就说："石哲成，你还承认你是一个男人吗？"

"当然是呀。"哲成理直气壮地答道。

"是?！那你就别半途而废。否则，你就更会让人笑话了。你'癞蛤蟆想吃天鹅肉'究竟还敢想呀，别人连想都不敢想呢。要是你实在不想学下去了，我就天天陪你去，看谁还会笑话你？"

"好，好，我的公主，我的夫人，你别说了，我再也不打退堂鼓，不半途而废了。行吗？"石哲成不得不硬着头皮继续学下去。

一个月后，他的两个证书都顺利获得，普通话成绩刚好达标：80.2 分（多了 0.2 分），获二乙证书；计算机成绩则得到一个比较高的分数：89 分。几天后，他接到电话通知要进行继续教育学习，龚雪梅又催促他去报名，这一下，哲成再没说什么就去了，一个星期就获得了证书。

"机会总是给有准备的人！"这年十一月份，青石镇学区破天荒地被分有四个中学高级指标（事后才知道这一年为贫困乡村中学每校分配了一个专项指标），镇学区领导框定了一个，可云山中学与雪峰中学没一个老师获全三证：普通话证、计算机高级证、继续教育证。青石中学则有七个人（其中四个已超过 52 岁只需一个继续教育证）有资格参评。经过学校评委小组的认真计分，得出前三名：第一名是教学副校长，他不仅有教学加分，还有许多管理学校的项目可以加分；第三名是一位五十五岁的老教师，他因为教龄长，在中教一级任职时间长，有五分的年龄额外加分；石哲成则名列第二。

哲成听到这个结果，兴奋地对妻子说："这次能够有资格晋级入围，最大功臣是你——我的'白雪公主'"。龚雪梅一听激动得热泪盈眶，高兴地说："恭喜你——我的'山巴佬'先生！"

从校长口中得知，教师晋级送报材料都有百分之十的比率会被淘汰下来。石哲成心想：虽然我的成绩是货真价实的，但是考试的各位老师也是不甘下风，恐怕会被淘汰的。自己的大哥已是省城一所名牌大学的副校长，看他有没有办法可想。

田小楚听到弟弟即将晋升为中学高级教师，又惊又喜。他知道，中学高级就相当于大学副教授的职称，而作为一个乡村中学的普通老师能获得这个职称的，真可以说是凤毛麟角。可以说，90% 的乡村教师一辈子也奢望不到这种荣誉。他连呼："成伢子，我的好弟弟，不简单！你不简单！你真不简单！成伢子，我的好弟弟，我为你祝贺，当然更为你骄傲，为你

自豪。放心吧，中国的教育制度越来越公平、公正，既然名列第二就一定没问题，祝你梦想成真——我的副教授弟弟！"

石哲成激动得热泪纵横，连声说："大哥，谢谢你！"

2010 年 8 月 18 日完稿于武冈市南桥中学

2018 年 1 月 18 日定稿于武冈市泉塘中学

后记：回眸青春，感恩人生

假如有一支马良的神笔，我会重绘人生；假如有一双神奇的巧手，我会重裁岁月；假如世间真有那么一口返童泉，我会埋头猛饮，让人生重新再来……

翻开自己人生的扉页，童年是用绿色染成的。我喜欢绿色，也许因为我出生在那"草色遥看近却无"的早春二月吧。那时，我是家中的"小太阳"，家人眼中的"小皇帝"，一个三代单传的家庭中终于诞生了又一代传人，那种喜悦是难以言表的。因此，孩提时的我可以说是生活在爱的包围之中的：爷爷像一架绵软舒适的摇篮，他用古老的歌谣、无尽的关爱，为我营造了一个温馨的世界；父亲像一棵参天的大树，他用高大的树干、厚实的枝叶，为我撑起了一片浓浓的绿荫；母亲则像一条潺潺的小溪，她用甘甜的乳汁，细心地喂养，把我渡到了一个幸福的海洋。

然而正像绿叶之后便是枯叶，兴盛之后便是衰败。徜徉在爱的海洋中的我还未来得及细细品味时，我的人生便迎来了一片灰色的天空：父亲的重病一下让我家弥漫在悲哀与凄凉中！父亲这棵参天大树突遭虫蛀霜打，浓绿的叶片竟像枯叶一般"沙沙沙"地飘零，酷热的烈日顿时直射在我头顶，我生命的绿洲即将成为荒漠。是年迈的爷爷顶住世俗的压力，毅然决然地卖掉祖屋，才让父亲这棵大树的生命得以延续，也让我生命的绿洲荒漠化的速度得以延缓。在以后父亲那与病魔抗争的漫长八年，阴霾一直遮住了我童年快乐的天空，我成了一个早熟、孤独、忧郁的少年。回忆起这段艰难的岁月，我曾写下这样的诗句："在人生的道路上，我久久迷恋着，

青石湾

那一段泥泞的路途，那一段风雪交加的跋涉，在深切的思念中，我常常追忆起那一程波折坎坷的行程……"

为了让家庭早日走出困境，我六岁放牛，七岁砍柴，八岁拾狗屎，十一岁便成了队上年龄最小的集体劳动者。我扛着一把粗钝的锄头，在那坚硬板结的红土丘陵上留下了一个个小坑，留下了两行歪歪斜斜的脚印。

三春树绿，三夏花红，三秋叶黄，三冬雪白。我懂得了劳动的艰辛，懂得了劳动者对土地的情感。强烈的家庭责任心和使命感促成了我的早熟，我比同龄人有着更深的忧虑，更多的奋争，更烈的拼搏。在村里，我是最听话、最懂事、最勤劳的孩子，成了青石湾一带大人们教育孩子的样板；在学校，我是最勤奋、最刻苦、最优秀的学生，成了老师们心目中最满意的学生，同学们学习的榜样。本来，我想凭自己的努力考上初中、高中、大学，早日跃"龙门"，成为家中的顶梁柱，成为社会的有用之材。可由于家庭出身不好，我的求学梦一次又一次破灭。只得进一所只有四个"工农兵大学生"教师的新建的"五七中学"。在这个语文教师讲不清"之乎者也"、数学教师不懂参数方程、化学教师不会写电解食盐水方程式、音乐教师不识五线谱的学校，我深感知识的重要，深感教师的重要，深感学习的重要。

两年后，我有幸参加了恢复后的高考，并侥幸地考了全校第一名（比同是参加高考的化学老师还高三十多分），可离录取线还差长长的一大截。此后，我又连续参加了两次农民乡干部的招聘考试，两次我都高居榜首，可都被人以种种"莫须有"的理由挤出来，最后只得眼睁睁地看着别人满面春风、得意洋洋地走马上任。从此，我灰心了，只得拜一个闯荡江湖半个多世纪的毛货郎为师，随他翻雪峰，走湘西，上贵州，下广西，过苗岭，串侗寨，闯瑶乡——丈量祖国的山山水水，沐浴世间的风霜雨雪，品尝生活的酸甜苦辣！即使是这样，我内心的文学梦仍未泯灭。每到一座小城，我总要到那里的"新华书店"逛一逛，买几本心爱的文学名著，然后用晚上或下雨歇息的空闲看看，想想，记记。当时，那些不明事理的货郎同行常笑我有点傻，有点痴，有点呆：一个小小的毛货郎还经常写写画画，想当作家，简直是"癞蛤蟆想吃天鹅肉——自不量力"。常调侃我是

"大学生下乡体验生活"，侗乡苗寨的那些天真单纯的中学生竟然也信以为真，常拿些中学数理化习题要我帮忙解决，我凭借聪明才智——为他们解答出来了，这就令那些学生们惊讶不已，对我肃然起敬。我亦以此为乐。

在我二十三岁那年，全国各地已经大张旗鼓地进行改革开放，社会风气有了根本的转变。家乡也第一次公开招聘民办教师。一听此讯，我的老祖父赶紧想方设法通知我，让我千里迢迢奔回家乡参考。天公不负有心人，我终于靠自己的努力为自己撑起了一片蓝天——成了山乡青年艳羡的民办教师。从此，我每天执一尺教鞭，站三尺讲台，摇三寸不烂之舌，居然不觉辛劳，课余常信手涂鸦，构筑自己的文学梦想，在梦想的天空中尽情地挥洒着自己的青春才华，享受着文学给自己带来的满足、成功和荣誉。

弹指一挥，如烟似水的三十三年过去了，岁月已在我的额上刻上深深的痕迹，雪样的粉笔灰早已染白了我的双鬓，我已从一个默默无闻的小学民办教师成长为一个人人称羡的中学高级语文教师。我成千上万的桃李已在祖国的大江南北生根、开花、结果，有的甚至漂洋过海，出国深造，成了异国他乡的佼佼者。每到逢年过节，精致的贺卡、深情的短信和温馨的电话像风似雪般朝我飞来，我好欣慰，好满足，好自豪。

人生最怕回眸，那一睇睨，那一眨眼，那一注视，会令你激动，令你惊叹，令你战栗。童年、少年、青年，不管当时是多么灰暗、多么艰难、多么痛苦，仍然是你最美好、最值得回忆、最值得书写的岁月。"少年不知愁滋味"，青春是多么美好，青春是多么快乐，有挥霍不尽的笑声，有享用不尽的洒脱。年轻的面孔多美、多俊、多靓，不用为眼角细密的鱼尾纹和脸上深刻的皱纹而伤感。

这部长篇小说《青石湾》是我对人生的一次回眸，更是那激情燃烧的岁月刻在我心头的印痕，更是坎坷的命运给我的奖赏，当然也是文学给我的馈赠。回眸人生，回眸青春岁月，能给我带来无尽的快慰。当然，我的这次回眸若是能给你——我亲爱的读者带来些许触发，些许快乐，些许启示，那我就心满意足了。

《青石湾》这部小说的创作完成，我要感谢我人生中最重要的四个老

师。我的祖父林盛永先生（1918—1997 年），虽然只读了几年私塾，但他讲的"白话"，摆的"龙门阵"，给童年的我带来了无穷的快乐，给了我文学启蒙，在后来的文学创作中为我提供了无尽的营养。我的初中语文老师林惠生先生（当代著名语文教育家，特级教师、正高级教师，曾任湖南省武冈市第七中学校长和广东省汕尾市教育局教研室主任）。他一直是我的偶像，是他引导我走上了文学创作之路，在他的影响和指导下，我的小说处女作《矮子》于 1990 年 2 月 15 日在《邵阳日报》上发表，让我与文学有了"零距离"的接触。我的文学之师唐谟金先生（曾任武冈市文化局局长和文联主席），他是我接触的第一个作家，我这部小说开笔在二十世纪八十年代末期，最初写成了《抗婚》《小小毛货郎》《六爷爷》《无悔的岁月》等几个短篇小说，唐老师看了之后，就鼓励我继续写下去。后来，我与他一起对这几篇小说进行了艰难的重组、修改、删减、润色，成了两万多字的《山乡毛货郎》，于 2001 年发表在《武冈文学》，2008 年 2 月又发表在《传奇故事》上。我的姑父邓成根先生（1944—2017 年），我在学生时代曾深受他的影响，走向教坛后得到过他的教育，特别是《青石湾》完成初稿后，他给小说提出许多有价值的修改意见，可惜他如今再也看不到此书的出版了。另外，我的同事李迪基老师更是在百忙中挤出时间，帮我从头至尾修改一次，不仅改正了错别字，就连标点也加以更正了。这些老师的谆谆教诲、适时鼓励和无私帮助，让我的创作信心更足了，文学之路走得更坚定了。2017 年 4 月，团结出版社出版了我的随笔集《教育笔谈》。

最后，我要感谢我所有的老师、家人、乡亲、文友、同学和我的学生们，特别是那些与我有着相同经历、相同追求、相同处境的立足于山村教育这片贫瘠的土地，默默地教书育人，无私地奉献自己青春的乡村教师们，是你们把我扶上了神圣的教坛，让我有了一个展示才华的平台，让我有了一段激情燃烧的岁月，让我拥有了一个独特的人生。当然，也让我有机会创作这部长篇小说《青石湾》，给自己留下了一个真实的人生记录。

2018 年 2 月 18 日定稿于武冈市泉塘中学